Das Farnese-Komplott

Barbara Wenz, geboren 1967 in der Südpfalz, lebt und arbeitet als Autorin und freie Journalistin seit über zehn Jahren in Mittelitalien, schreibt unter anderem für das Vatican-Magazin und hat einen literarischen Reiseführer über bekannte und unbekannte Pilgerorte in Mittelitalien veröffentlicht.

BARBARA WENZ

Das Farnese-Komplott

KRIMINALROMAN

emons:

Bibliografische Information der Deutschen Nationalbibliothek
Die Deutsche Nationalbibliothek verzeichnet diese Publikation in der Deutschen Nationalbibliografie; detaillierte bibliografische Daten sind im Internet über http://dnb.d-nb.de abrufbar.

FSC
www.fsc.org
MIX
Papier aus verantwortungsvollen Quellen
FSC® C083411

Umschlagmotiv: photocase.com/john krempl
Umschlaggestaltung: Tobias Doetsch
Gestaltung Innenteil: César Satz & Grafik GmbH, Köln
Druck und Bindung: CPI – Clausen & Bosse, Leck
Printed in Germany 2014
ISBN 978-3-95451-313-0
Originalausgabe

Qual è colui che forse di Croazia
viene a veder la Veronica nostra,
che per l'antica fame non sen sazia,
ma dice nel pensier, fin che si mostra:
»Signor mio Gesù Cristo, Dio verace,
or fu sí fatta la sembianza Vostra?«

Wie jener, der vielleicht aus Kroatien
zu unserer Veronika mit altem Sehnen kommt,
und sich nicht satt an ihrem Anblick sehen kann,
und der – bis er davorsteht – zu sich selber sagt:
»Mein Herr Jesus Christus, wahrer Gott,
wie hat Dein menschliches Gesicht denn nun ausgesehn?«

Dante Alighieri, Die Göttliche Komödie, 1307–1321

Die Menschen haben ein Gesicht,
ein unwiederbringliches Gesicht verloren,
und wer möchte nicht jener Pilger sein,
der in Rom das Schweißtuch der Veronika erblickt
und gläubig flüstert: »Jesus Christus, mein Gott,
wahrer Gott, so also hat Dein Gesicht ausgesehen?«
Wüssten wir in Wahrheit, wie es aussah,
so besäßen wir den Schlüssel zu den Gleichnissen
und wüssten, ob der Sohn des Zimmermanns
auch der Sohn Gottes war.
Paulus sah es als Licht, das ihn niederwarf.
Johannes sah es als Sonne,
wenn sie in ihrer höchsten Leuchtkraft steht.
Teresa de Jesús sah es viele Male,
in ein stilles Licht getaucht,
und konnte doch nie
die Farbe der Augen genau angeben.

Jorge Luis Borges, Borges und ich, 1960

Prolog

Der weiße Fiat Multipla bremste ab und fuhr an den rechten Fahrbahnrand. Unter dem gelben Licht der Straßenlampen wand sich ein schmerzgekrümmter Mensch neben der Seitenlinie. Schwester Immacolata stieg aus, ohne den Warnblinker einzuschalten, und schloss die Fahrertür ebenso sachte wie sorgfältig. Noch nie in ihrem Leben hatte sie eine Autotür zugeworfen. Schwester Immacolata hasste laute Geräusche.

Die Nonne näherte sich entschlossen dem stöhnenden Bündel, einem etwa sechzigjährigen Mann in olivfarbenem Jogginganzug und schwarzen Nike-Laufschuhen. Die randlose Brille, mit Blut und Erde verschmiert, hing nur noch mit einem Bügel an seinem linken Ohr. An der Stelle, an der sich das rechte befinden sollte, klaffte eine große Fleischwunde. Der kahle Schädel war blutüberströmt, an einer eingedrückten Stelle glänzte eine gräuliche Masse, die sie für das Gehirn hielt. Hüfte und Beine waren verdreht wie bei einer Schlumperlpuppe. Als Kind hatte sie so eine besessen, mit Bohnenkernen gefüllt. Oder waren es Graupen gewesen? Niemand tat Graupen in eine solche Puppe. Schwester Immacolata fielen sie nur ein, weil sie eine ähnliche Farbe hatten wie die spitzen Knochen, die aus Unterschenkel und Hüfte des Schwerverletzten ragten.

Sie beugte sich zu dem Mann hinunter, dessen Stöhnen in ein unruhiges Gemurmel übergegangen war.

Gut, dass der Habit schwarz ist, dachte sie, während sie sich in den Matsch aus Blut, Urin und Sand kniete. Sie sog scharf die Luft ein. Diesen Geruch kannte sie. Ihr Großvater hatte sie oft zur Jagd mitgenommen. Frisch aufgebrochenes Wild. Er verhieß den Tod.

»Ich kann Sie nicht verstehen, dottore. Mi dispiace«, sagte sie begütigend und versuchte vorsichtig, den Verletzten ein wenig aufzurichten. »Gleich geht es Ihnen besser, gleich, Sie werden sehen.«

»… muss ihn warnen, mein Gott … noch so viel zu tun … hat den Schlüssel nicht …«, stammelte der Mann.

»Sono spiacente, dottore. Alles wird gut.« Nachdem sie ihm mütterlich mit einem Zipfel ihres Schleiers das Blut aus dem Gesicht getupft und seinen Kopf in ihre Arme gebettet hatte, richtete sie ihre Augen gen Himmel, um zu beten.

Schwester Immacolata sprach das Amen. Dann brach sie dem Verletzten mit einer einzigen, kraftvollen Bewegung das Genick.

Sie wischte sich die Hände an ihrem Habit ab und ging gemessenen Schrittes zurück zum Auto, dessen rechten Kotflügel sie eingehend inspizierte. Danach zog sie ihr Handy aus dem Handschuhfach und wählte per Kurzwahl eine Rufnummer.

Die Leitung war frei. Nach dem ersten Klingeln wurde abgehoben.

»Pronto? Sì! Farnese hier.«

Schwester Immacolata berichtete knapp und sachlich, was sich ereignet hatte.

Man war mit ihr zufrieden.

1

Rom, März 2007

»Monsignore Farnese, bitte, Ihren priesterlichen Segen für mich und meine Familie.«

Krista Winther, frischgebackene Rom-Korrespondentin des »Frankfurter Allgemeinen Anzeigers«, betrachtete lächelnd die Szenerie. Der erste Ansturm von Römern, die hier in Faustos Bar in der Via delle Grazie ihr Frühstück im Stehen einnahmen, war vorüber. Auch der hochgewachsene Geistliche in schwarzer Soutane mit violetter Schärpe, der einen Cappuccino und ein Cornetto, ein gefülltes Hörnchen, bestellt hatte, wandte sich bereits zum Gehen. Obwohl in Eile, kam er geduldig der Bitte von Fausto – dem Besitzer des Lädchens – nach. Er schob sich mit einer lässigen Geste die teure Sonnenbrille in die Stirn, setzte seine schwarze Umhängetasche ab und hob die Rechte, um mit anmutigem Schwung ein Kreuz in die Luft zu zeichnen und die lateinische Segensformel zu sprechen. Seine italienisch gefärbte Aussprache war weich und klang wie eine Liebeserklärung. Krista schaute ihm fasziniert hinterher: Dieser Monsignore las die Messe bestimmt nicht vor leeren Bänken.

Mit wohligem Seufzen lehnte sie sich zurück und bestellte noch einen Cappuccino. Seit zwei Tagen genoss sie nun schon die Erfüllung ihres Lebenstraums, auf den sie seit ihrem Journalistikstudium zäh hingearbeitet hatte: Rom-Korrespondentin einer renommierten deutschen Tageszeitung. Eigenes Büro mit angeschlossener großzügiger Altbauwohnung in einem ruhigen Viertel nahe den vatikanischen Mauern. Blick auf die Kuppel des Petersdoms inklusive.

Da waren nur noch ein paar Kleinigkeiten zu erledigen, zum Beispiel der Umzug und davor zunächst einmal der Auszug von Manfred Moorstein, ihrem Vorgänger, dem Grandseigneur unter den deutschen Vaticanisti, der sich nur widerwillig von seinem Domizil im Borgo Angelico trennte, das er seit den Tagen des 1978er Konklaves bewohnte. Krista konnte ihm den Abschiedsschmerz nachfühlen. Er war ein umständlicher Herr in den Sechzigern, das

Überbleibsel einer Generation von Rom-Korrespondenten, die sie bei sich die »Alte Garde« nannte: Tiefgläubig, erzkatholisch, voller Leidenschaft für den Beruf – aber eben nicht gerade das, was man einen objektiven Berichterstatter genannt hätte. Dennoch, er verfügte über eine Menge wertvoller Beziehungen in dieser Stadt, wie Krista nur zu gut wusste: Seine Empfehlung konnte ihr Türen öffnen, die ansonsten verschlossen blieben. Die Übergabe der Wohnung war zum Ende der Woche verabredet, und noch immer hatte er nicht einmal die Hälfte seiner Bibliothek in Kisten verpackt.

Fausto, der mit der typischen Bewegung des erfahrenen Barista Milch in einem Alukännchen aufgeschäumt hatte, servierte ihr gut gelaunt den Cappuccino, wobei er das spitze Kinn Richtung Eingang reckte.

»Ein Farnese! Die haben sogar einmal einen Papst gestellt. Kardinäle, Großinquisitoren, ziemlich gute Exorzisten in der Familie. Die Männer sind seit fünfhundert Jahren mit der Kirche verbandelt. Der Junge wird's noch weit bringen.«

Krista frühstückte erst seit zwei Tagen in seiner Bar, aber Fausto räumte ihr bereits großzügig Stammgaststatus ein. Seine Familie kam aus Bari.

»Farnese? Römischer Adel, oder?«

»Sì«, sagte Fausto und nickte. »Haben Sie sein Profil gesehen? Ein Jammer. Meine Frau sagt immer, gutes Blut kastriert man nicht. Der letzte Abkömmling eines großen Hauses sollte nicht ausgerechnet Priester werden, Sie verstehen?«

Krista schüttete ein Päckchen Zucker in ihren Kaffee. Im Gegenlicht dieses blendenden römischen Morgens hatte sie keine Einzelheiten erkennen können, aber die Eleganz der Bewegungen des Priesters und die Wärme seiner Stimme hatten sie beeindruckt.

Fausto nahm ein Geschirrtuch und begann, die Gläser trocken zu reiben. »Und als ob es einen Ausgleich bräuchte, bringt diese Familie nicht nur ergebene Gottesmänner hervor, sondern auch erstklassige Wahrsagerinnen. Mächtige Streghe!« Er hielt das Glas prüfend gegen das Licht und polierte nach.

Streghe – Hexen? In einer der ältesten und der Kirche ergebensten Familien Roms? Das wäre allerdings interessant. Krista wischte sich mit einer Papierserviette den Milchschaum von der Oberlippe. »Sie lassen sich segnen und glauben an Hexen?«

»Proprio tedesco«, lachte Fausto. »Typisch deutsch. Meine Frau geht zur Tante des Farnese, die liest die Zukunft in den Träumen und den Sternen, ich gebe Ihnen ihre Telefonnummer. Wenn Sie Hilfe brauchen, Sie wissen schon. Vielleicht wegen eines Sohnes, der nicht kommen will, oder im Beruf. Ein lästiger Vorgesetzter, der Ihnen im Weg steht? Bianca Donatella Farnese weiß Rat. Für alles andere ist unser Herrgott zuständig. Der Segen eines Priesters kann nie schaden, schon gar nicht der eines Farnese.«

Krista erkannte die Logik in Faustos Worten und beschloss, sich bei Moorstein über diese Familie zu erkundigen.

Als sie die abgetretenen Travertinstufen zur Bürowohnung emporstieg, hatte sie die kleine Unterredung mit Fausto bereits vergessen. Die Tatsache, dass ihre künftige Arbeitswohnung im vierten Stockwerk eines Hauses ohne Fahrstuhl lag, erfüllte sie mit gemischten Gefühlen. Einerseits würde sie einen herrlichen Ausblick über die Dächer Roms haben, andererseits … Sie hielt kurz inne, um zu verschnaufen. Sicher würde sie die Treppen bald im Laufschritt nehmen können, ohne auch nur ein einziges Mal außer Puste zu geraten. Wenn ihr Vorgänger nur endlich seinen Auszug bewältigt bekäme.

Der Duft von schmorendem Linsengemüse mit reichlich Knoblauch durchzog das Treppenhaus und erinnerte sie daran, dass sie den altgedienten Vatikanisten zum Essen einladen sollte. Ihr Mentor war ein großer Freund italienischer Esskultur, und auch wenn sie ungeduldig auf seine Abreise wartete, so wollte sie ihm doch die letzten Tage in Rom so schön wie möglich gestalten. Zufrieden mit ihrem guten Vorsatz schritt sie mit neuem Schwung aus und wäre fast gestolpert, weil Nero, Moorsteins schwarzer Kater, laut kreischend und knurrend zwischen ihren Beinen hindurchschoss, als ob er den Leibhaftigen gesehen hätte. Kopfschüttelnd schaute Krista dem verstörten Tier hinterher. Während sie sich noch über dessen Verhalten wunderte – sie kannte Nero als überaus träge, ewig schlafende Genusskatze –, gelangte sie an die schwarze doppelflügelige Eingangstür, die von einem Türklopfer aus Messing geziert wurde. Sie stand einen Spaltbreit offen. Manfred hatte vermutlich den Kater hinauslassen wollen.

Krista trat ohne zu zögern ein. Sie kannte den Weg in das hintere Büro, wo Manfred sie immer erwartete.

Ihre Schritte hallten in dem halb ausgeräumten Korridor, in dem sich bereits die Umzugskartons türmten. Sie stolperte über einen Bücherstapel, konnte sich aber noch fangen. Auf der Schwelle zu dem weitläufigen Arbeitszimmer blieb sie verblüfft stehen: Manfred war nicht da, dabei hätte sie geschworen, dass er hier saß und rauchte, der aromatische Duft seiner schwarzen Zigaretten erfüllte noch den Raum.

Sie machte einen Schritt nach vorn und wunderte sich über die Kälte, die herrschte – Manfred fror leicht, und der Winter war für römische Verhältnisse lang gewesen in diesem Jahr. In dem stilvollen Kamin mit der grauen Marmorverkleidung hätte ein Feuer flackern sollen. Doch statt Flammen fing sich darin mit jammerndem Geräusch ein Luftzug. Plötzlich nahm Krista die feine, aber ungewöhnliche Note von Thymianduft wahr. Jemand trat von hinten an sie heran. Noch bevor sie sich umdrehen konnte, schob sich eine klauenförmige Hand über ihren Mund. Krista versuchte, Luft zu holen, fühlte, wie sie umklammert wurde, und taumelte schwer gegen die Kante des Schreibtischs. Sie warf sich zur Seite, trat nach hinten aus, schlug mit dem freien Arm um sich und bekam ein Stück glatten Stoff zu fassen. Sie riss und zerrte. Der Stoff wollte ihr entgleiten. Ein Fingernagel brach ab. Vom Gewicht des Angreifers in die Knie gezwungen, schlug sie hart auf dem Boden auf. Etwas gab mit hässlichem Geräusch nach. Die Umklammerung löste sich für einen kurzen Moment. Während sie gierig nach Luft schnappte, erkannte sie mit ungläubig geweiteten Augen die violette Schärpe eines Monsignore in ihrer Hand. Dann folgte ein Krachen an ihrer Schläfe, das Violett verfärbte sich, wurde zu dunklem Purpur. Füllte ihr gesamtes Gesichtsfeld aus, um schließlich ihr Bewusstsein auszulöschen.

Eine helfende Hand setzte ihr ein Glas, gefüllt mit Moorsteins bestem Vecchia Romagna, an die Lippen. Erstaunt bemerkte sie, dass sie auf Manfreds Couch im Arbeitszimmer lag, unter dem

Kopf ein Kissen, sodass sie ohne Anstrengung trinken konnte. Sie war durstig, sehr durstig.

»Basta, basta, eh«, hörte sie eine beruhigende männliche Stimme, die ihr bekannt vorkam. Als sie sich nach einigem Mühen aufrichtete, erkannte sie den Priester aus Faustos Bar, der ihr sanft das Glas entwand und entschlossen den Rest des Cognacs in sich hineinkippte. Krista mühte sich, ihre Beine über den Couchrand zu schwingen und den schmerzenden Kopf oben zu halten. Leise stöhnend musterte sie ihr Gegenüber, dem die große Menge an Alkohol die Tränen in die Augen getrieben hatte.

»Die Krokodilstränen der Inquisition, die pflichtschuldigst über dem bedauernswerten Opfer vergossen werden?«, schnappte sie.

Er schaute verwirrt in das leere Cognacglas. »Vielleicht besorge ich Ihnen lieber etwas Wasser, Signorina.«

»Sparen Sie sich Ihre barmherzigen Gesten!« Wütend richtete sie sich auf, sackte aber im selben Moment wieder zusammen und griff sich an die Schläfen. »Verdammt noch mal!«

»Mein Name ist Lorenzo Emilio Farnese. Bitte nehmen Sie meine Entschuldigung an, ein Missverständnis, ich dachte …«

»Sie dachten, Ihrer Familie gehört halb Rom, da können Sie unbehelligt damit durchkommen, in ein Pressebüro einzubrechen und eine Journalistin niederzuschlagen?«

Krista stieß ihn von sich und stand ächzend auf. Sie humpelte ein paar Schritte, hob die Schärpe auf und warf sie mit Verve in seine Richtung. Er fing den Stoff mit einer geschickten Handbewegung auf und machte sich in aller Ruhe daran, seine Amtskleidung wieder in Ordnung zu bringen.

»Wenn Sie mir zuhören würden, Signorina, könnte ich Ihnen meine Anwesenheit hier erklären.« Mit einem Seufzer strich er eine widerspenstige schwarze Haarsträhne aus der Stirn.

»Die Polizei, die ich umgehend anrufe, wird Ihrem Bericht sicher atemlos folgen«, gab Krista zurück und blickte sich suchend nach dem Telefon um. Erst jetzt fiel ihr auf, dass auf Manfreds Schreibtisch, der mit dem üblichen Durcheinander aus Manuskripten, Zeitungsartikeln und aufgeschlagenen Büchern bedeckt war, Telefon und Notebook fehlten. »Teufel noch mal. Was ist hier eigentlich los?«

Monsignore Farneses Mundwinkel zuckten unwillig.

»Ein Einbruch, vermute ich. Und Moorstein ist verschwunden.«

Krista, die ihr Handy gezückt hatte, hielt inne. »Verschwunden?«, echote sie.

Lorenzo Farnese nickte langsam. »La Polizia ist bereits unterwegs. Ich habe sie angerufen, kurz bevor Sie – eh – hier eintrafen.« Er folgte Kristas Blick auf den herausgerissenen Telefonanschluss. »Mit dem Cellulare … meinem Handy! Wenn Sie bitte so freundlich wären?« Mit gesenkten Lidern deutete er auf das fransige Ende seiner Fascia, der violetten Soutanenbinde, die er sich um die schmale Taille gewickelt hatte.

Es war ihr bisher noch nicht aufgefallen, weil er seine Hände geschickt zu bewegen verstand: An der linken Hand Lorenzo Farneses fehlten die beiden letzten Finger, die Narben waren blutrot, die Handfläche bizarr verformt. Beim Nähertreten nahm sie erneut den feinen Thymianduft wahr, der von ihm ausging. Behutsam schlug sie das Ende der Fascia um, zog es unter dem Bund durch und zupfte sie zurecht. Dann trat sie einen Schritt zurück, um das Ergebnis zu prüfen. »Sitzt es so korrekt?«

»Perfetto, ich danke Ihnen.«

Er bedeckte die entstellte Linke mit der unversehrten Rechten und senkte den Kopf. Von der Seite wirkten seine Züge strenger als von vorn; fast hätte Krista ihn schön genannt, wäre da nicht die scharf geschnittene Nase gewesen – und die verkrümmte Hand. Unterhalb der Schläfe zog sich eine leichte Röte über sein fein geschwungenes Jochbein, einziger Ausdruck seiner Verlegenheit. Darunter zeichneten sich bläuliche Bartschatten ab. Krista fragte sich, was einen solchen Mann bewogen hatte, ausgerechnet Priester zu werden.

»Was ist mit Ihrer Hand passiert?«, fragte sie. Einen Moment lang dachte sie, er würde ihr nicht antworten. Dann hob er den Kopf und schaute ihr gerade in die Augen.

»Eine Autobombe.«

Kristas Verwirrtheit wich Bestürzung.

»Ein Anschlag? Hier? *Im Vatikan?*«

»Madre Santissima!« Er schlug ein Kreuz. »In Bagdad. Irak!«

»Aber – wieso?« Krista ließ sich in einen von Manfreds Ledersesseln fallen. Lorenzo atmete heftig aus.

»Wieso? Weil Krieg herrscht, wie Sie vielleicht schon mitbekommen haben. Ich bin Militärkaplan; meine Aufgabe ist es, Teile der italienischen Truppen dort zu betreuen – oder besser: Sie war es bis zu diesem Attentat.« Sein Versuch zu lächeln misslang.

Krista rieb sich angestrengt die Nasenwurzel. »Jetzt erinnere ich mich. Manfred hat mir von Ihnen erzählt.«

Es war bei einem ihrer ersten Telefongespräche vor einigen Monaten gewesen; der altgediente Journalist und Vatikanspezialist hatte sich zerstreut gezeigt und sich ausführlich dafür bei ihr entschuldigt. Ein Freund, ein italienischer Priester, sei bei einem Attentat im Irak schwer verletzt worden und auf dem Weg in ein römisches Krankenhaus, wo man hoffe, seine linke Hand noch retten zu können. Manfred hatte ihr erzählt, dass er ein Beutelchen mit kandiertem Ingwer für diesen Freund besorgen wolle, als Genesungsgeschenk. Vor allem deshalb erinnerte sie sich noch gut an diese Episode.

Krista hasste Ingwer.

2

Jerusalem, Nisan des Jahres 33

Sie hatten ihn so schnell begraben wie möglich. Die übel riechenden Miasmen aus dem Bauch der Erde, die sich im Moment seines Todes mit einem zornigen Krachen geöffnet hatte, wollten den ganzen Sabbat lang nicht weichen. Sie vermischten sich mit dem lehmfarbenen Staub, der die Luft erfüllte und in die Hütten, Häuser und Paläste eindrang. So durchdringend war dieses Gemisch, dass es auch vor dem Allerheiligsten im Tempel nicht haltmachte. Der Vorhang war zerrissen, und wegen des Sabbats war niemand gekommen, um ihn zu ersetzen. Gottes Zorn war erkaltet und hatte sich schließlich in Hagel und Graupelschauern über der Stadt entladen. Selbst die Vögel schwiegen und duckten sich unter den Schlägen der zerplatzenden Eiskörner. In den Häusern zündeten sie die Öllampen noch vor dem Abend an, doch ihr Schein kam gegen die Finsternis, die sich ausgebreitet hatte, nicht an.

Zäh klebten die Schatten an den verputzten Wänden der Halle in Josef von Arimathäas Behausung. Trüb wie Mondsteine schimmerten die Augen von Maria, der Mutter Jesu. Zusammen mit Maria, der Mutter des Jakobus, und Maria Magdalena hatte sie Zuflucht bei dem Mann gefunden, der als einer der letzten Getreuen noch übrig war.

Josef berichtete wieder und wieder davon, wie er den Leichnam des Meisters im tosenden Unwetter vom Holz genommen, in ein Leintuch eingeschlagen und in das Felsengrab gebracht hatte.

Dort, endlich im Trockenen und unter dem Schein zweier Öllampen, konnte er tun, was Aufgabe der Frauen gewesen wäre: den gemarterten Körper pfundweise mit Myrrhe und Aloe einstreichen, ihn mit Leinenbinden umwickeln und ein letztes Gebet sprechen. Er konnte nicht mit Sicherheit sagen, ob es ihm gelungen war, den schweren runden Stein noch vor Sonnenuntergang vor die Graböffnung zu wälzen; aber es spielte keine Rolle mehr.

Josef von Arimathäa hatte sich verunreinigt nach einem Gesetz, das ihm nichts mehr bedeutete. Er starrte auf seine flatternden Hände, auf deren Pflege er immer viel Wert gelegt hatte; jetzt waren sie fleckig und verklebt, mit gelben Rändern unter den Nägeln von der Balsammischung, die er in einer dicken Schicht auf den Leichnam Jesu aufgetragen hatte, als ob er die grauenhaften Wunden noch im Tod dazu bringen könne, sich zu schließen.

Sie haben meine Hände und Füße durchbohrt, / ich kann meine Knochen zählen. Sie teilen meine Kleider unter sich / und werfen das Los um mein Gewand.

Er stimmte den Psalm laut an, dessen Zeilen ihm wieder und wieder in den Kopf kamen.

In der Stille nach dem Gebet betrachtete er das Gesicht Maria Magdalenas. Die Strenge ihrer Züge, die tief liegenden Augen, die Linien neben Nase und Mund, all das verlieh ihr eine herbe Schönheit. Nichts Liebliches, Sanftes und Weiches war an ihr, ebenso wenig wie an den Hängen des Sinai, dachte er verwundert. Bisher hatte er sie immer nur mit einem spinnwebfeinen Schleier gesehen, der glänzte wie das Innere einer Muschelschale und machte, dass das Licht gnädig auf ihr Gesicht fiel. Josef, der sich mit kostbaren Stoffen auskannte, schätzte den Wert dieses Schleiers auf mindestens neunhundert Denare – mehr als zweieinhalb Jahre harte Arbeit für einen einfachen Taglöhner –, das Kostbarste, das Maria Magdalena je besessen hatte: Ein Schleier aus Perlmuttfäden, so delikat verwebt; hätte Josef ihn über eine Thorastelle geworfen, er hätte dennoch mühelos daraus rezitieren können. Nur dass er ihn nicht auf die Heilige Schrift, sondern nach dem Wunsch Marias als Schweißtuch auf das Antlitz des Mannes gelegt hatte, der ihr geliebter Rabbuni gewesen war. Josef erkannte in dem Moment, in dem er die von der Folter entstellten Züge sachte mit dem Schleiertuch bedeckte, die wahre Bedeutung seines Tuns: Dies war nicht das Abschiedsgeschenk einer Jüngerin, sondern die Liebesgabe einer hingebungsvollen Frau – und er hatte ihr nach seiner Rückkehr freundlich zugenickt, zum Zeichen, dass alles nach ihrem Willen geschehen sei. Es schien sie zu trösten, und Josef, der erst im letzten Herbst seine zweite Frau beerdigt hatte, konnte das verstehen.

Auch in dieser Nacht verloschen die Lampen nicht. Und Maria Magdalena, die auf einem Teppich zusammen mit Maria, der Mutter von Jesus, und Maria, der Mutter von Jakobus, lagerte, schlief endlich ein.

Verwirrt blickt sie um sich. Alle um sie her sind in Schlaf gefallen. Der Schein der Lampen hat sich verändert. Zuerst weiß sie nicht, was fehlt, oder ist etwas hinzugekommen? Das Flackern und Blaken hat aufgehört. Die Öllampen brennen ruhig und mit klarem Licht, das Balsam für ihre rot geweinten Augen ist. Sie denkt, dass sie aufstehen sollte, und im selben Moment findet sie sich stehend. Endlich ist der Sabbat vorüber, und sie kann nach Seinem Grab schauen.

Es ist noch früh, die Sonne ist noch nicht über den Rand der Erde gekrochen. Maria wundert sich, dass die Straßen Jerusalems voller Menschen sind. Die Gewänder, die sie tragen, sind allesamt weiß. Nur das Rascheln ihrer Stoffe ist zu hören. Von Weitem erkennt sie das Richtertor – auch dort hatte Schweigen geherrscht, als man Ihn hindurchführte. Ein Büttel nannte Seinen Namen und das Verbrechen, das Er begangen haben sollte. Die geifernde Menge wurde mit einem Schlag still. Niemand rief jenes erlösende Wort, das das Todesurteil, wenn nicht aufgehoben, doch wenigstens aufgeschoben hätte. Gemäß altem Brauch konnte die versammelte Menge protestieren, wenn der Abgeurteilte durch das Richtertor geführt wurde. Die letzte Möglichkeit, ein allerletzter Ausweg, danach gab es keine Hoffnung mehr.

Maria Magdalena will sich nicht aufhalten und schreitet gesenkten Hauptes kräftiger aus. Es wird allmählich hell.

Sie erkennt den Eingang eines Grabes, der bewacht wird, und dass tatsächlich Schnee gefallen ist; er hat die schlafenden Wachen überpudert wie mit Mehl aus einer gigantischen Kornmühle.

Er hängt als feiner Kristallstaub in den Haaren des Engels, der ihr in den Weg tritt und sie in seine Arme hebt, bevor er mit einem einzigen entschlossenen Schritt durch den Stein hindurchgeht, der die Grabkammer verschlossen hält.

In der Grabhöhle tobt ein Sturm, der die Felsen knirschen lässt. Der Leichnam liegt in hartes Leinen gehüllt auf einem steinernen Tisch. Draußen schiebt sich das erste Drittel der Sonnenscheibe über den Horizont. Maria Magdalena kniet, umfasst von den Armen des Engels, auf dem Boden, die Augen weit aufgerissen, die Hände vor der Brust. Nach dem Sturm erschüttert ein Erdbeben die Höhle, und nach dem Erdbeben fängt die Luft an zu brennen. Erst als Stille eintritt, in der ihre Ohren anfangen zu klingen, schlägt der Engel sachte seine Flügel vor ihr Gesicht. Alles, was sie jetzt noch wahrnimmt, ist ein sanftes, leises Säuseln. Es ist das gleiche Säuseln, das Elija einst das Gesicht verhüllen und vor seine Höhle treten ließ, als der Herr vorüberzog. Maria Magdalena weiß, dass kein Lebender den Herrn schauen kann. Es dauert zehn, zwölf Herzschläge lang. Dann gleißt ein Blitz so hell, dass er das Flügelpaar des Engels und ihre geschlossenen Augenlider durchdringt. Über den Bergen im Osten löst sich die Sonnenscheibe vom Horizont, um aufzusteigen.

Maria Magdalena kriecht auf allen vieren hinüber, dorthin, wo Er aufgebahrt ist. Ihre Hand greift immer wieder ins Leere. Mühsam stemmt sie sich empor. Wirft sich auf den Steintisch, sucht Ihn mit ihrem ganzen Körper. Und findet Ihn nicht.

Das Grab ist leer.

Als Maria Magdalena die Augen öffnete, fand sie sich neben den anderen Frauen, wie sie eingeschlafen war – ihre Finger verkrallt in den Leinenvorhang, der ihre Schlafecke von dem großen Hauptraum abteilte. Sie sprach ein Gebet, spülte sich den Mund mit Wasser, nahm einen Schluck Wein. Endlich war der Sabbat vorüber, und sie konnte nach Seinem Grab schauen.

Es war noch früh, die Sonne war noch nicht über den Rand der Erde gekrochen.

3

Rom, März 2007

Wenn Krista geglaubt hatte, dass sich mit dem Eintreffen der römischen Polizei ein Team von Spurensicherern, Fotografen, Ermittlern und Beamten über Manfreds Wohnung ergießen würde, dann wurde sie durch Commissario Giovanni Pieroni, gefolgt von seinem Adjutanten Zeno Aurel, eines Besseren belehrt. Während Aurel, mit einer Digitalkamera bewaffnet, Aufnahmen des Türschlosses, des Schreibtisches und ein paar Nahaufnahmen seines Vorgesetzten machte, verstrickte sich Pieroni mit Monsignore Farnese in dessen jahrhundertealte Familiengeschichte.

Aurel, ein stämmiger Bursche mit Bürstenschnitt und modischem Kinnbärtchen, perfekt sitzender Uniform und Händen wie Schaufeln legte die Kamera vorsichtig zur Seite und zückte ein dickes Notizbuch.

»Allora, Signorina, ich brauche Ihre persönlichen Daten. Name, Vorname, Adresse, Beruf, Arbeitserlaubnis. Haben Sie eine Kopie Ihres Ausweises oder anderer documenti?«

Der Monsignore wurde aufmerksam und wandte sich von Pieroni ab.

»Aber, aber, Verehrtester«, lächelte er verbindlich, »die Signorina Winther fühlt sich nicht besonders wohl, wir wollen sie doch nicht mit Papierkram belästigen.«

»Die Signorina Winther fühlt sich in der Tat nicht ganz auf der Höhe«, flocht Krista ein, »weil sie in ihrer künftigen Dienstwohnung niedergeschlagen wurde, von einem Kleriker, der diese Wohnung unaufgefordert betreten hat.«

Der Monsignore riss die Augen auf und hob beide Hände zum Zeichen seiner Unschuld.

»Signorina, eh, Lukrezia Winther? Deutsche Journalistin?«, schaltete sich Pieroni ein, nachdem er einen Blick auf ihren Presseausweis geworfen hatte.

Um die Mundwinkel des Geistlichen zuckte es verräterisch bei der Nennung von Kristas eingetragenem Vornamen.

»Mein Rufname ist Krista«, informierte sie ihn mit einem

genervten Seitenblick. Sie hasste ihren Taufnamen von ganzem Herzen. Und überhaupt – eine Rom-Korrespondentin, die Lukrezia hieß. Lächerlich.

»Und Sie möchten also Monsignore Lorenzo Emilio Farnese wegen Einbruchs und Körperverletzung anzeigen?«

Nein, dachte Krista, ich möchte eine Megastory über diese saubere Familie und ihre Seilschaften schreiben, sobald Manfred wieder aufgetaucht ist.

»Kein Gedanke! Wir haben uns bereits darüber verständigt«, räumte sie bereitwillig ein.

Lorenzo stand, die Hände hinter dem Rücken verschränkt, am Fenster und wirkte unbeteiligt.

Aurel sank mit dem vollen Gewicht seiner hundertzehn Kilo in den nächsten Sessel und wischte sich erleichtert mit einem Taschentuch die Stirn.

»Bene. Nachdem wir das also geklärt haben – Sie, Monsignore, haben die Wohnung unverschlossen gefunden und –«

»Nicht unverschlossen«, schaltete sich der Monsignore ein, »wie Sie an den Spuren um das Schloss sehen können, hat man einen Dietrich oder ähnliches Werkzeug benutzt. Der Rechner von Manfred Moorstein fehlt, vermutlich auch sein Notebook, außerdem hat man das Telefon herausgerissen und mitgenommen.«

Pieroni, der sich einen hölzernen Zahnstocher zwischen die Lippen geschoben hatte, beäugte wenig interessiert die Telefonbuchse über dem Schreibtisch. »Das ist unser grauer Alltag hier in Rom, Monsignore. Abzockereien, Taschendiebstahl, Kindesmissbrauch und Zwangsprostitution sind unser täglich Brot. Schuld hat der Innenminister, der nicht durchgreift. Die Stadt ist mittlerweile fest in der Hand von albanischen Zuhältern, tunesischen Drogenhändlern und Horden von Zigeunern, die –«

»… Sinti …«, korrigierte der Monsignore.

»Meinetwegen! Also Sinti, die überall einbrechen, geschickte Hände hatten sie ja schon immer, und hier ist wieder die ganze Elektronik verschwunden. Wetten, die taucht irgendwo in Rumänien oder Albanien wieder auf?«

»Aber warum haben die Einbrecher den Flachbildschirm nicht mitgenommen und den MP3-Player von Manfred liegen lassen?«

Krista erntete für diese Bemerkung einen anerkennenden Blick des Monsignore. Pieroni lächelte leutselig.

»Keine Zeit! Die Diebe wurden gestört und haben sich schleunigst davongemacht. Das ist typisch für diese feigen, schmutzigen –«

»Moment mal!« Krista wollte aufbrausen, wurde aber von dem Kleriker mit einer beschwichtigenden Handbewegung daran gehindert. Der Monsignore legte freundlich den Arm um die Schultern von Pieroni und geleitete ihn Richtung Ausgang.

»Es freut mich, dass Sie den Fall so schnell und kompetent analysieren konnten. Was den Papierkram betrifft, erhalten Sie von mir ein Fax mit allen relevanten Informationen, Ausweiskopien et cetera et cetera. Grüßen Sie bitte auch den Polizeivizepräsidenten, er ist der Taufpate meiner Cousine.«

Verwundert blickte Krista den Männern nach.

»Gewiss wird er sich sehr freuen«, hörte sie den Monsignore schmeicheln. Die Eingangstür fiel ins Schloss.

Als Lorenzo zurückkehrte, war der Honig in seiner Stimme verschwunden und sein Gesicht bleich vor Empörung.

»Stupidi! Idioten!«

Krista sah ihm deutlich an, dass er mit der Versuchung ringen musste, nicht expliziter zu werden, und beobachtete fasziniert, wie er sich mit Mühe wieder in den Griff bekam. Er legte sich die zur Faust geballte Rechte auf die Herzgegend und atmete tief aus.

Sie hatte in diesem Moment nicht den Hauch einer Ahnung, wie vertraut ihr diese Geste noch werden sollte.

»Die Diebe haben gezielt nach Informationen über Manfreds Arbeit gesucht. Aber weswegen?« Krista stand vor Manfreds Schreibtisch und inspizierte seine Pinnwand nach Hinweisen. Sie war übersät mit Restaurantrechnungen, Visitenkarten, Heiligenbildchen – darunter die Maria Advocata aus dem Kloster Santa Maria del Rosario, eine uralte Ikone, über die er eine Titelstory geschrieben hatte –, Gummibändern, Sicherheitsnadeln, einem Schlüsselanhänger mit dem Bild des Petersdoms darauf und mehreren Postkarten aus dem Heiligen Land, den USA und der Türkei. Lorenzo spähte ihr über die Schulter.

»Wenn da etwas Relevantes zu finden gewesen wäre, hätten die Diebe es sicher mitgenommen«, sagte er, klappte sein Handy auf und trat an das breite, mit einem Stichbogen verzierte Fenster, das Blick auf die pittoresken Dächer und Dachterrassen der benachbarten Villen und Palazzi bot – in der Ferne blitzte sogar ein Stück der Kuppel des Petersdoms. Wenn der Wind günstig stand, konnte man in Manfreds Büro die Glocken des Petersdoms hören.

»Wir müssen vor allem herausfinden, wo Manfred steckt …« Er drückte zwei Tasten, erreichte nur die Mailbox seines Gesprächspartners und sprach ein paar Sätze zu Manfreds Verschwinden darauf.

Krista hatte auf dem Schreibtisch gestöbert und hielt nun den Vorabzug für den nächsten Titel des »Vatican Observer« in Händen. Manfred arbeitete hin und wieder für das Magazin, und seine Titelgeschichte versprach sensationelle neue Erkenntnisse.

»›Das wahre Antlitz Jesu – der Kirchenkrimi um die wertvollste Reliquie der Christenheit‹? Was meint er damit?«

Sie blickte fragend zu Lorenzo, der sich aus einem Schälchen mit Gianduia-Konfekt von Moorsteins Schreibtisch bediente.

»Vermutlich das sogenannte Schweißtuch der heiligen Veronika – vielleicht kennen Sie die Darstellung aus der Kunstgeschichte.«

Er ließ seine Finger suchend über die Bücher in Moorsteins Regal gleiten, zog einen Bildband heraus und blätterte darin herum, während er genüsslich das Nougatpraliné im Mund zergehen ließ. »Sehen Sie hier, ein Gemälde des Meisters von Flémalle, zwischen 1400 und 1440 entstanden. Es zeigt einen hauchdünnen Schleier mit einem Porträt Christi auf dem durchsichtigen Stoff, das aussieht wie ein fotografischer Abdruck. Die Legende, die dahintersteckt, bezieht sich auf den Kreuzweg Jesu, die Stationen seines Leidensweges. An der sechsten Station habe ihm die heilige Veronika, die manche mit der blutflüssigen Frau aus dem Matthäusevangelium, Kapitel 9, Verse 20 bis 22, gleichsetzen – Sie sollten übrigens dieses herrliche Gianduia-Konfekt probieren. Eine Turiner Spezialität!«

Krista schüttelte den Kopf, während Lorenzo nochmals zulangte.

»Eine blutflüssige Frau? Helfen Sie mir auf die Sprünge?«

»Jesus Christus ist gerade auf dem Weg zum Vorsteher der Synagoge, der ihn um Hilfe gebeten hat, weil seine Tochter gestorben ist. Eine Frau, die seit zwölf Jahren an Blutfluss litt, somit als unrein galt, trat von hinten an ihn heran und dachte sich, wenn ich wenigstens seinen Mantelsaum berühren kann, dann werde ich sicher gesund. Jesus spürt ihre Berührung, dreht sich um und sagt zu ihr: ›Dein Glaube hat dir geholfen.‹ Von dieser Stunde an ist die Frau vollkommen gesund. Und die Legende besagt, dass sie es war, die Jesus Christus an der sechsten Station des Kreuzweges ein Tuch gereicht hat, um ihm das zerschundene Gesicht von Schweiß und Blut zu säubern. Und als sie das Tuch genauer betrachtete, da stellte sie fest, dass sich das Gesicht des Erlösers als Abdruck auf dem Stoff erhalten hat.«

Kristas Blick wanderte zweifelnd zwischen dem Vorabzug des Magazintitels und der Reproduktion des flämischen Meisters hin und her. Sie hatte auf Manfreds papierener Schreibtischunterlage kreuz und quer ein paar Stichworte und Namen notiert und zielte nun mit dem Kugelschreiber auf Lorenzos Brust.

»Sie meinen einen Abdruck in der Art des Grabtuchs von Turin?«

Krista hatte das Grabtuch von Turin schon mit eigenen Augen gesehen – ein völlig nichtssagendes, stellenweise verflecktes großes Leintuch, auf dem *rein gar nichts zu erkennen war*, wenn man nicht mit Speziallampen und fotografischen Negativen arbeitete. Dann allerdings entstanden die schattenhaften Umrisse eines gekreuzigten Mannes mit erstaunlichen Details wie Blutspuren von einer Dornenhaube, Nagelwunden an Handwurzeln und Knöcheln und den Malen einer grauenhaften Geißelung auf dem Rücken.

Der Monsignore, der eindringlich das Einwickelpapier seiner dritten Praline studiert hatte, blickte auf und schüttelte ungeduldig den Kopf.

»Nein, keine Schatten, keine Umrisse. Nichts in dieser Art. Das Schleiertuch zeigt ein Porträt in fotografischer Qualität – das wahre Antlitz Jesu …« Fasziniert von seiner Lektüre fuhr er unvermittelt fort. »Wussten Sie eigentlich, dass Liebesgedichte im Einwickelpapier aufgedruckt sind? Sogar in vier Sprachen. Schauen Sie nur! Was für eine zauberhafte Idee! In diesem hier steht ein Vierzeiler von Lord Byron … In dem anderen …«

Er bückte sich zum Papierkorb und wühlte darin herum. »Da sind sie ja. Shakespeare. Oh, und Neruda!«

Begeistert hielt er Krista das Konfektschälchen unter die Nase. »Los, nehmen Sie eins! Ich bin gespannt, was in Ihrem steht …«

Krista bediente sich ohne hinzusehen und studierte den Titelvorabzug mit dem Foto des Schweißtuches der heiligen Veronika, wie es bis heute im Petersdom aufbewahrt wurde.

»Im sechzehnten Jahrhundert baute man für die kostbarste Reliquie der Christenheit, die Vera Ikona, also das wahre oder echte Bildnis Jesu Christi, einen gewaltigen Tresor in den Veronikapfeiler des Petersdoms. Die Pilger strömten in Scharen, sogar ein gewisser Martin Luther wollte in die Augen des Herrn sehen. Das Problem war nur …« Der Monsignore, der sich in Eifer geredet hatte, hielt inne. »Gehen Sie ans Licht und betrachten Sie das Tuch des Vatikans genau!«

Krista hielt das Blatt schräg und studierte es mit zusammengezogenen Augenbrauen: Porträt in fotografischer Qualität? Das Schweißtuch der heiligen Veronika, wie es im Petersdom aufbewahrt wurde, bestand aus einem Konglomerat von bräunlichen Flecken, darauf war beim besten Willen nicht einmal der Umriss eines Kopfes, geschweige denn ein Gesicht zu erkennen. »Hat es jemand ausgetauscht?«

In einem Moment hörte sie noch ihre Stimme verhallen, sah Lorenzo mit weit ausgebreiteten Armen dastehen wie ein Dozent, der seiner Zufriedenheit über die Auffassungsgabe eines Schülers Ausdruck verleiht – und im nächsten zerplatzte das Licht in ihren Augen mit einem peitschenden Knall. An ihrer Schläfe spürte sie einen feinen Schmerz, als ob man die scharfe Kante eines Blatt Papiers daran entlanggezogen hätte, und als sie wieder auf den Vorabzug blickte, bemerkte sie ungläubig, dass die bräunlichen Flecken des Schweißtuchs phantastisch grellrot aufleuchteten.

Durch einen Hagel von glitzernden Scherben, die Arme vor der Stirn, sprang Lorenzo mit einem geschmeidigen Satz in Richtung Fenster los. Er packte Krista an beiden Schultern, ging mit ihr zu Boden und warf sich schützend über sie.

Es wurde still. Im einfallenden Licht schimmerte aufgewirbelter Staub wie ein lautloser Nachklang des Glashagels.

»Ich kriege keine Luft«, jammerte Krista. Der Monsignore stützte sich rücksichtsvoll auf seinen Ellbogen ab, um sie von seinem Körpergewicht zu entlasten. Ein paar schwarze Strähnen fielen ihm in die Stirn, und seine dunklen Augen, in denen Krista aus dieser Nähe bernsteinfarbene Sprenkel aufleuchten sah, glitten besorgt über ihr Gesicht, um das Ausmaß der Verletzung zu prüfen.

»Nur leichte Schnittwunden«, beschied er. »Wir müssen hier raus. Können Sie laufen?«

Erneut fand sie sich dicht an Lorenzo gepresst, und wieder fiel ihr das intensive Aroma nach Thymian, vermischt mit dem leichten Duft von Weihrauch, auf, das seine Haut verströmte.

»Avanti!«, rief er und zog Krista mit sich in die Höhe.

Das Glas knirschte unter ihren Füßen, als sie gebückt Richtung Eingangstür flüchteten. Sie stolperte seinem Zickzackkurs folgend aus der Wohnung, die Stufen hinunter, über die Straße und ließ sich bereitwillig in eine Limousine schieben, die zwei Häuser weiter stand. Nachdem er die Türen von innen verriegelt hatte, kramte er im Handschuhfach nach ein paar Papiertüchern, um Krista das unablässig in die Augen strömende Blut abzuwischen.

»Was ist? Warum fahren Sie nicht?«, fauchte Krista. Sie entriss ihm die Tücher und presste sie sich stöhnend vor die Stirn.

»Das ist ein gepanzerter A8! Wenn man nicht gerade eine Kassam-Rakete auf ihn abfeuert, hält er locker stand«, antwortete er und warf einen Blick in den Rückspiegel, zum einen um die Lage zu sondieren, zum anderen um sich einige unordentliche Haarsträhnen aus der Stirn zu streichen und den Sitz seiner Sonnenbrille zu überprüfen.

»Es genügt ja, wenn uns die römischen Stadtwerke in zweiter Reihe zuparken, also fahren Sie endlich los!«, schrie Krista genervt auf.

Tatsächlich bog gerade ein Müllauto gemächlich in die Straße ein und machte Anstalten, sie für die nächste Viertelstunde hoffnungslos zu blockieren.

Der Monsignore ließ endlich den Motor aufheulen, gab Gas und bog scharf vor dem Lkw nach links in eine Seitenstraße ab.

»Wo fahren wir hin?«

»Zu mir. Bis wir wissen, was hier los ist.«

Sie schaute ihn überrascht an. »Und bei Ihnen sind wir in Sicherheit?«

Er drückte ihr mit einem feinen Lächeln seine Visitenkarte in die Hand und drosch dreimal auf die Hupe, um eine störende Vespa zur Seite zu treiben.

Krista konnte es kaum glauben: Auf dem eierschalenfarbenen handgeschöpften Papier prangte das Familienwappen der Farnese in hochwertiger Stahlstichausführung. Darunter las Krista seine Adresse: Palazzo San Carlo – Città del Vaticano.

Die Vatikanstadt!

Monsignore Lorenzo Farnese hatte es jetzt eilig. Sie waren in Rekordtempo durch das Gewirr von Sträßchen und Gässchen Richtung Porta Sant'Anna gekreuzt, eines der fünf Tore zur Vatikanstadt, vor dem sich bereits eine ansehnliche Menge an Fahrzeugen staute.

Die Ampel, die die Einfahrt erlaubte, stand auf Rot. Kristas Begleiter scherte nach links auf die Spur der Ausfahrenden und drückte das Gaspedal durch. Vor einem Vertreter der Schweizergarde in dunkelblauer Alltagsuniform und mit schwarzem Barett kam er mit quietschenden Reifen zum Stehen.

»Buongiorno, Hellebardier, ich brauche Passierschein und Aufenthaltserlaubnis für Signorina Krista Winther!«

»Dann ist das die falsche Straßenseite, Monsignore Farnese«, informierte der Hellebardier ungerührt, »wir kontrollieren die Ausreise. Passierscheine gibt's bei den Kollegen von der Gendarmerie auf der anderen Seite.« Er deutete mit ausgestrecktem Zeigefinger über die Straße.

Der Monsignore musterte ihn gereizt über den Rand seiner Sonnenbrille hinweg. Dann wandte er sich an Krista und bat um ihren Ausweis.

»Hellebardier, um die Ausreisenden nicht weiter zu behindern, kann ich leider nicht hier stehen bleiben und mit Ihnen weiterplaudern. Bitte überreichen Sie einfach Ispettore Cairo von der Gendarmerie den Ausweis der Signorina, er möchte die nötigen Unterlagen auf sie ausstellen und heute Abend bei mir im Palazzo San Carlo vorbeibringen.«

Der blonde Beamte beugte sich amtlich zum Fenster herein.

»Das würde ich wirklich gern für Sie tun, Monsignore, wenn ich nicht strikte Order hätte, meinen Posten an der Ausreisestelle auf keinen Fall zu verlassen.«

Der Monsignore setzte vorschriftsmäßig den rechten Blinker.

»Ich reise jetzt ein, Hellebardier.«

»Dann muss ich Ihnen leider die Reifen zerschießen.«

»Sie sehen doch, dass die Signorina medizinische Versorgung benötigt!«

Krista raffte ihre blutigen Papiertücher zusammen und hielt sie dem Hellebardier als Beweis hin. Der Schweizergardist kratzte sich unbehaglich unterm Hemdkragen. Lorenzo, der mit den Fingern mehrere Trommelwirbel auf seinem Lenkrad gespielt hatte, ergriff jetzt den Presseausweis von Krista und stopfte ihn dem Beamten in die Brusttasche.

»Erstens haben wir einen dringenden Notfall, und zweitens ist dies das Auto meines Onkels, Kardinal Estefanio Farnese. Insbesondere wegen Punkt Zwei rate ich Ihnen dringend, nicht auf das Auto zu schießen. Der Kardinal hängt sehr daran und ist dieser Tage nicht besonders gut aufgelegt.«

Er gab Gas und fuhr an dem zur Salzsäule erstarrten Beamten vorbei in vatikanisches Staatsgebiet, indem er wieder auf die Einreisespur schwenkte, begleitet vom aufgeregten Hupen der Ausreisenden, deren Spur er blockiert hatte.

Krista wusste nicht, ob sie lachen oder weinen sollte.

»Hier sind wir also in Sicherheit? Es muss ja nur der Nächstbeste mit einer Kardinalslimousine kommen, und er wird mit einem bezahlten Killer auf dem Beifahrersitz freundlich durchgewunken. Wie?«

»Die Vatikanstadt ist der bestbewachte Ort der Welt«, gab Lorenzo zurück.

»Das sagen Sie! Nach dieser Vorstellung?« Sie schaute ihn von der Seite an.

»Der sicherste Ort der Welt«, bekräftigte er gut gelaunt, während sie die Via del Pellegrino entlangrollten. »Ausgenommen natürlich, Sie werden von einem Mitglied der Familie Farnese verfolgt.«

4

Ephesus, Römisches Reich, April des Jahres 46

Der Tag, an dem Rufus' verkrüppeltes Bein wieder gesund wurde, begann wie jeder andere damit, dass ihm seine Großmutter einen Schluck kühles Wasser ans Bett brachte. Priszilla reichte ihm den Tonbecher, den sie am Brunnen im Hof gefüllt hatte und der so wunderbar nach nasser Erde duftete. Rufus trank gierig. Der erste Schluck Wasser am Morgen schmeckte himmlisch und löschte den Durst am besten. Seine Großeltern wollten heute mit ihm einen Ausflug machen, hinauf zum Nachtigallenberg. Dort wohnte eine Frau, die sie Mutter Maria nannten. Vielleicht war sie die Mutter von Priszilla und Marcius, dachte er bei sich. Rufus, der erst fünf Jahre alt gewesen war, als seine Eltern an einem Fieber starben, konnte sich kaum noch an seine eigene Mutter erinnern. Ihm gefiel der Gedanke, die Mutter seiner Großeltern kennenzulernen.

Er sprach zusammen mit Priszilla das Morgengebet, dann folgte er ihr hinkend in die Vorratskammer, wo sie flache Brote, Oliven, salzigen Käse, getrocknete Aprikosen und frische Feigen einpackten, außerdem je einen Schlauch mit Wasser und mit Ziegenmilch. Rufus musste seine Ungeduld zähmen und sich noch einen frischen, sauberen Überwurf anziehen. Nachdem Marcius den Esel namens Grau in den Hof geführt und ihm das Kopfgeschirr übergeworfen hatte, gingen Priszilla und Marcius noch einmal in das Haus zurück, um die Geldkassette aus Eisenholz aus ihrem Versteck in der Wand zu holen.

Sie entnahmen ihr eine Kette aus Lapislazuli, die Priszilla in den Falten ihres Gewandes verbarg. In ihrer Werkstatt suchte sie noch einen kleinen Wandbehang aus, den sie vor einiger Zeit fertiggestellt hatte, und rollte ihn sorgfältig zusammen. Priszilla war eine Seidenweberin, die nur mit den besten Lieferanten und Färbern von Ephesus zusammenarbeitete. Sie hatte ein Gespür für erstklassige Materialien, und weil sie darüber hinaus auch eine geschickte Handwerkerin war, konnte sie ihre Behänge und Teppiche an die wohlhabenderen Haushalte in Ephesus gut verkaufen. Sie dankte Gott jeden Tag dafür, sich, ihren Mann und Rufus ernähren und für schlechte Zeiten sogar etwas beiseitelegen zu können. Doch sie würde nicht ewig leben, und was sollte dann aus Rufus werden? Der Kleine war aufgeweckt, sein Geist stets wach und umherschweifend. Er besaß eine schnelle Auffassungsgabe und ähnelte ihrer Tochter, die sie durch das Fieber verloren hatte.

Rufus war ein fröhliches Kind – dass er unter seinem von Geburt an verkrüppelten Bein litt, ließ er sich kaum anmerken. Der Glaube an Gott und Jesus, den Christus, den seine Großeltern vorlebten, half ihm.

Und nun hatten sie das große Glück, dass Mutter Maria zusammen mit dem Apostel Johannes aus Jerusalem angereist war. Maria und der Lieblingsjünger ihres Sohnes wohnten in einem Haus südlich von Ephesus, auf dem Nachtigallenberg.

Priszilla plante schon seit Wochen einen Besuch bei der Frau, die viele als die Mutter des Messias verehrten. Sie hoffte, mehr über diesen einzigartigen Menschen erfahren zu können, sein Leben, seinen Tod und seine wunderbare Auferstehung. Seit sie auf einer Pilgerfahrt nach Jerusalem zum ersten Mal von ihm und seiner Botschaft gehört hatte, zählte sie sich zu seinen Anhängern – und die Bewegung wuchs und wuchs.

Mit dem Lächeln der Vorfreude auf ihren Lippen trat Priszilla vor das Haus und ging zu der Tamariske, an die Grau angebunden stand. Grau, ein für die Eigenarten seiner Rasse verhältnismäßig zugängliches Tier, begrüßte sie mit lustigem Schnauben und einem Stupser. Er freut sich auf den Ausritt, dachte Priszilla. Wie wir alle uns nach ein bisschen Abwechslung sehnen.

Mit ein paar Handgriffen verstaute sie die Gastgeschenke in den Seitentaschen, dann bat sie gemeinsam mit Marcius um Gottes Segen für ihre kleine Unternehmung. Endlich hob ihr Mann Rufus auf den Rücken des Esels und ermahnte ihn liebevoll, sich gut festzuhalten. Zuversichtlich brachen sie auf.

Es war ein herrlicher Morgen. Die Mauersegler über ihren Köpfen ließen ihr »Sri! Sri!« durch die Straßen von Ephesus gellen. Das Ägäische Meer lag im steinernen Becken des Hafens wie eine Spange aus Lapislazuli. Sie bogen auf die blendend weiße Hauptstraße aus reinem Marmor ein und folgten ihr in südlicher Richtung, vorbei an Tempeln, Villen und Ladengeschäften, Tavernen und Werkstätten.

Rufus blinzelte in die Sonne und drückte aufgeregt sein Lieblingsspielzeug an die Brust, einen winzigen Terrakottadelphin.

Sie gingen hangaufwärts und blieben immer wieder stehen, um einen Blick auf die Prachtstraße und den darunterliegenden Hafen zu werfen. Weiter führte sie der Weg am Odeon, dem großen Freilichttheater, und der tausendsäuligen Agora vorbei zum Magnesia-Tor, an dem sich bereits die Händler drängten, die Einlass in die Stadt begehrten, um ihre Waren auf dem Markt oder an die Ladenbesitzer an der Hauptstraße zu verkaufen: Datteln und Oliven, Garamsoße, Wolle, Seide und Stoffe aller Art, Hühner, Tauben, Ferkel, Ziegen, die einen Heidenspektakel vollführten, Säcke mit Getreide. Ein Stück abseits warteten – von bewaffneten Leibgarden umgeben – die Silberhändler, die das Edelmetall an die berühmten Feinschmiede der Stadt lieferten.

Sie passierten das Tor und begannen mit dem beschwerlichen Aufstieg auf den Nachtigallenberg. Der Pfad zog sich in Serpentinen an der Flanke des mit Lorbeerbäumen und Wacholder bewachsenen Hanges hinauf. Dazwischen erhoben sich Pinien und verwilderte Ölbäume, umwachsen von blühenden Rosmarinbüschen.

Rufus holte tief Luft und ließ sich von diesem Duft erfüllen. Hin und wieder beugte er sich vor, um Grau zwischen den Ohren zu kraulen, und einmal bat er um eine Rast und einen Schluck Milch. Bevor ihn Marcius wieder auf Grau hob, steckte ihm Priszilla noch eine Handvoll getrocknete Aprikosen zu.

Noch ehe die Sonne ihren höchsten Stand erreicht hatte, kam ein einfaches Steinhäuschen in Sichtweite, umgeben von rötlich leuchtenden Trockenmauern und Maulbeerbäumen, die Schatten spendeten. Eine kleine Quelle war so geschickt eingefasst, dass sie herrliche rosarot blühende Rosenstöcke bewässerte. In einer Koppel hinter dem Haus standen Ziegen und Schafe, ein Holzverschlag beherbergte ein halbes Dutzend Hühner, die träge in der Mittagshitze dösten.

Vor das Haus tritt eine hochgewachsene Frau. In der einen Hand ein Tablett mit Bechern, Wasser und Wein, um die Besucher zu erfrischen, die andere Hand beschattet ihre Augen, die von solch ungewöhnlich silbrig schimmerndem Blau sind, dass Rufus sich unwillkürlich fragt, ob die Frau ihre Augen vor der Sonne schützen oder vielmehr die Sonne vor ihren Augen schützen will. Ein Junge, ungefähr in seinem Alter, schmiegt sich an ihre Beine und winkt ihm fröhlich lachend zu. Rufus freut sich auf den neuen Spielgefährten. Doch als er blinzeln muss und zurückwinkt, ist der Junge verschwunden. Er humpelt auf die fremde Frau zu, die das Tablett auf den Boden stellt und in die Hocke geht, um ihn begrüßen zu können.

»Wo ist dein Sohn hin, liebe Mutter?«, fragt Rufus, und die Pupillen der Frau weiten sich. Aus der Nähe sieht er, dass sie schon älter sein muss, vielleicht so alt wie seine Großmutter, die jetzt näher tritt und der anderen den Friedensgruß entbietet, den diese flüchtig, immer noch hockend, erwidert.

»Du hast ihn gesehen?«, fragt sie leise.

Er nickt stumm.

Die Frau streckt ihre Hände aus, um ihn zu segnen.

»Du wirst ihn noch einmal sehen«, verspricht sie. »Aber jetzt erfrischt euch, trinkt und badet eure staubigen Füße.«

Sie erhebt sich, gestützt auf den Arm eines herbeigeeilten Mannes, den sie Johannes nennt.

Johannes ist der dünnste Mann, den Rufus je gesehen hat, mit scharf gezeichneten Wangenknochen und schräg stehenden Bernsteinaugen. Doch er ist stark genug, große Behältnisse mit frischem Quellwasser herbeizutragen, in die Mutter Maria Rosenblütenblätter gestreut hat.

Nachdem die drei Besucher sich erfrischt und gestärkt haben, zeigt ihnen Johannes ein kühles, abgedunkeltes Zimmer, in dem sie sich von der Hitze und dem anstrengenden Weg bergauf ausruhen können. Später wollen sie gemeinsam beten und danach zu Abend essen. Rufus fällt, an Priszilla geschmiegt und seinen Delphin in der linken Faust geborgen, in einen leichten Schlummer. Er beginnt zu träumen.

Marias Sohn ist wieder da! Der Junge nimmt ihn bei der Hand, und an seiner Seite kann Rufus laufen, hüpfen und springen. Gemeinsam toben sie durch den Olivenhain hinter dem Haus.

Rufus ist glücklich in diesem Traum. Er hat nicht viele Freunde, doch dieser Junge will sein Freund sein.

Zusammen mit ihm kann er über Mauern springen und auf Bäume klettern.

Doch als er erwacht und wieder aufsteht, muss er sein Bein immer noch nachziehen, wie es immer war. Allmächtiger Gott, denkt Rufus, lass mich nur jede Nacht so laufen und spielen, dann will ich den Tag über zufrieden sein mit meinem Bein.

Die Erwachsenen haben sich in einer nach Westen ausgerichteten Kammer mit einem großen Fenster versammelt, um gemeinsam zu beten und Psalmen zu singen. Durch das Fenster strahlt rotgolden die sinkende Sonne – Rufus muss blinzeln und den Kopf abwenden. Maria klopft einladend auf den Platz an ihrer Seite, und er humpelt froh zu ihr hinüber. Die meisten Psalmen kann er mitsingen, und während der Pausen, in der Stille dazwischen, formuliert er bei sich noch einmal seine Bitte.

Die Frau neben ihm hat sich erhoben und ist zu einer Nische in der Wand gegangen, der sie ein Behältnis aus Zedernholz entnimmt. In der Kammer breitet sich erwartungsvolles Schweigen aus. Viel haben die Anwesenden schon von ihrem Sohn, Jesus, dem Christus, gehört. Von seiner Gottesfurcht, seinen Heilungen und Dämonenaustreibungen, seiner Güte und Liebe – und von seiner Auferstehung aus dem Grabe. All jenes, das in den Bethäusern von Galiläern und Jerusalemitern gepredigt und erzählt wird, die ihm noch selbst begegnet sind. Doch was sie jetzt erwartet, wird alle Vorstellungen und Begriffe, ihr gesamtes Denkvermögen übersteigen.

Maria öffnet das Holzkästchen und nimmt einen hauchzarten Schleier heraus, der wie ein Mondstein milchig-opak, fast bläulich schimmert. Johannes stellt eine Art Staffelei vor das große Fenster. Maria hält den Schleier ausgebreitet mit den Fingerspitzen und zeigt ihn der kleinen Gemeinde erst von vorn, dann von hinten – er bleibt irisierend weiß, rein gar nichts ist darauf zu erkennen. Bis sie ihn an dem Holzrahmen befestigt und gegen die einfallenden Strahlen der Abendsonne dreht. Entsetzt weichen die Versammelten zurück, als sich plötzlich im Gegenlicht, wie von der Hand Gottes gemalt, das Porträt eines Mannes im Alter um die dreißig auf dem Gewebe abzeichnet. In sämtlichen Ton- und Erdfarben leuchtet das überirdische Gebilde, Schattierungen wie von Ocker, Sepia und Kreide bilden das Antlitz so lebensecht ab, wie es kein menschlicher Maler je könnte. Mit jedem Hauch, jeder Bewegung des Schleiers ändert das Gesicht seinen Ausdruck. Marias vom Tode auferstandener Sohn blickt, obwohl seine Züge noch die Folterspuren tragen, die Anwesenden mit unendlicher Liebe an, als stünde er mitten unter ihnen.

Wahrlich, dieser Mensch ist Gottes Sohn!

Priszilla und Marcius knien ehrfürchtig nieder. Rufus erkennt in den gütigen Augen den Blick des kindlichen Freundes aus seinem Traum. Ganz still steht er vor dem geheimnisvollen Abbild. Maria beobachtet ihn besonders genau: Unzählige Male hat sie schon erlebt, wie durch die Begegnung mit Maria Magdalenas Schleier, den sie aus dem leeren Grab geborgen hatten, Menschen verändert wurden. Immer noch finden wunderbare Heilungen in seinem Namen statt. Auch Johannes erkennt, was sich da zwischen dem verkrüppelten Jungen und seinem Herrn und Erlöser abspielt. Er spricht mit geschlossenen Augen ein Bittgebet um Beistand an seinen Herrn und Meister und legt Rufus die Hände auf. Der Junge sackt, wie vom Blitz getroffen, ohnmächtig zusammen. Marcius kann ihn gerade noch auffangen. Von dieser Stunde an ist Rufus vollständig geheilt.

Zwei Tage später gürtet sich Marcius, und Priszilla besteigt den Esel Grau, der von ihrem Mann am Kopfgeschirr geführt wird. Tränen der Dankbarkeit wie auch des Abschiedsschmerzes stehen in ihren Augen. Johannes, der Liebling des Herrn, möchte Rufus als seinen Schüler bei sich behalten. Die Ehre ist groß, und die beiden können ihr Glück kaum fassen. Für den Unterhalt des kleinen Rufus soll zunächst die Lapislazulikette sorgen, die eigentlich als Gastgeschenk für Mutter Maria gedacht war – Maria hat entschieden, sie zu verkaufen und das Geld für die Ausbildung des Jungen, den auch sie in ihr Herz geschlossen hat, aufzuwenden. Einmal im Monat, so hat man gemeinsam festgelegt, sollen die

Großeltern den Nachtigallenberg hinaufkommen und Maria, Johannes und Rufus in dem Haus an der Quelle besuchen. Priszilla stimmt aus überfließendem Herzen einen Psalm an, während sie den Rückweg nach Ephesus antreten und Rufus noch ein ganzes Stück neben ihnen herrennt, bis er schließlich, die Hände auf die Knie gestützt und keuchend, außer Sichtweite gerät.

HERR, du hilfst Menschen und Tieren. Wie köstlich ist deine Güte, Gott, dass Menschenkinder unter dem Schatten deiner Flügel Zuflucht haben! Sie werden satt von den reichen Gütern deines Hauses, und du tränkst sie mit Wonne wie mit einem Strom. Denn bei dir ist die Quelle des Lebens, und in deinem Lichte sehen wir das Licht.

5

Vatikanstadt, März 2007

Die Dienstwohnung des Monsignore erwies sich als großzügige Zimmerflucht im dritten Stock eines Palazzo aus dem sechzehnten Jahrhundert, die sie durch eine altersschwarze Eichentür betraten. Um in die Privaträume zu gelangen, durchschritten sie ein spartanisch eingerichtetes Kabinettzimmer mit einem Schreibtisch, dem Bildnis des Papstes und einem Kruzifix an der Wand. Für die meisterliche Stuckverzierung, die unter der Decke lief, hatte Krista keinen Blick übrig. Es folgte ein schmales Zimmer, eher ein Schlauch, vollgestellt mit Bücherregalen, Aktenordnern, ausgedienten Faxgeräten, Druckerpatronen und einigen Heiligenskulpturen. Dahinter die weiß getünchte Küche mit einer mächtigen offen liegenden Balkendecke. Die riesigen Fenster besaßen jeweils links und rechts gemauerte Sitznischen. Die eigentliche Küchenzeile umschloss eine jahrhundertealte Feuerstelle, über der malerisch blank gescheuerte Kupfertiegel und Pfannen hingen, die ansonsten jedoch mit allem modernen Komfort ausgestattet war. Die Haushälterin des Monsignore hatte sicher keinen Grund zur Klage. Erschöpft ließ sich Krista auf einen der bereitstehenden Stühle fallen, während ihr Gastgeber emsige Aktivität entfaltete, in deren Mittelpunkt sich zwei altmodische Espressokannen aus Edelstahl befanden.

»Ich kann nicht mehr!«, japste sie und hielt sich den Kopf.

»Alles, was Sie brauchen, ist ein frisch zubereiteter Caffè, und danach fühlen Sie sich wie neugeboren.« Lorenzo begann, eifrig mit der Bialetti zu hantieren. »Sobald der erste Schluck hochkocht«, erläuterte er, »müssen Sie ihn abgießen, sehen Sie, so? Dann kommt ein Löffel Zucker dazu oder besser gleich zwei ...«, er zögerte kurz und zuckte dann die Schultern, »... vielleicht auch lieber drei, und nun rühre ich das Ganze schaumig. In meiner zweiten Kanne setze ich einen neuen Caffè mit diesem Sirup an.« Er vergewisserte sich mit einem Blick, ob sie noch bei der Sache war, setzte die zweite Kanne auf und kontrollierte die Gasflamme. »Und jetzt ist es wichtig, dass die Flamme nicht zu hoch brennt, sonst wird er bitter. Ich drehe sie gleich herunter, sobald der Caffè aufsteigt. Man hört das, mit ein bisschen Übung, wissen Sie.«

»Ich mache mir nichts aus Espresso«, erwiderte Krista ungeduldig. »Mich würde viel eher interessieren –«

Er hob, den Kopf zur Seite gelegt, einhaltgebietend die rechte Hand. Krista verstummte. Offenbar war dies der heikelste Moment des ganzen Prozedere, und der Monsignore benötigte absolutes Schweigen. Außer dem Ticken der antiken Wanduhr und dem beginnenden Zischeln und Brodeln der Bialetti war nichts zu hören. Lorenzo drehte schwungvoll die Flamme ab und servierte mit unerforschlichem Gesichtsausdruck den Caffè in den vorgewärmten Tässchen.

»Manfred hat das auch gesagt.«

Er schaufelte sich vier Löffel Zucker in das ohnehin schon süße Gebräu, das, wie Krista zugeben musste, himmlisch schmeckte und einen cremig-zarten Schaum besaß.

»Was?« Sie leckte sich den letzten Tropfen von den Lippen.

»Dass er sich nichts aus Espresso macht.«

»Dann sprechen wir von zwei verschiedenen Manfreds. Mein Manfred kippt Espresso in sich hinein wie ein Verrückter. Zehn Tassen am Tag.«

Der Monsignore lächelte fein. »Das stimmt, ich konnte ihn am Ende doch bekehren«, sagte er mit einem Anflug von Selbstzufriedenheit.

»Wenn wir nur wüssten, wo er steckt! Dass ihm nichts passiert ist! Was ist, wenn er mittlerweile wieder in die Wohnung zurückgekehrt ist?«

Lorenzo schaute ihr in die Augen. Die bernsteinfarbenen Funken, die manchmal darin tanzten, waren erloschen. Schließlich senkte er den Blick. Mit einer leichten Bewegung des Handgelenkes ließ er den letzten Schluck Espresso in seinem Tässchen kreisen, bevor er ihn entschlossen hinunterkippte.

»Ich zeige Ihnen Ihr Zimmer. Es ist nicht besonders groß, aber es hat eine hübsche Aussicht auf die Vatikanischen Gärten und ein eigenes Bad. Früher hat man es als Dienstbotenwohnung genutzt. Heute nehme ich es als Gästewohnung.«

Also hatte er keine Haushälterin. Kochte er selbst? Krista folgte ihm neugierig durch eine Seitentür in der Küche zu einem großzügig geschnittenen, hellen Raum mit hohen Balkendecken und antiker Möblierung. Es gab ein schmiedeeisernes Bett und ein kleines Duschbad, in dem sich eine eingeschweißte Gästezahnbürste sowie Zahnpasta, Seife und zwei flauschige Handtücher fanden. Ihr Gastgeber kramte bereits nach Bettwäsche und Bezügen in einem der Einbauschränke.

»Das ist wunderbar. Ganz herrlich. Aber ich kann doch hier nicht einfach …« Sie machte eine ausladende Geste, die sich sowohl auf den Umstand, dass sie sich in einem streng geschützten Gebiet auf vatikanischem Boden befand, beziehen konnte wie auch auf die Tatsache, ausgerechnet bei einem katholischen Priester untergebracht zu sein.

»Sobald ich mit Ispettore Cairo gesprochen habe, bekommen Sie Asylstatus in Vatikanstadt. Damit stehen Sie in einer langen Reihe historischer Gestalten, die nicht immer besonders sympathisch waren, ehrlich gesagt.«

Sein Blick fiel auf eine mit Blut verklebte Haarsträhne. »Vielleicht nehmen Sie eine schöne heiße Dusche, ich gebe Ihnen ein paar von meinen Sachen.«

Eine halbe Stunde später saß Krista mit angezogenen Beinen, Wollstrümpfen an den Füßen und in einer schwarzen Trainingskombination des Monsignore, bei der sie die Ärmel aufgerollt hatte, entspannt auf den gemauerten Sitzbänken der Fensternischen und beobachtete ihren Gastgeber fasziniert bei der Herstellung von Bruschette – gerösteten Brotscheiben mit Olivenöl, Tomaten und Basilikum.

Inzwischen war Ispettore Cairo mit Kristas Papieren eingetroffen. Der Ispettore überragte den Monsignore um einen halben Kopf und besaß die Statur eines Zehnkämpfers, zu der seine rundlichen Wangen und vollen Lippen einen interessanten Kontrast bildeten. Gabriele Cairo trug einen Bürstenschnitt und messerscharf rasierte Koteletten.

Er knurrte ein kurz gebundenes »'Sera!« in Kristas Richtung, drosch schnaubend einen Packen Formulare auf den Küchentisch, stemmte die Arme in die Hüften und fixierte Lorenzo, der seelenruhig Tomaten klein schnitt und ihn ignorierte.

Um Cairo brannte die Luft.

»Gewisse Leute glauben, weil sie mit mir befreundet sind, könnten sie sich einiges herausnehmen«, begann er mit sanfter, fast weiblicher Stimmlage. »Das ist okay, das verstehe ich gut. Gabriele Cairo hat ein großes Herz für seine Freunde. So groß wie ein Scheunentor.« Er breitete die Arme weit aus. »Er würde alles für sie tun, und er erwartet im Gegenzug nur, dass sie ihm hin und wieder auch einmal einen kleinen Gefallen leisten.«

Lorenzo machte sich an das Schälen einer Zwiebel.

»Gabriele Cairo denkt dabei an die eine oder andere Einladung zum Essen, ab und zu mal ein Gläschen Wein mit Bruschette, die üblichen Aufmerksamkeiten, die man Freunden eben so macht.«

Lorenzo toastete Brot und erweiterte die Portion, die er vorbereitete, für eine Person mehr.

»Aber wenn Ispettore Cairo gerade seinen beschissenen Dienst an der Einreise ableisten muss, was glaubst du, was könnte ihm am meisten Freude machen? Hm?«

Krista angelte nach ihrem Ausweis, der sich auf dem Packen obenauf befand.

Lorenzo drehte sich um, lehnte sich gegen die Arbeitsplatte und verschränkte die Arme vor der Brust.

»Ich dachte, du könntest ein bisschen Abwechslung gebrauchen«, grinste er versöhnlich.

»Abwechslung? Per carità!« Cairos Stimme überschlug sich. »Ja, das ist eine *super* Abwechslung, wenn der Kommandant der Schweizergarde höchstselbst bei mir antanzt und sich darüber beschwert, dass du aufgetreten bist wie James Bond persönlich, und was am Allerschlimmsten ist –«

»Lass meinen Onkel aus dem Spiel, Gabriele! Nicht wieder diese alte Leier.«

Der Ispettore hieb mit der Faust auf den Tisch, dass die gerösteten Brotscheiben mitsamt den Tomatenstückchen tanzten.

»Du weißt genau, dass die Garde uns von der Gendarmerie an den Arsch kriegen will, wo sie kann. Und apropos deinen Onkel aus dem Spiel lassen …« Seine Stimme kippte gefährlich. Er imitierte Lorenzo: »Das ist das Auto meines Onkels – der Kardinal wird nicht erfreut sein, wenn Sie ihm die Reifen zerschießen … Madre Santissima! Seit du aus diesem Scheiß-Irak zurück bist, drehst du komplett durch. Warum führst du dich auf wie eine drittklassige Diva? He?«

Kristas Blick wanderte vom einen zum anderen. Sie war davon überzeugt, dass die beiden Männer gleich aufeinander losgehen würden.

»Es ist alles … meine Schuld«, krächzte sie.

Cairo fuhr herum und starrte sie an.

Lorenzo schaltete sich ein. »Natürlich ist es nicht Ihre Schuld. Ich habe diesen Kasper von der Schweizergarde informiert, dass es sich um einen Notfall handelt. Ich kann es Oberst Auermann auch noch mal erklären. Die Signorina war verletzt, und es war Gefahr im Verzuge.«

Cairos Selbstsicherheit wankte. Krista strich sich die nassen Locken aus der Stirn und deutete stumm auf ihre Stirnwunde.

»Ich bin deutsche Journalistin, und man hat auf mich geschossen. Monsignore Farnese war so gütig, sich meiner anzunehmen.«

»Auf Sie geschossen?«, echote Cairo.

Lorenzo nickte. »Hast du meine Nachricht nicht erhalten? Wir waren in Moorsteins Büro, als es passierte.«

»Und darf ich fragen, wieso du das Schwein nicht dingfest gemacht hast, Sportsfreund?« Cairo war noch nicht bereit, sich abzuregen.

Lorenzo drehte die Augen zur Decke. »Weil er durchs Fenster geschossen hat.«

»Wie? Durchs Fenster?«

»Vom gegenüberliegenden Dach aus. Per carità, stell dich nicht blöder, als du bist!«

Cairo hob beschwichtigend die Hand. »Moment mal. Du rufst mich an, sprichst mir auf die Mailbox, dieser Rom-Korrespondent, dein Freund Manfred, sei verschwunden, ich solle zurückrufen. Ihr seid zusammen in seiner Wohnung, jemand schießt durch das Fenster, deine Begleiterin wird verletzt. Ob das dein Husarenstück an der Porta Sant'Anna rechtfertigt, sei mal dahingestellt. Was ist hier eigentlich los?«

»Die Wohnung von Manfred haben wir aufgebrochen und ausgeraubt vorgefunden«, ergänzte Krista vorsichtig. »Danach hat man auf uns geschossen. Und jetzt sind wir hier.«

Lorenzo wandte sich wieder seinen Bruschette zu und servierte sie zusammen mit einem gekühlten Weißwein.

»Wenn ich mich nicht irre, mit einer Steyr-Mannlicher HS .50.«

»Das haben Sie am Knall gehört?«, wunderte sich Krista und griff nach ihrem Glas.

»Ich kenne die Waffe ziemlich gut.« Er bedeckte seine linke mit der rechten Hand, in der beschützenden Geste, die Krista bereits kannte. »Sie wird von irakischen Extremisten benutzt.«

»Spinnst du total? Irakische Extremisten im Borgo Angelico?«

Lorenzo bekreuzigte sich und sprach ein Tischgebet auf Latein.

Cairo bekreuzigte sich ebenfalls und langte herzhaft zu.

»Kann auch eine Barrett M82 gewesen sein.«

Cairo ließ die Bruschetta, die er gerade zum Mund führte, wieder sinken.

»Staatsterroristen? Du weißt genau, dass an diese Waffe nur Leute wie die von ...« Er warf einen schnellen Blick auf Krista und verstummte. In die Stille hinein senste sein Handy polyphon das »Gloria in excelsis Deo«.

»Pronto!«, rief er in sein Mobiltelefon, als würde er ihm den Krieg erklären.

Krista leckte sich das Olivenöl von den Fingern und griff nochmals zu. Sie war hungrig, und die Bruschette waren köstlich, obwohl sie sich nicht erklären konnte, wieso. Wie alle anderen Bruschette, die sie kannte, bestanden diese hier auch nur aus geröstetem Weißbrot, Olivenöl, Tomaten, Salz und Basilikum.

Sie fing Lorenzos lächelnden Blick auf und lächelte zurück. Wieder überzog diese feine Röte sein Jochbein. Obwohl seine Züge nicht als perfekt gelten konnten, wenn man nach männlicher Schönheit suchte – die Hingabe an alles, was er gerade tat, die überwältigende Präsenz, die er ausstrahlte, machten ihn äußerst attraktiv. Und schließlich hatte er keine Sekunde gezögert, sich auf sie zu werfen, um ihr Leben mit seinem zu schützen.

Das hat er getan, weil er ein Priester ist, ein Mann Gottes, rief sie sich zur Ordnung. Hör auf, ihn anzuhimmeln!

Cairo hatte sein Gespräch inzwischen beendet und das Handy – zusehends bleicher im Gesicht – in seine Brusttasche zurückgesteckt.

Er räusperte sich vernehmlich. »Der Kollege von den römischen Carabinieri, den ich informiert habe. Wegen Manfred Moorstein. Ich hab ihn gleich angerufen, als ich deine Nachricht auf der Mailbox hatte. Das … er ist … er hat jetzt … er wollte unverzüglich, also als Erstes hat er wiederum mich informiert.«

Krista und Lorenzo starrten den stammelnden Cairo an, als sei er ein indischer Fakir, der gerade mit einem Seiltrick begonnen hatte.

»Sie haben eine Leiche gefunden, die ihm ähnlich sieht, und brauchen jemanden, der ihn einwandfrei identifizieren kann. Sieht klar nach einem Autounfall mit Fahrerflucht aus. Anscheinend war er gerade beim Joggen, als es passierte. Bis jetzt keine Zeugen. Es – tut mir sehr leid.«

***

Krista saß mit einer Packung Kleenex vor dem PC des Monsignore und verfasste den Nachruf auf Manfred Moorstein für den »Frankfurter Allgemeinen Anzeiger«. Ispettore Cairo und Lorenzo waren gemeinsam aufgebrochen. Lorenzo fuhr zur Identifikation des Leichnams in die rechtsmedizinische Abteilung des Gemelli-Krankenhauses. Er hatte sich strikt geweigert, sie nach den Strapazen des Tages noch dieser Zumutung auszusetzen. Zuerst hatte Krista protestiert, doch eigentlich war sie erleichtert, dass Lorenzo diese unangenehme Aufgabe übernehmen wollte. Der vatikanische Ispettore konnte mit seinem Dienstausweis problemlos ihre privaten Sachen aus der Pension holen, die sie dringend benötigte. Außerdem musste sie sich mit der Redaktion in Deutschland in Verbindung setzen und wollte ihren Kollegen den Nachruf vorlegen, sobald feststand, dass es sich bei der Leiche tatsächlich um Manfred handelte. Woran sie mittlerweile nicht mehr zweifelte. Wäre er noch am Leben, hätte er sich längst bei ihr gemeldet. Allerspätestens zum Abendessen eine Verabredung mit ihr getroffen. So aber hatte ihn irgendein rücksichtsloses Schwein zusammengefahren, um ihn wie eine zerbrochene Puppe im Straßengraben liegen zu lassen, wo er elend gestorben war. Ohne eine mitfühlende Seele mit einer helfenden, tröstenden Hand. Der Text auf dem Bildschirm verschwamm ihr erneut vor den Augen. Sie musste sich auf die Arbeit konzentrieren, durfte sich nicht hineinsteigern in eine maßlose Trauer über das Schicksal ihres ebenso verschrobenen wie liebenswerten Kollegen. Wütend rupfte sie ein Kleenex aus der Schachtel, rieb sich die Tränen ab und schnäuzte sich energisch.

Sie konzentrierte sich wieder auf ihre Google-Recherche zu Moorsteins Leben und Werk:

In den Achtzigern hatte er ein spannendes und fundiert recherchiertes Buch zu dem Bombenanschlag in Bologna geschrieben – ein Bestseller. Mehrere Monografien über verschiedene Päpste, ein Enthüllungsbuch über die Vatikanbank und deren Machenschaften; immer ging es eher um politische als religiöse Themen. In seinen letzten Artikeln und Schriften schien das anders geworden zu sein. Zunehmend rückten neueste Forschungsergebnisse und Recherchen zum Grabtuch von Turin sowie zu jenem Schleier der Veronika in den Vordergrund – die ganze letzte Ausgabe seines Magazins war dieser Spurensuche gewidmet.

Es würde im Nachruf keine Erwähnung finden, doch für Krista war es ein auffälliges Detail. Hastig machte sie sich Notizen, bevor sie weiter an ihrem Text arbeitete. Wenn sie doch nur eine Datei hätte, eine Festplatte, einen Datenträger mit Manfreds Recherchen aus den letzten Monaten.

Aufseufzend speicherte sie den halb fertigen Nachruf ab und beschloss, einer Eingebung folgend, nach Monsignore Lorenzo Emilio Farnese zu googeln.

Die ersten Ergebnisse brachten Zeitungsartikel über den verheerenden Anschlag, Fotos des Monsignore in priesterlicher Kleidung bei einer Feldmesse, im Tarnanzug mit Helm – und das Bild, das damals um die Welt ging, wie man ihn im Rollstuhl aus dem Flieger einer Militärmaschine schob, die bandagierte, zerstörte

Hand erhoben. Im Gesicht eine Mischung aus Schmerz und Erleichterung, wieder in Rom zu sein.

Meldungen darüber, dass der Heilige Vater persönlich sich nach seiner Gesundheit erkundigt hatte, Lob für sein selbstloses Handeln bei dem Anschlag, ein Foto, wie ihm ein Kardinal bei einer Messe im Petersdom den Arm um die Schultern legte – vermutlich sein Onkel. Ein Interview mit Moorstein für ein kirchliches Medium über seine Aufgaben als Seelsorger im Irak-Einsatz.

Und dann, Kristas Nase näherte sich bedenklich dem Flachbildschirm, ein Text aus einer italienischen Zeitung, die einen ausführlichen Bericht über die Lebensgeschichte von Lorenzo Emilio Farnese brachte.

Krista griff sich stöhnend an die Stirn.

Und sie war so dämlich gewesen, zu glauben, der Monsignore habe seine Jugendjahre weihrauchfassschwenkend in einem Priesterseminar verbracht, Kranken- und Altenbesuche gemacht zwischen den Hebräisch- und Griechischlektionen, dazwischen ein bisschen Golf und Heliskiing und ein Auslandssemester in New York.

Natürlich, jetzt erklärte sich alles: seine geschmeidige Geschicklichkeit, als er sie in Moorsteins Wohnung überwältigt hatte, das in ihren Augen übernatürliche Reaktionsvermögen, als man auf sie schoss, die Präzision, mit der er sich auf sie geworfen und ihren Körper gedeckt hatte, die Bestimmtheit, mit der er ein, zwei Waffentypen nennen konnte und in Betracht zog.

Ja sogar sein Verhalten an der Porta Sant'Anna ergab jetzt Sinn.

Der schlaksige Monsignore, der so anmutig Fausto den Segen gespendet hatte, der kriegsversehrte Militärseelsorger, der sich in Rom von einer schweren Verletzung erholte und dem Manfred kandierten Ingwer zur Genesung geschenkt hatte. Der geistliche Herr, der so artig das Tischgebet sprechen, so hingebungsvoll Espresso kochen und so vorzügliche Bruschette zubereiten konnte, hatte als Twen in einer Elitetruppe der italienischen Armee gekämpft. Beherrschte diverse Nahkampftechniken, mindestens drei Kampfsportarten und konnte einen Menschen mit bloßen Händen töten. Hatte es vermutlich auch schon mehrmals getan.

Krista nannte sich eine naive Idiotin. Ganz Rom, der ganze

Vatikan, ja ganz Italien wusste wahrscheinlich alles über die erstaunliche Biografie dieses Adligen mit Priesterberufung. Nur ihr war es keine Sekunde lang klar gewesen: Unter der würdevollen Soutane steckte ein ehemals staatlich bezahlter professionell ausgebildeter Killer.

6

Matiana, Kappadokien, Oströmisches Reich, um das Jahr 460

Aelia liebte ihre Heimatstadt Matiana gerade deshalb, weil sie sich größtenteils unter der Erde befand. Das komme daher, pflegte ihre Mutter Myriam zu sagen, weil sie dort unten zur Welt gekommen sei. Das Erste, worauf der Blick der kleinen Aelia fiel, als sie ihre Augen öffnete, war ockerfarbener Tuffstein, der im Schein der Öllampen einen metallisch glänzenden Ton annahm. Der erste Atemzug, den sie in ihrem Leben tat, füllte ihre Lungen mit der erdigen, angenehm temperierten Katakombenluft, die milder und süßer schmeckte als die bitterkalte Luft des Nordwindes an der Oberfläche. Die Zeiten der Belagerung, wenn die Hunnen die Stadt und ihre Bewohner bedrohten, waren für Aelia Festzeiten, denn dann zogen sich sämtliche Bewohner in den Untergrund zurück, verschlossen die verborgen liegenden Zugänge mit schweren Rollsteinen und trafen sich siebenmal am Tag in einer der prachtvoll ausgemalten Felskirchen, um zu singen und zu beten.

Nicht einmal im Frühling, wenn auf der kargen Hochebene mit den bizarr geformten Felskaminen und Kegeln in einer Eruption der Farben und Düfte wilder Thymian, Wacholder und Minze blühten, zog es Aelia hinauf.

Das war ungewöhnlich, weil es bei ihrer Zwillingsschwester Caelia gerade umgekehrt war: Caelia ertrug Belagerungszeiten schwer, sie hatte Mühe mit dem Atmen unter der Erde und konnte kaum essen, so sehr litt sie darunter. Je älter die beiden wurden, desto größer wurden die Sorgen Myriams: Die Bestimmungen der Mädchen waren gegenläufig zu ihren Anlagen. Sie fürchtete, dass es mindestens Caelia früher oder später das Leben kosten würde, denn die erstgeborenen Frauen ihrer Familie hatten seit Hunderten von Jahren eine ebenso ehrenvolle wie entbehrungsreiche Aufgabe: Sie waren die Hüterinnen des Schleiers der Maria Magdalena mit dem wahren, dem göttlichen Antlitz Jesu.

Myriams ältere Schwester hatte den größten Teil ihres Lebens in der tiefgelegensten, bestgeschützten Kapelle der Felsenstadt verbracht, wo sie im ruhigen Schein von sechs Öllampen in unablässiger Anbetung vor dem Altar mit dem Tuch verweilte. Sollte sie sterben, und der Tag rückte näher, würde Myriams Erstgeborene ihre Stelle in der einhundert Ellen unter der Erde liegenden Kapellengruft einnehmen. Doch Caelia hatte überhaupt nicht die Absicht, einer Tradition zu folgen, zu der sie sich nicht berufen fühlte.

Es war an einem milden Vorfrühlingstag, in der Luft das verheißungsvolle Aroma von schmelzendem Schnee und ersten grünen Kräutern. Die Zwillinge spielten auf einem Tuffsteinfelsen in der Nähe ihres Elternhauses, das sie wegen seiner eigentümlichen Form Kamelkalb nannten. Caelia kletterte leichtfüßig hinauf, Aelia, etwas schwerfälliger als ihre feingliedrige Schwester, folgte keuchend.

Sie spielten Karawane, Caelias Lieblingsspiel.

An diesem Tag lag das Ziel ihrer Karawane an der Meeresküste im Westen, in Smyrna. Caelia hatte in diesem Spiel vor, Seide und getrocknete Weintrauben zu verkaufen und auf dem Heimweg Weihrauch und goldene Ringe mitzunehmen, weshalb sie in Smyrna auch ein paar Söldner anheuern wollte. Aelia spielte gutwillig mit und langweilte sich dabei zu Tode: Sie verstand nicht, warum ihre Schwester so versessen auf das Hinreiten nach dort und das Zurückreiten nach da war: Gut, irgendjemand musste Weihrauch nach Matiana bringen, das sah sie ein – in den fast ein Dutzend Kirchen und der Krypta mit dem Heiligsten brannte Tag und Nacht Weihrauch zu Ehren des Allerhöchsten. Ganz zu schweigen von dem Olivenöl für die Öllampen und dem Wein, den sie aus den Tälern bezogen. Aber Aelia war froh, wenn sie sich nicht der Mühsal und den Strapazen einer solchen Reise unterziehen musste. Es gefiel ihr ausnehmend gut in Matianas unterirdischer Stadt.

Seit der Schnee geschmolzen war, war Caelia unablässig draußen zu finden. Ihre von der letzten Belagerung noch fahle Haut hatte binnen weniger Tage einen frischen Bernsteinton angenommen, die meiste Zeit hörte man sie vor dem Haus jauchzen und lachen vor Lebensfreude.

Dabei rückte der Zeitpunkt ihrer Weihe für den Dienst am heiligen Schleier, ihr vierzehnter Geburtstag, näher und näher.

Während Caelia immer ungebärdiger wurde, verfiel Aelia in dumpfe Grübeleien.

Eines Morgens – sie saß mit ihrer Mutter zusammen vor dem Haus in der fahlen Frühjahrssonne und faltete Wäsche – stellte Aelia die Frage, die sie in den letzten Monaten fast Tag und Nacht umgetrieben hatte: Was wäre, wenn? Wenn sich die Hebamme geirrt hatte? Wenn es eine Verwechslung war? Schließlich handelte es sich um einen winzig kleinen Zeitraum, zwischen einem halben Dutzend Wehenstößen. Und der sollte jetzt über das Schicksal der beiden so grausam entscheiden?

Myriam stand auf. Aelia bemerkte zum ersten Mal, dass die zierliche Gestalt ihrer Mutter mit dem fast hüftlangen Zopf vom Alter leicht niedergedrückt erschien. Zwischen den Schultern blieb seit Kurzem eine Wölbung, selbst wenn sie sich gerade aufrichtete, und verschwand nicht mehr. Mit ihren breiten, abgearbeiteten Händen half sie einer grau bepelzten Wildbiene, die auf dem Wäschestapel – noch völlig benommen vom Winterschlaf – umhertaumelte, setzte sie auf den Fenstersims und stellte ein paar Tropfen Zuckerwasser vor das winzige Geschöpf, damit es sich daran stärken konnte.

Dann setzte sie sich mit einem leisen Seufzer Aelia gegenüber, nahm ihre Hände und schaute ihr direkt in die Augen.

»Wenn die Schwester einer Hüterin des Heiligtums – wie ich eine bin – bemerkt, dass sie neues Leben in sich trägt, dann ist das für unsere Gemeinschaft ein Freudentag. Ich musste nicht mehr schwer arbeiten, kein Wasser mehr holen, meine Mutter, deine Großmutter, ihr Schlaf sei friedlich beim Herrn, hat mir meine Lieblingsspeisen gekocht und Süßigkeiten zugesteckt – es war mir bald langweilig, und ich wurde so dick wie ein Mutterschaf.«

Sie lächelte ihre Tochter an, dann verlor sich ihr Blick wieder hinaus in die Skulpturenlandschaft voller mythischer Figuren, heiliger Felskapellen, sich türmender Kegel.

»Jeder dachte, es komme vom vielen Essen, aber Hannah, die Hebamme, prophezeite nur, was mir selbst klarer und klarer wurde, nämlich dass Zwillinge kommen würden. Schließlich betete ich zum Herrn, er möge mir eine Tochter schenken, für den Dienst an seinem wunderbaren Antlitz der Auferstehung, das wir verehren.«

Aelia vergegenwärtigte sich den Anblick, den das Schleiertuch bot. Sie konnte immer noch nicht verstehen, wie das Bildnis eines Menschen so naturgetreu auf einen spinnwebfeinen Schleier kam. Nur die Hand des Allerhöchsten konnte im Spiel sein. Alles hätte sie dafür gegeben, diejenige zu sein, die zum Dienst in der ewigen Anbetung seines Bildnisses erwählt würde. Irgendwie musste es doch eine Möglichkeit geben. Womöglich verriet ihr die Mutter gleich, in diesem Moment, das Geheimnis, dass sie, Aelia, die wahre Hüterin des Schleiers war und nicht Caelia. Sie setzte sich ganz gerade hin und atmete flach in der Erwartung einer Nachricht, die ihrem ganzen Leben endlich eine Perspektive geben, es zurechtrücken würde.

Myriam hatte prüfend den Himmel gemustert, der sich bis jetzt noch klar, aber fahl zeigte. In einem gelbstichigen Blau, das ihr nicht gefiel. Sie schenkte sich und ihrer Tochter noch einen Becher kalten Minzetee nach.

»Im Monat Nisan seid ihr beide geboren, an einem Tag, an dem sich der Himmel ähnlich verkleidete wie heute und der in einem großen Unwetter endete. Im Monat Nisan war es auch, vor vielen hundert Jahren, als der Herr gekreuzigt wurde, gestorben und von den Toten wieder erweckt worden ist. Wir hatten Zuflucht vor dem Unwetter unter der Erde gesucht, und deshalb konnte deine Tante, die heute noch das heilige Antlitz bewacht und verehrt, dabei sein. Sie, die Hebamme und ihre Tochter, die ihr half, und auch deine Großmutter können bezeugen, dass deine Schwester die Erstgeburt ist. Gleich nachdem sie ihr die Nabelschnur durchtrennt und sie gesäubert hatten, haben sie Caelia tätowiert. Es ist ein Mal aus drei Punkten, das jede künftige Wächterin an einer unauffälligen Stelle im Nacken trägt.« Myriam nahm ihre zweitgeborene Tochter in den Arm und küsste sie auf den Scheitel.

»Sei nicht mehr unglücklich. Der Herr hat es so bestimmt. Freu dich vielmehr, dass er gewünscht hat, dass du die nächste Wächterin austragen und zur Welt bringen wirst.«

Mit einer jähen Bewegung riss Aelia sich von ihrer Mutter los. »Nein!«, schrie sie so laut, dass der Schwarm Tauben, der sich auf dem Hausdach niedergelassen hatte, erschreckt aufflatterte. »Ich will nicht! Du kannst mich nicht zwingen!«

Myriam schaute entsetzt auf ihre sonst so sanftmütige Tochter, wie diese einen ganzen Stapel frischer Leintücher packte und in blindem Zorn in den Dreck warf. Während Aelia, der Tränen der Wut über das Gesicht liefen, davonrannte, kniete sich Myriam auf die Erde, sprach ein Gebet zum Allerhöchsten und sammelte achselzuckend das zertrampelte Leinen wieder ein, um es erneut zu waschen.

Wie Myriam vorausgesehen hatte, verschlechterte sich das Wetter dramatisch. Frühlingsstürme zogen auf, und mit ihnen kamen starker Regen, Hagel, Eis und verheerende Erdrutsche. Die Bewohner von Matiana zogen sich in den Untergrund zurück, wo es trocken, warm und sicher war.

Aelia verbrachte die meiste Zeit bei ihrer Tante in der Gruftkapelle, beim Allerheiligsten, in vollkommenem Schweigen, und betete insgeheim um die Erfüllung ihres sehnlichsten Wunsches.

Am liebsten wäre sie nie mehr an die Erdoberfläche zurückgekehrt.

Caelia dagegen wanderte unruhig von einem Ende der Anlage zum anderen. Sie hatte sich mit dem Sohn des Weinhändlers angefreundet, der einige Jahre älter war als sie. Der kräftige, hellhaarige Bursche mit dem olivfarbenen Teint brannte darauf, dass die Stürme endlich ein Ende nahmen.

Myriam betrachtete die aufblühende Freundschaft zwischen ihrer Ältesten und Simon mit gemischten Gefühlen. Wie der Weinhändlersohn sehnte sie ein Ende der Unwetter herbei: Simon würde zusammen mit seinem Onkel in Richtung Schwarzes Meer aufbrechen, um in Trapezunt Wein einzukaufen. Bis er wieder zurückkäme, hätte Caelia ihn sich hoffentlich aus dem Kopf geschlagen. Auch Myriam betete viel, vor allem, weil es bei dem schwachen Licht unter Tage kaum möglich war, einer Handarbeit wie Sticken oder Nähen nachzugehen. Essen zubereiten brauchte sie auch nicht: Caelia aß bei der Familie des Weinhändlers mit, und Aelia nahm nur noch Wasser und Brot zu sich.

Einmal steckte ihr Myriam eine Handvoll Rosinen zu, doch Aelia nahm sie nicht für sich selbst, sondern schenkte sie der Wächterin, die in letzter Zeit häufig kränkelte.

»Um was betest du die ganze Zeit, vor Ihm da drin?«, wollte ihre Mutter wissen.

»Dass Er mich erwählt für den heiligen Dienst«, gab Aelia patzig zurück. Sie ärgerte sich, dass sie überhaupt antwortete. Und sie ärgerte sich, weil sie selbst nur zu genau wusste, dass man den Vater nicht um solche Dinge bitten sollte.

Myriam sah ihre Jüngste mit zusammengezogenen Brauen unglücklich an: Wenigstens klüger hätte sie sein können, dachte sie, wo ihre jüngste Tochter doch die gläubigere der beiden Schwestern war.

»Was habe ich dich gelehrt, Tochter? Wie sollst du zu deinem Vater im Himmel sprechen? Wie hat Sein Sohn zu Ihm gebetet, in der Nacht, in der er verraten und an seine Mörder ausgeliefert wurde?«

Aelia schwieg verstockt. Sie scharrte mit der Fußspitze ein paar Steinchen zusammen. Myriam fühlte, wie eine Welle der Ungeduld sie überrollte – sie packte ihre Jüngste bei den Schultern und wollte sie durchschütteln, dass Aelia nur so mit den Zähnen klapperte –, doch sie besann sich selbst auf ihren Glauben und die Wirksamkeit des Gebetes zum Vater: Nein, Sein Wille sollte geschehen, auch bei diesen beiden bocksbeinigen Mädchen, die sie unter grauenvollen Schmerzen geboren hatte. Allein Sein Wille zählte. Sie wollte es also Ihm überlassen, welche von beiden Er erwählen würde.

Sie bezeichnete auf Aelias Stirn ein Kreuz und segnete sie stumm, bevor sie sich umwandte und davonging.

Leise und erstickt, aber deutlich vernahm sie hinter sich ein kleinlautes »Nicht mein Wille, Dein Wille geschehe, Vater.« Langsam drehte sich Myriam zu ihrer jüngsten Tochter um. Wenigstens die eine Tochter, dachte sie, habe ich noch nicht verloren. Und sie dankte still dem Allerhöchsten dafür.

Auf die Stürme folgte eine milde, trockene Zeit. Die felsige Hochebene, auf der Matiana lag, erstrahlte in den grünen Lichtern von Flechten, Moos, vereinzelten Matten wie Flickenteppiche, auf denen scheckige und schwarze Ziegen und Zicklein weideten und hin und wieder eine kleine Herde sandfarbener Schafe mit schwarzen Gesichtern; sie waren Myriams ganzer Stolz. Aus einer der östlichen Provinzen hatte sie sich, weil rings um Matiana Luchse,

Berglöwen, Wölfe und Bären ihr Unwesen trieben, einen gigantischen Hirtenhund kommen lassen – Skilo, dessen verschlafene Trägheit darüber hinwegtäuschte, dass er binnen einiger Sekunden einen ausgewachsenen Wolf auf den Rücken legen und ihm blitzschnell die Kehle durchbeißen konnte. Skilo war ein Rüde von fast achtzig Kilo, ebenso sandfarben wie die Schafe, mit einer schwarzen Maske, bernsteinfarbenen Augen und schwarzen Hängeohren, die ihm die Hirten gekappt hatten, damit er während eines Kampfes an dieser Stelle nicht mehr empfindlich wäre. Er war genügsam, hin und wieder ein Armvoll altes Fladenbrot, dicke Ziegenmilch oder harter Käse waren für ihn bereits ein Festmahl – Fleisch war diesen riesigen Hunden vollständig verboten. Skilo machte seine Sache, nach kurzer Zeit der Eingewöhnung, ausgesprochen gut. So gut, dass eines Morgens ein toter Wolf vor Myriams Haustür lag. Auch Skilo war nicht ganz glimpflich davongekommen, er hatte einen üblen Biss im linken Oberschenkel, über den er mit einem ganz besonderen Festmahl, einem großen Stück Stockfisch, hinweggetröstet wurde.

Die nächsten Tage passte Myriams Bruder nachts auf die kleine Herde auf, man wollte sicherstellen, dass Skilo wieder völlig gesund wurde. Einige Hirten hatten nach dieser Heldentat gefunden, dass Skilo, der tapfere Wolfstöter, einen hervorragenden Deckrüden abgeben könnte, und Myriam rechnete sich ein paar bescheidene Zusatzeinnahmen aus.

Aelia und Caelia hatten den massigen Hund ebenfalls ins Herz geschlossen, und Aelia dachte daran, dass sie Skilo kaum mit in die unterirdische Kapelle nehmen könnte, er brauchte frische Luft, Auslauf und seine Herde.

Wie gut, dass sie selbst nicht zu entscheiden brauchte, sondern der Herr es für sie einrichten würde. Zuversichtlich betete sie jeden Morgen und Abend weiter, und sie vergaß auch nicht, ihre Zwillingsschwester in ihr Gebet einzuschließen.

Caelia war wesentlich zufriedener und ausgeglichener, seit Simon mit seinem Onkel in Richtung Schwarzes Meer aufgebrochen war. Myriam atmete auf. Endlich schien sich alles zu fügen. In ein paar Tagen nur, beim nächsten Vollmond, würden ihre beiden Töchter Geburtstag feiern. Caelia erhielte ihre Weihe, und für Aelia ergäbe sich, nach der Rückkehr von Simon im Herbst nächsten Jahres, vielleicht eine glückliche Verbindung mit der Familie des Weinhändlers.

Myriam wollte ein Rauchopfer bringen, wenn sich endlich all ihre Pläne für die Mädchen erfüllt hätten.

In der Nacht vor ihrem Geburtstag schlief Aelia unruhig. Die Luft stand in dem Häuschen, und durch die geöffneten Läden drang nicht die kleinste Brise. Skilo, der sich angewöhnt hatte, das Lager mit ihr zu teilen, schnarchte leise. Auf dem Dach gurrte verschlafen eine Taube, und der fast volle Mond schien durch das Fenster herein, als wolle er Licht in ihre dunklen Träume bringen. Sie wachte auf. Um niemanden zu stören, kletterte sie durch das Fenster und atmete befreit auf, als ihre Füße den Boden berührten und ihre Lungen sich mit frischer Luft füllten. Mit zusammengekniffenen Augen tappte sie in Richtung Stall, um sich dort zu erleichtern. Auf dem Rückweg erregte ein fallender Stern ihre Aufmerksamkeit – Aelia blieb stehen, den Kopf zurückgelegt, und staunte über den prachtvollen Anblick. Sie hatte sich schon oft gefragt, wohin die Sternschnuppen und Meteore fielen. In die Urwasser jenseits des Horizontes? Hinab in die Hölle?

Noch während sie überlegte, bemerkte sie, dass ihr eine Gestalt entgegenkam: ihre Schwester Caelia. Vermutlich hatte sie auch einen Drang verspürt, dachte Aelia und wollte sie vorbeilassen. Doch im hellen Mondlicht erkannte sie, dass die Schwester ihr nicht im Nachthemd, sondern in voller Reisekleidung, mit Tunika und Überwurf, Filzschuhen und einem Umhängebeutel, entgegentrat.

Die beiden jungen Frauen standen sich schweigend gegenüber. Aelia war klar: dies würde ein Abschied auf immer sein. Sie versuchte, das Glücksgefühl, das in ihr aufstieg, niederzukämpfen: Caelia ging fort und widersagte der ihr bestimmten Lebensaufgabe. Sie würde Myriam großen Kummer bereiten. Aber sie machte damit den Weg für die Schwester frei, die sich nichts sehnlicher wünschte, als der heiligen Reliquie zu dienen. Das milderte auch Caelias Gewissensbisse.

»Bete für mich, kleine Schwester. Und darum, dass Mutter mir verzeiht«, sagte Caelia.

»Jeden Tag, ich verspreche es dir«, antwortete Aelia. Die beiden umarmten sich stumm.

»Simon ist zurückgeritten und erwartet mich am Nordtor. Wir brechen heute Nacht auf und bleiben in der Stadt am Schwarzen Meer. Er liebt mich.«

»Er wird dich beschützen. Und was er nicht vermag, das kann der Herr ausrichten.« Aelia stellte sich auf die Zehenspitzen und segnete ihre Schwester, indem sie ihr das Kreuz auf die Stirn zeichnete. Sie trat zur Seite, um Caelia ziehen zu lassen. Die Ältere schritt aus und drehte sich nicht mehr um. In Aelias Augen standen Tränen, als sie zum Haus zurückstolperte. Eine zweite Sternschnuppe zog, niedriger als die erste, über den Horizont. Vielleicht fielen sie nicht in die Hölle, sondern direkt in den Schoß Gottes? Bestimmt.

***

Sie hatten Aelias Tante unter Tränen und Freudengesang begraben. Die alte Wächterin hatte in dem Ruf der Heiligkeit gestanden und so lange in der Gruftkirche dem Schleiertuch gedient, dass sich nur die Ältesten noch an ihre Vorgängerin erinnern konnten.

Die Frauen gaben ihr Kräutersträuße bei und schnitten Haarsträhnen zur Erinnerung ab. Ihr Haupt wurde mit einem Blumenkranz geschmückt, und über das Gesicht breitete man einen feinen Schleier. Der Leichnam war mit geweihtem Öl gesalbt und in feinstes Leinen gehüllt worden. Als Zeichen für ihre Treue zu Jesus hatte ihr die Gemeinde von Matiana einen handtellergroßen silbernen Fisch mitgegeben.

So fand die alte Wächterin ihre letzte Ruhe in einem Seitenraum der Gruftkapelle, wo in steinernen Fächern nach Osten hin alle ihre Vorgängerinnen in Erwartung der Auferstehung lagen.

Zu den alltäglichen Pflichten, die Aelia als neue Wächterin zu übernehmen hatte, gehörte auch das Gebet für ihre verstorbenen Vorgängerinnen. Sie nahm sich vor, es besonders sorgfältig zu verrichten. Aelia war nicht sicher, ob sie eine Nachfolgerin finden, ob sie nicht die letzte aus dieser Reihe geweihter Frauen sein würde, die das Amt versahen, die kostbarste Reliquie der noch jungen Christenheit zu hüten.

In ihrem Reich geschützt vom Bauch der Erde, gab es keinen Wechsel von Tag und Nacht, keine Sonne, keine Sterne, keinen Mond, der ihr das Vergehen der Zeit angezeigt hätte. Selten kam jemand zu ihr, um mit ihr zu beten und den Schleier zu verehren. Vielleicht lag es daran, dass seit über zehn Jahren eine Zeit des Friedens angebrochen war. Die Menschen lebten oben in der Stadt und stiegen nur noch selten hinunter in das Labyrinth aus Gängen, Tunneln, Kammern und Felskirchen.

Hin und wieder kam der Gemeindevorsteher zu ihr herab, den das Alter bereits beugte, und brachte ihr frische Vorräte: Weihrauch, Öl für ihre Lampen und Blumen für den Altar. Aelia war es recht. Nachdem sie ihre Mutter begraben hatte – Myriam war im vorletzten Winter an einem Fieber gestorben –, brauchte sie niemanden mehr auf dieser Welt außer Gott. Und Ihn verehrte sie tagein, tagaus. Wenn sie stürbe, wäre ihr Platz leer – das war das Einzige, was ihr Angst bereitete.

Sie beschloss, ihr ganzes Vertrauen in den Allerhöchsten zu setzen, denn dank Seiner Fügung hatte schließlich sie selbst auch den Platz in Seiner Nähe erhalten.

Nach der Feier der Entschlafung von Mutter Maria, deren sie im Hochsommer gedachten, erschien Stefanos, der Gemeindevorsteher, erneut in der Vorkammer der Kapelle. Aelia wunderte sich, denn er war erst kürzlich bei ihr gewesen und pflegte nicht öfter als einmal in der Woche zu kommen. Er läutete dreimal zum Zeichen, dass er in Begleitung war. Hinter ihm duckte sich ein groß gewachsener Dreißigjähriger mit hellbraunen Haaren und breiten Schultern durch den Türsturz, gefolgt von einem zwölfjährigen Mädchen, das die rötlichen Haare offen und lang trug und in ein schlichtes, bis zum Boden fallendes Leinengewand gekleidet war.

Aelia fuhr eine glühende Nadel in die Herzgrube. Nach all den langen Jahren kam sie also zurück? Doch sofort schaltete sich ihr Verstand wieder ein. Das junge Mädchen, das ihr jetzt artig die Hand küsste, war nicht Caelia, auch wenn sie ihr ähnlich sah. Aber der kräftige, gut aussehende Mann war eindeutig Simon, das Kind seine gemeinsame Tochter mit Caelia. Aelia führte ihren Schwager und ihre Nichte in die winzige Zelle, die sie als Schlaf- und Esszimmer benutzte. Simon bewegte sich darin wie ein Bär, der sich eine viel zu kleine Höhle ausgesucht hatte. Lydia, so hieß ihre Nichte, wirkte dagegen so, als wäre sie in dieser unterirdischen Klause aufgewachsen. Ruhig und aufrecht stand sie da, mit konzentriertem Blick und gelassener Haltung, die sich auch nicht veränderte, als Simon mit schmerzerfüllter Stimme vom Tod seiner Frau berichtete.

»Caelia starb vor zwei Monaten, bei der Geburt unseres zweiten Sohnes. Sie lässt dich grüßen und dir ausrichten, sie sei glücklich geworden. Und sie hofft, dass du es auch bist, ehrwürdige Mutter.«

Simon stand mit hängenden Armen da, betrübt darüber, dass er seiner Schwägerin, einer heiligen Frau, eine solche Botschaft überbringen musste. Besorgt wartete er darauf, dass ihm seine Schwägerin einen Vorwurf machen würde, weil er ihre Schwester damals einfach mitgenommen hatte. Weil er sie geschwängert hatte. Weil sie im Kindbett gestorben war. Weil er in all den Jahren nichts von sich hatte hören lassen. Nicht einmal, als Aelia die Botschaft vom Tode der Mutter ans Schwarze Meer schicken ließ.

Wie ähnlich sie einander sahen, die beiden Schwestern. Und wie ähnlich seine erstgeborene Tochter ihnen beiden. Gerade jetzt, als sie hinüber zu ihrer Tante ging, um ihr tröstend den Arm umzulegen, wurde es ganz deutlich. Simon wartete geduldig, bis sich Aelia vom ersten Schock über die Todesnachricht erholt hatte.

Lydia hatte ihrer Tante einen Becher mit frischem Quellwasser gereicht. Auch Simon hatte sie Wasser angeboten, doch der lehnte ab, ihn gelüstete es nach einem Schlauch Wein – und den würde er sich auch gönnen, sobald er seine Mission unter der Erde hinter sich gebracht hätte.

»Ehrwürdige Mutter! Deine Schwester, sie ruhe in Frieden, sendet dir Lydia, unsere Erstgeborene. Sie wurde Gott geweiht und in dem Bewusstsein erzogen, dass sie einmal den höchsten Dienst in deiner Nachfolge ausüben wird. Du wirst sie gebildet in den Schriften finden, anstellig und fromm, von der Liebe zu

Gott ergriffen. Wenn du sie anleitest, wird sie dir eine zuverlässige Gehilfin und, wenn Er es will, deine würdige Nachfolgerin im Dienste Gottes und aller Heiligen. Caelia bittet euch, für sie zu beten.«

An diesem Tag verließ Aelia zum letzten Mal die Gruftkapelle und stieg hinauf in die oberirdische Stadt, um einen Abend und eine Nacht lang den Tod ihrer Schwester gemeinsam mit Simon zu betrauern und die Erhörung ihres innigsten Gebetes zu feiern. Stefanos, der Gemeindevorsteher, vertrat sie in dieser Zeit als Wächter vor dem heiligen Antlitz des Schleiertuches. Er sollte für ein paar hundert Jahre der letzte Mann sein, dem dieses Privileg vergönnt war.

7

Vatikanstadt, März 2007

Der Monsignore war mit bleichem Gesicht zurückgekehrt, hatte ihr ernst zugenickt und eine Flasche Grappa mit zwei Gläsern auf den Tisch gestellt. Sie saßen sich schweigend gegenüber. Er hatte seine Sonnenbrille nicht abgesetzt. Krista ballte ein Kleenex in ihrer Faust. Endlich räusperte er sich und begann, leise für Manfred das Vaterunser auf Latein zu beten sowie das »Requiescat in pace«. Danach schenkte er beide Gläser großzügig ein und nahm einen herzhaften Schluck. Stöhnend legte er den Kopf in den Nacken und schob sich die Sonnenbrille auf die Stirn.

»Das letzte Mal habe ich zusammen mit Manfred aus dieser Flasche getrunken«, sagte er, den Blick unverwandt zur Küchendecke gerichtet. »Wir hatten auf meine Entlassung aus der Klinik angestoßen. Er war ein brillanter Journalist.«

»Das war er«, stimmte Krista traurig zu.

»Ich hätte fast meinen Glauben verloren, ohne ihn, in der Zeit kurz nach – dem Attentat. Sein Glaube an Gott war so tief wie das Meer und reichte für zwei. Manchmal dachte ich, er könne sogar für die ganze Welt reichen. Was für Bücher hätte er noch schreiben können …«

»War es sehr schlimm?«, fragte Krista heiser.

»Was?« Er kippte auf seinem Stuhl nach vorn und schaute sie aus rot geränderten Augen an. »Das ist die Frage nach Skylla und Charybdis. Manfred war mein Freund. Er war der Einzige, der sich nichts aus diesem Farnese-Familien-Kram machte. Meine Familie interessierte ihn überhaupt nicht. Die meisten Menschen, die ich treffe, interessieren sich für meine Familie – nicht unbedingt für mich. Ich kenne ihn schon, seit er in Rom ist … Das muss, warten Sie, seit den achtziger Jahren sein. Damals war ich sehr jung und ein ziemlicher Idiot. Wenn Sie Ispettore Cairo fragen, bin ich das noch heute.« Er verzog den Mund zur Grimasse eines Lächelns. »Also was ist schlimmer: Einen wirklich guten Menschen auf dem Tisch in der Rechtsmedizin liegen zu sehen und identifizieren zu müssen oder in Bagdad in einen Hinterhalt zu geraten und da verkrüppelt wieder rauszukommen?«

»Es war doch nicht Ihr erster Einsatz in einem Kriegsgebiet! Nur dass Sie diesmal nicht kämpften«, entgegnete Krista und bereute in derselben Sekunde, es überhaupt gesagt zu haben.

Lorenzo fixierte sie aus schmalen Augen.

»Ich … habe eine Internetrecherche gemacht und gesehen … Sie waren bei einer Spezialeinheit, bevor Sie Priester wurden.« Sie rutschte verlegen auf ihrem Stuhl herum.

»Sie hätten mich fragen können!«

»Ach ja? Bevor oder nachdem Sie mich k. o. geschlagen haben, bevor oder nachdem dieser Heckenschütze eine Salve durchs Fenster abgegeben hat oder bevor oder nachdem wir mit quietschenden Reifen auf der Gegenspur hier eingereist sind?«

»Per carità! Haben Sie gerade nichts Besseres zu tun, als mir hinterherzuspionieren?«

»Oh! Ja! Wie unglaublich dreist von mir! Als ob Sie mir auch nur den geringsten Anlass dazu geboten hätten!«

»Was soll das wieder heißen?«

Sie biss sich auf die Lippen. In ihr nagte immer noch die Erinnerung daran, wie er sie kurz vor der Gewehrsalve regelrecht ans Fenster gelotst hatte: »Gehen Sie ans Licht und betrachten Sie das Tuch genau!« Andererseits hatte er danach alles unternommen, um sie zu schützen und heil aus der unter Beschuss geratenen Wohnung zu bringen. Und sich mit der Schweizergarde deswegen angelegt.

»Bitte entschuldigen Sie«, bat sie schließlich, »Sie haben so viel für mich getan, und ich missbrauche Ihre Gastfreundschaft – es war alles ein bisschen viel für mich. Ich kann nicht mehr klar denken. Heute Morgen war alles so einfach, ich sollte das Büro und die Wohnung übernehmen, meine einzige Sorge war, wann Manfred endlich seinen Umzug abschließen würde – und ein paar Stunden später sitze ich hier bei Ihnen, habe Flüchtlingsstatus in der Vatikanstadt, und Manfred ist Opfer eines tödlichen Unfalls geworden.« Sie fuhr sich über die Augen.

Lorenzo lachte bitter auf. »Nur dass es kein Unfall war.«

Sie riss die Augen auf. »Wie kommen Sie darauf? Was sagt die Polizei?«

Er winkte müde ab. »Alle Verletzungen deuten darauf hin, dass er angefahren wurde. Also werden sie nach dem Fahrer und seinem Auto suchen. Zeugen gibt es keine. Die Suche verläuft im Sand, und irgendwann wird die Akte geschlossen. Der Einbruch – eh beh, Zigeuner, wir haben ein Zigeunerproblem. Die Schüsse auf dem Dach – irgendwelche Querschläger, da haben sich ein paar Mafiosi bekriegt. Sie haben gehört, das ist bei uns so üblich, das ist ›Alltag‹ in Rom.«

»Und was denkt Ispettore Cairo?«

»Das wollen Sie nicht wirklich wissen, glauben Sie mir!«, erwiderte er zornig.

»Soll ich ihn selbst fragen?«, gab sie aufgebracht zurück.

Lorenzo sprang auf, stützte die Hände auf die Tischplatte und beugte sich zu ihr hinunter. »Dreimal dürfen Sie raten, was er denkt, nachdem er Sie mit nassen Haaren in meinem Trainingsanzug hier sitzen gesehen hat. Cairo ist ein wunderbarer Kamerad. Ich würde ihm jederzeit mein Leben anvertrauen. Er ist einer der besten Personenschützer, die ich kenne. Wenn es um Security geht, kenne ich keinen besseren als ihn. Und er wird nicht lange Ispettore bleiben. Der Mann hat eine steile Karriere vor sich. Aber wenn es nicht gerade seinen Job betrifft – Sicherheitspolitik, operative Planung, einen Einsatz –, dann denkt er – scusi! – mit dem Schwanz!« Er strich sich aufgebracht die Haare aus der Stirn und holte aus einer Schublade eine Packung Winston.

»Ich werde jetzt rauchen«, kündigte er unnötigerweise an.

»Ich bringe Sie in eine unmögliche Situation«, sagte Krista unglücklich.

»Da kann ich Sie beruhigen, ich rauche auch sonst. Aus eigenem Antrieb sozusagen.« Er grinste. »Mögen Sie eine?«

Der Anblick des rauchenden Monsignore war unmöglich. Er zog ungeduldig, inhalierte tief und hielt die Zigarette mit der Glut nach innen gekehrt und mit der hohlen Hand schützend, wie ein Soldat auf Posten, der seine Stellung nicht dem Feind verraten will. Er bemerkte Kristas belustigten Blick und zwinkerte ihr zu.

»Alte Angewohnheit. Jeder schaut irritiert, wenn ich rauche, deshalb tue ich es nur zu Hause.«

Er stieß genüsslich eine Qualmwolke aus und zerdrückte die halb aufgerauchte Zigarette in einem Aschenbecher mit Petersdom-Motiv.

»Ecco! Jetzt geht's mir besser. Und Ihnen? Sind Sie müde? Was macht die Stirnwunde?« Er streckte die Hand aus, um ihr eine Haarsträhne zur Seite zu streichen, hielt aber mitten in der Bewegung inne. Krista wandte ihm ihre Stirn zu, damit er einen Blick darauf werfen konnte. Sein Zögern war ihr nicht entgangen. Er musterte sie kritisch.

»Bene, das sieht hervorragend aus. Sie sind eine tapfere Frau.«

Krista brachte ein schiefes Lächeln zustande. Der Monsignore lächelte nicht zurück.

***

Ispettore Gabriele Cairo von der vatikanischen Gendarmerie gehörte zu den Beamten, die es furchtbar persönlich nehmen konnten, wenn miese Typen aus dem Hinterhalt auf seinen Freund und ehemaligen Kameraden schossen. Abgesehen davon, dass man auch auf die süße Journalistin mit den braunen Engelslöckchen und der niedlichen Stupsnase gezielt und ihr eine hässliche Schramme über der Augenbraue zugefügt hatte. Außerdem ließ ihm keine Ruhe, was Lorenzo über den Waffentyp gemutmaßt hatte. Sollte es sich tatsächlich um eine Barrett M82 handeln, dann müsste man wegen Manfreds Tod in einer Richtung ermitteln, in der man leicht selbst zur Zielscheibe werden konnte. Seine Teilnahme an der Identifizierungsaktion war sinnlos, da er Moorstein nicht persönlich gekannt hatte – deshalb beschloss er, nochmals in Moorsteins Wohnung nachzusehen und nach Spuren zu suchen, bevor er in Kristas Pension wie vereinbart ihre Sachen abholte. Zuerst aber wollte er sich in Faustos Bar in der Via delle Grazie ein Stück aufgebackene Pizza holen – die Bruschette hatten ihn nur noch hungriger gemacht – und sich zur Überbrückung der Wartezeit ein kleines Glas Bier gönnen. Der Ispettore befand sich nicht mehr im Dienst, und das Bierchen empfand er als gerechte Vergeltung für diese besondere Art von Überstunden, die er aufgrund der eingetretenen Umstände ableisten musste. Er mochte Faustos Laden, der Caffè war gut, die Preise selbst für römische Verhältnisse anständig, die Cornetti immer frisch, und die im Elektrogrill erhitzte Pizza schmeckte recht akzeptabel. Außerdem war Faustos Bar ein beliebter Treffpunkt von Schweizergardisten, Sicherheitsleuten und einfachen Angestellten, die den Vatikan durch die nahe gelegene Porta Sant'Anna betraten und verließen. Einen Vorteil hatte Faustos Bar dazu: Es trieben sich kaum Journalisten hier herum; die trafen sich auf der anderen Seite des Petersplatzes zusammen mit den hohen Würdenträgern entweder im Postiglione, einer besseren Imbissstube, oder gleich im gediegenen Restaurant La Vittoria. Und schließlich handelte es sich bei Fausto, nach Gabrieles Empfinden, um einen sehr aufgeweckten Padrone, der alles und jeden im Blick hatte, über eine scharfe Beobachtungsgabe verfügte und stets ein paar Neuigkeiten zu erzählen wusste.

Es war gerade wenig Betrieb, und während Fausto dem Hünen von den vatikanischen Gendarmen, der seine Schälchen mit Aperitivo-Häppchen genüsslich ausplünderte, das Bierchen zapfte, wies er mit einer Neigung seines Kopfes in eine der wenigen Sitzecken weiter hinten.

»Kollegen von der römischen Stadtpolizei, Ispettore. Nicht aus diesem Viertel. Weiß nicht, was die hier verloren haben. Die sitzen schon eine ganze Weile da.« Fausto stellte das Bier auf die Theke und füllte die Chips nach. »Sie versuchen, mit Gardisten ins Gespräch zu kommen. Anscheinend haben die nicht viel zu tun in ihrem Bezirk. Verteilen hin und wieder Flyer von einem Sportclub.«

Gabriele nahm einen Schluck Bier, drehte sich um und lehnte sich mit dem Rücken gegen die Theke, um den ganzen Schankraum ins Auge fassen zu können. Dort saßen Zeno Aurel und Giovanni Pieroni vor einem Latte macchiato und einem Crodino, der Ältere spielte mit seinem Handy, der Jüngere las Zeitung. Tatsächlich ragten ein paar Flyer aus seiner Brusttasche. Gabriele kannte sie nicht, aber das musste nicht viel heißen. Als Gendarm im Vatikan hatte er meistens nur mit dem Verkehrsamt der Stadt

Rom und vor allem mit Carabinieri und Streifenpolizisten zu tun, die auf dem Petersplatz arbeiteten und Handtaschenräuber dingfest machten.

Er zuckte mit den Achseln, ließ sich sein Pizzastück einpacken und warf ein paar Münzen auf die Theke. Fausto winkte ihm hinterher.

Der Ispettore nahm seine Dienstwaffe, eine Beretta Automatik 7.65, aus dem Holster und entsicherte, bevor er die Moorstein'sche Wohnung betrat. Er wollte zunächst die Läden vorschlagen, bevor er mit seiner Stablampe auf Spurensuche ging. Nach ein paar angespannten Minuten steckte er die Beretta wieder zurück. Hier war niemand und auf dem Nachbardach auch nicht mehr. Cairo hatte sich schon immer auf seine Nase verlassen können. Sorgfältig klappte er die Holzläden zu, machte ein paar Handyaufnahmen von Moorsteins Schreibtisch und schaute sich den verschließbaren Blech-Rollcontainer für Akten etwas näher an. Am Schloss waren Kratzspuren zu finden. Offenbar hatten die Diebe versucht, es aufzubrechen, ohne dass es in der Eile gelungen war.

Cairo, der hauptsächlich im Personenschutz und bei der Einreise Dienst tun musste, fühlte sich persönlich herausgefordert – ein Schloss hatte er schon länger nicht mehr geknackt. Er fand einen dünnen, sehr spitzen Brieföffner auf Manfreds Schreibtisch, schaute auf seine Jaeger-LeCoultre-Navy-Seals-Armbanduhr und machte sich leise pfeifend ans Werk.

***

Lorenzo und Krista beugten sich über den Inhalt eines Plastikbeutels, in dem sich die Gegenstände befanden, die Manfred zuletzt bei sich geführt hatte.

»Da es sich nach offizieller Meinung um einen Unfall handelt, hat man sie mir mitgegeben. Nur ein paar Heiligenbildchen, die er immer bei sich trug …« Lorenzo fächerte die teils mit Blut bespritzten Kärtchen auf der Tischplatte auf und entnahm dem Beutel eine Armbanduhr mit zersplittertem Glas, ein paar Euromünzen sowie ein abgestempeltes Busticket.

Krista starrte traurig auf die armselige Sammlung. Vorsichtig streckte sie ihre Hand aus und berührte mit bebenden Fingern die Heiligenbildchen, an denen Manfreds Blut klebte.

»Das war typisch Manfred, er hatte immer ein Sortiment dabei. Im Geldbeutel, in den Jackentaschen, auf dem Schreibtisch. Kann ich noch einen Grappa haben?«

Lorenzo schenkte ihr prompt randvoll ein und sich ebenfalls.

»Man sieht keinen roten Faden, ich meine, er hat nicht die klassischen Heiligen bevorzugt, Katharina von Siena oder Franziskus von Assisi, nicht alle sind als Märtyrer gestorben, da ist ein ganz moderner, Padre Pio zum Beispiel, hier die kleine Antonietta, die in Rom sehr verehrt wird, eigentlich noch keine kanonisierte Heilige. Das ist vielmehr ein Andachtsbildchen. Und hier …«, er kniff die Augen zu schwarzen Dreiecken zusammen, »das hier ist interessant. Die heilige Veronika. Von ihr nimmt man an, dass es sie gar nicht gegeben hat. Sie erinnern sich, was ich Ihnen über das Schleiertuch erzählt habe, bevor … eh … bevor wir so rüde unterbrochen wurden? Wie schmeckt Ihnen der Grappa?«

»Sehr gut«, erklärte Krista mit allem Enthusiasmus, den sie aufbringen konnte. In Wirklichkeit schmeckte sie überhaupt nichts, sondern war einfach nur dankbar für die wohltuende Wärme in der Magengegend und den leichten Nebel, der sich in ihrem Kopf auszubreiten begann.

»Das hauchzarte Schleiertuch, das man als eine Art Jesus-Fotografie kennt und jahrhundertelang als Veronika verehrt hat? Das aber irgendwann verschwunden ist? Ich fragte Sie, ob man es vielleicht vertauscht haben könnte?«

»Das scheint so zu sein. Vermutlich in der Zeit des verheerenden Sacco di Roma, der Plünderung Roms 1527 durch Landsknechte. In den darauffolgenden Jahren hat der Vatikan so getan, als sei überhaupt nichts passiert. Der Veronikapfeiler der Domkuppel bewahrt immer noch dieses andere Tuch auf, das Sie ja kennen. Grobes Leinen, fleckig, keine Spur von einem Gesicht, geschweige denn in fotografischer Qualität.«

»Ein Vertuschungsversuch also. Niemand gibt gern zu, dass ihm etwas Wichtiges durch Unachtsamkeit oder ein Versehen abhandengekommen ist.«

Lorenzo nickte. »Kommen Sie, wir gehen in den Petersdom. Ich will Ihnen etwas zeigen.«

»Um diese Zeit?«, wunderte Krista sich.

»Certamente, sicher doch, kommen Sie!«

Mit dem vor der Sakristei postierten Schweizergardisten gab es diesmal kein provozierendes Geplänkel, wie Krista erleichtert zur Kenntnis nahm. Offenbar zelebrierte der Monsignore hier häufig die Messe und hatte freien Zugang. Sie durcheilten marmorgetäfelte Korridore, kamen an hölzernen Vitrinen mit Seidenstolen, Brokatgewändern, Evangeliaren, Prozessionskreuzen und Reliquiarbehältern vorbei. Sogar eine Nachbildung der Pietà gab es zu bewundern, bevor sie schließlich durch eine unauffällige Holztür von Süden her den Petersdom betraten.

Krista war nicht zum ersten Mal in der Basilika Sankt Peter, aber zum ersten Mal erlebte sie den gigantischen Kirchenbau vollständig leer und verlassen. Lediglich ein Team von drei Sampietrini, Arbeiter der Dombauhütte, war damit beschäftigt, eine defekte Lichtleitung in einer der Nischen auszubessern, in der sich das Grab eines Papstes befand. Ansonsten lag der ungeheure Bau, unter dessen Hauptaltar sich das Grab des heiligen Petrus mitsamt einer antiken Nekropole befand, so ruhig da wie ein schlafendes Tier.

»Die vier Pfeiler der Kuppel«, erläuterte der Monsignore mit gedämpfter Stimme, »enthalten, jeder für sich, wertvolle Reliquien. Sie sind aufgrund ihrer Funktion derart massiv errichtet, dass man sich ganz pragmatisch dachte, sie seien ein noch besserer Aufbewahrungsort für die kostbarsten Reliquien der Christenheit als die vorbildlich geschützte und verschließbare Sancta-Sanctorum-Kapelle im Lateranpalast.«

Krista nickte. Sie hatte die Sancta Sanctorum einmal besucht. Die winzigen Fenster zur innerhalb des ehemaligen Papstpalastes gelegenen Kapelle waren von uralten Gittern umgeben, die schwere Bronzetür mit allerlei kuriosen antiken Schlössern und Schließvorrichtungen versehen.

»Also hat man einmal das Tuch von der Sancta Sanctorum hierhergebracht?«

Der Monsignore beleuchtete die überlebensgroße Marmorstatue am Pfeiler, die die heilige Veronika, das aus Stein gehauene Schweißtuch zwischen ihren Fingerspitzen, darstellen sollte.

»Nicht direkt. Einige Experten vertreten die Ansicht, dass es um 750 herum nach Rom kam und in der Sancta Sanctorum aufbewahrt wurde, zusammen mit den Nägeln der Kreuzigung, der Dornenkrone, der Lanze des römischen Soldaten, der dem Herrn am Kreuz die Seitenwunde zufügte. Es gab aber noch eine Zwischenstation, bevor man das Tuch im Pfeiler verwahrte. Die alte Petersbasilika, der Vorgängerbau, ebenfalls dreischiffig, besaß eine eigens dafür gebaute Seitenkapelle, und dort bewahrte man den Schleier bis zur Fertigstellung des Neubaus auf.«

Krista fuhr zusammen, als die Arbeiter ihre Aluleiter mit alles durchdringendem Kreischen und Klappern zusammenlegten. Der Monsignore winkte freundlich zu ihnen hinüber und wünschte einen Guten Abend. Dann wandte er sich wieder ihr zu. Er leuchtete mit dem Kegel seiner Taschenlampe hinauf zu der Balustrade über der Statue.

»Der Balkon, von dem aus man die Tuchreliquie den Gläubigen gezeigt hat?«, mutmaßte Krista. Sie blinzelte nach oben. Was immer man von dieser Balustrade aus zeigte – wenn es nicht die Ausmaße eines Bettlakens hatte, konnte man es kaum ausmachen.

»Die Reliquienempore befindet sich heute auf etwa dreißig Metern Höhe. Die große Mehrheit der Pilger hat praktisch rein gar nichts erkennen können. Sankt Peter besaß ja auch noch keine elektrische Beleuchtung.« Der Monsignore knipste die Taschenlampe kurz aus. Die Balustrade versank im dämmrigen Schatten, auch die modernen Lampen kamen nicht dagegen an. »Interessant ist aber, dass ausgerechnet Martin Luther auf seiner Pilgerreise im Jahre 1510 nach Rom etwas erkennen konnte.«

Krista hob die Augenbrauen. Der Monsignore drückte ihr die Taschenlampe in die Hand und nestelte in den Falten seiner Soutane. Es war ein zerknautschtes Beutelchen mit honigfarbenen Bonbons. Höflich bot er ihr zuerst an.

»Zu Luthers Zeit stand ja Alt Sankt Peter noch. Man hat ihm das Tuch vermutlich von einem der wesentlich niedrigeren Balkone aus gezeigt. Unser deutscher Doktor konnte immerhin sehen, dass es sich dabei schlicht um ein »klares« Linnen handelte. Nichts von wegen wahres Antlitz Christi. Weshalb er auch – ich habe eine heimliche Passion für seine Kampfrhetorik – von einem teuflischen Betrug der römischen Päpste sprach. Aber die römischen Päpste konnten nichts dafür, dass das echte Schleiertuch opalisierend weiß erscheint und das Gesicht darauf verschwindet, wenn es nicht ins Gegenlicht gehalten wird.«

»Das heißt«, warf Krista grübelnd ein, »dass der originale Schleier auf jeden Fall noch bis zum Sacco di Roma im Petersdom gewesen sein muss.«

»Esatto – genau so ist es!«, freute sich der Monsignore und wippte schwungvoll auf seinen Zehenspitzen.

»Ja, aber was wird dann heute noch auf der Empore gezeigt?« Sie schob sich nachdenklich das Bonbon in den Mund, erstarrte, als sie den scharfen Ingwergeschmack wahrnahm, und versuchte, es unauffällig wieder loszuwerden.

»Ein dunkelbraun-schwärzliches Stück Stoff, das eine silberne breite Umkleidung besitzt, wie Sie sie von Ikonen her kennen.«

»Die das Gesicht frei lassen? Oder die Hände?«

»Da ist kein Gesicht!«

»Aber eben auch kein klares, also hellweißes Linnen.«

»Und noch etwas ...« Er ließ den Strahl der Taschenlampe zur Statue der heiligen Veronika herunterwandern und strahlte das Tuch an, das sie zwischen ihren Fingerspitzen ausgebreitet hielt.

»Das ist eindeutig ein Gesicht. Ganz fein und fast nur in Umrissen skizziert, aber ein Gesicht«, wunderte sich Krista.

»Das Gesicht eines Toten«, ergänzte der Monsignore ernst und fokussierte den Lichtstrahl auf die geschlossenen Augen der Zeichnung. »Wie wir es zum Beispiel vom Turiner Grabtuch her kennen. Erinnern Sie sich noch an die Darstellung des Meisters von Flémalle?«

»Hauchdünnes Gespinst, sorgfältig und detailgenau ausgeführtes Porträt Jesu darauf, mit offenen Augen – was ja auch logisch ist, er lebte ja noch, als sich sein Gesicht auf dem Tuch abdrückte, jedenfalls der Legende nach«, zählte sie auf.

»Oder schon wieder«, wandte der Monsignore ein und zerbiss genüsslich sein Ingwerbonbon.

»Was meinen Sie?«

»Es gibt die Vermutung, dass diese Schleierreliquie während des Momentes der Auferstehung Jesu entstand. Sie wissen schon, durch übernatürliche Energie, Wärme- oder Röntgenstrahlung, was alles so passiert sein könnte bei diesem Vorgang.«

»Sie glauben an die Auferstehung?«, fragte Krista verblüfft.

Der Monsignore betrachtete sie aus schmalen Augenschlitzen.

»Alle Christen glauben an die Auferstehung, Signorina Winther«, beschied er trocken.

»Natürlich«, beeilte sie sich zu entgegnen, »aber doch nur – nur *so* halt, also Sie wissen schon, symbolisch, metaphorisch, also, als ein Bild, oder nicht?« Sie wusste nicht genau, ob sie das ihr mittlerweile vertraute feine Lächeln des Monsignore liebte oder hasste. Einerseits fand sie es sehr – sexy, andererseits kam sie sich jedes Mal vor wie ein dummes kleines Mädchen, wenn er sie mit dieser Sorte Lächeln bedachte.

Er räusperte sich vernehmlich. »Die Auferstehung Jesu Christi ist eines der bestbezeugten Ereignisse der Menschheitsgeschichte. Von keiner einzigen Person der Antike wurden so zeitnah Aufzeichnungen gemacht. Vielleicht interessiert es Sie, zu erfahren, dass die Biografie Alexanders des Großen, die allseits breiteste Anerkennung findet, was ihren Wahrheitsgehalt betrifft, ungefähr vierhundert Jahre nach seinem Tod entstand. Und moderne Exegeten versuchen, Ihnen einzureden, dass der Abstand von dreißig oder vierzig Jahren zu Jesu Tod – *und* Auferstehung – viel zu groß sei, um noch für zuverlässige Angaben zu sorgen. Das ist, ich bitte Sie, pure Ignoranz. Die Evangelisten waren Augenzeugen, sie haben aufgeschrieben, was sie gesehen, gehört und erlebt haben. Und nicht ein paar gehirngewaschene Spinner, die mal schnell ein paar alte heidnische Göttersagen und Mythenmuster zusammenrührten! Für einen solchen esoterischen Quark wäre niemand in den Tod gegangen – tut ja auch heute niemand. Oder wie viele Märtyrer der Reiki- oder Feng-Shui-Anhängerschaft kennen Sie?«

»Glücklicherweise keinen einzigen – was daran liegen könnte, dass die heilige Inquisition nicht mehr das Sagen in Europa hat«, gab Krista schnippisch zurück.

Er knipste die Taschenlampe aus und drückte sie Krista in die

Hand. »Sie können einem schon manchmal auf die Nerven gehen, wissen Sie das? Halten Sie bitte.«

»Wieso?«

»Sie entschuldigen mich für ein paar Minuten, ich gehe hinüber zur Madonna del Soccorso, meiner Lieblingsmarienikone. Ich will um ihren Beistand bitten«, beschied er und ging mit langen Schritten davon.

Krista folgte ihm an der Confessio vorbei, der Vertiefung vor dem Hauptaltar mit den neunundneunzig rot brennenden Öllampen. Die Madonna del Soccorso befand sich im rechten Seitenschiff, über dem Sarkophag mit den Gebeinen des heiligen Gregor von Nazianz. Lorenzo kniete vor ihr auf der Steinstufe und betete, die Ellbogen auf die Umrandung gestützt, das Gesicht mit beiden Händen bedeckt. Zögernd ließ sie sich neben ihm auf die Knie nieder und nahm Gebetshaltung ein. Der Monsignore nahm die Hände von seinem Gesicht und schaute sie von der Seite an. »Was machen Sie jetzt wieder?«

»Ich bitte die Madonna del Soccorso um Beistand für uns. Wieso?«

»Weil ich dachte –« Er brach ab.

»Ich bin katholisch getauft«, informierte sie ungerührt und schloss demonstrativ die Augen.

Er schlug ein Kreuz. »Das ist wirklich die erste gute Nachricht dieses Tages!«

8

Byzanz, Januar 730

Patriarch Germanos I. liebte Byzanz, seit er lieben konnte. Die Stadt war kleiner, aber prachtvoller als Rom, und sie lag zudem an einer malerischen Meerenge. Während man in Rom einige Stadtteile am Tiber kaum noch betreten konnte, wollte man seines Lebens sicher sein, gab es in Byzanz weder nennenswerte Armenviertel noch übermäßige Verbrechen. Und wenn der Frühling kam, sangen, schlugen und jubilierten die Finken, die Lerchen und die Nachtigallen, während der Frühling in Rom stumm blieb, weil seine barbarischen Einwohner sämtliche Singvögel zu jagen und zu braten pflegten.

Germanos dagegen verehrte alles, was Federn trug und singen konnte. Deshalb hielt er sich auch auf der Dachterrasse seines Palastes dicht bei der Sophienkirche einige Volieren.

Doch an diesem nebligen Januartag konnten ihn seine Lieblinge nicht aufmuntern. Bei der Versammlung des Silention am frühen Nachmittag hatte ihm Kaiser Leo III. sein neuestes Edikt gegen die Verehrung heiliger Bilder vorgelegt. Selbstverständlich hatte Germanos seine Zustimmung zu einem solch ketzerischen, ja teuflischen Vorhaben verweigert. Dazu brauchte er nicht einmal die theologischen Vorbehalte der Gelehrten zu zitieren. In Jesus Christus war Gott Mensch geworden, und er hatte auf einzigartige Weise ein wunderbares Bildnis hinterlassen, das von Kappadokien vor den Arabern in Sicherheit gebracht worden war und in Byzanz aufbewahrt wurde. Von unendlicher Kostbarkeit und Heiligkeit. Selbst der Patriarch, gewöhnt an eine Umgebung aus Gold, Edelsteinen, Porphyrstatuen und Marmormosaiken, wagte nur nach vielen vorbereitenden Wochen des Fastens, der Reinigung und der Sühnegebete, es anzuschauen. Und darum konnte in der Verehrung heiliger Bildnisse nichts Gottloses sein.

Er würde seinen siebzigsten Geburtstag nicht mehr in der geliebten Stadt erleben. Die Weigerung, das schandbare Edikt des Kaisers zu unterschreiben, hatte sein Leben in Gefahr gebracht.

Für diesen Fall hatte der Abkömmling eines alten byzantinischen

Kaiserhauses allerdings vorgesorgt: Ein orthodoxes Mönchskloster bei Damaskus, dem sein alter Freund Makarios vorstand, würde ihn aufnehmen. Dort würde er seinen Lebensabend beschließen, in stiller Würde, gewidmet der ewigen Anbetung, der göttlichen Liturgie, der Sühne für seine Sünden. Und inmitten seiner gefiederten Lieblinge.

Zuvor aber galt es zu handeln. Klug und inopportun, um die wertvollste Reliquie der gesamten Christenheit zu retten. Wertvoller als das Kreuz oder die Kreuzigungsnägel. Das Zeugnis der Auferstehung des Sohn Gottes, sein eben vom Todesschlaf erwachendes Antlitz, gebannt auf das kostbarste Schleiergewebe, das die Welt kannte. Auf die Muschelseide, die einst Haare und Angesicht der berühmtesten Hure der Welt bedeckt hatte – Maria Magdalenas Liebesgabe an ihren toten Rabbi. Sie würde den Sturm, den der Kaiser von Ostrom entfesseln wollte, niemals überstehen. Einen Sturm, von dem Germanos überzeugt war, dass er sich nicht nur gegen die vielen Mosaike, Ikonen und Statuen richtete, sondern vor allem gegen das authentische, von Gott gestiftete Bildnis seines Sohnes selbst. Der Kaiser hatte zu viele muslimische Berater. Und die schlauesten von ihnen wussten selbstverständlich, welch einzigartigen Schatz die Kirche von Ostrom hütete. Im Erlöserkloster, im Schatten der Sophienkirche.

Ein Doppelkloster mit einer Handvoll Nonnen, deren gesamtes Leben der Anbetung des heiligen Antlitzes gewidmet war. Und mit einem halben Dutzend Mönchen, die, jeder unter dreißig Jahre alt, allesamt eine harte Ausbildung absolviert hatten, um die Schwestern und das Tuch mit ihrem Leib und ihrem Leben zu schützen.

Theodora, die Mutter Oberin, war eine weitläufige Verwandte, und sie hatten bereits miteinander besprochen, was zu tun wäre, wenn der Kaiser endgültig die Bildnisse von Heiligen verbrennen lassen wollte.

Zerstreut bot er seinen gefiederten Lieblingen einige Hirsekörner an. Vom Marmarameer stieg ein ungesunder, gelblicher Nebel auf und verhüllte die ersten Häuserreihen am Ufer.

Eine Krähe landete krächzend und flügelschlagend auf der Marmorbrüstung von Germanos' Dachterrasse. Mit schief gelegtem Kopf hüpfte sie näher.

Der Patriarch von Byzanz war ein tiefgläubiger Mann. Trotzdem hatte er hin und wieder die Angewohnheit, seine Lieblinge als Orakel zu befragen. Die Versuchung war groß, und was bedeutete schon Orakel? Selbstverständlich konnte aus der gesamten Schöpfung nur eine einzige Stimme zu ihm sprechen, da war sich Germanos sicher. Deshalb zögerte er auch nur kurz. Wenn die Krähe, die er jetzt mit ein paar Hirsekörnern anlockte, dreimal krächzen würde, bevor sie wieder aufflog, sollte das ein Zeichen sein, dass der Kaiser es auf die Vernichtung des heiligen Schleiers anlegte und Germanos das Richtige tat.

»Na komm, meine große Schwarze, du hast Hunger, was?«

Vorsichtig warf er die Körner auf den Marmorsims. Die Krähe zwinkerte ihm zu. Germanos lächelte. Er war glücklich wie ein Kind.

»Nur Mut, ich tu dir nichts. Hol dir die feine Hirse!«

Jetzt äugte der Vogel interessiert auf das schimmernde, mit Edelsteinen besetzte Pektorale des alten Mannes. Schließlich entschied er sich aber mit zwei weiteren Hüpfern dafür, die Körner aufzupicken, ohne zu krächzen.

Germanos streute mit angehaltenem Atem weiter Hirse. Zutraulich trippelte der Vogel längs der Brüstung und näher zu der Hand, die ihn fütterte. Stumm. Bis zu dem Moment, in dem einer der Hausdiener ungeschickt den schweren Brokatvorhang zurückschlug, der den Eingang zur Dachterrasse verhängte, um eine Besucherin anzukündigen.

Germanos fuhr zusammen, die Krähe erschrak und flog mit einem protestierenden dreimaligen »Kraah!« auf.

Germanos hatte sein Zeichen bekommen.

Im Arbeitszimmer des Patriarchen mit Blick auf den kaiserlichen Palast verströmte ein prächtig geschmiedetes Kohlebecken behagliche Wärme. Die Diener hatten Sandelholz auf die Glut gelegt, und das intensive Aroma durchzog den Raum in bläulichen Schwaden. In den Nischen und Ecken standen Öllampen, neben dem Schreibpult des Patriarchen hing eine prachtvoll verzierte Ikone der heiligen

Gottesmutter mit dem Kind – die Panagia Eleousa. Ihr erwies Schwester Eudokia aus dem Erlöserkloster zuerst die Ehre, bevor sie vor dem Patriarchen niederkniete und ihm die Hand küsste. Sie nahm auf einem der Stühle neben dem wärmenden Kohlebecken Platz. Im Winter war sie froh über den stoffreichen schwarzen Habit mit dem großen Schleier, dem Epimandylion, der nur ihr Gesicht frei ließ, in den Sommermonaten trug er sich nicht ganz so angenehm.

Germanos I. betrachtete Eudokia wohlwollend. Sie war jung, aber nicht zu jung. Ihre Nase war gerade, sie hatte klare Augen und einen anmutig geschwungenen Mund. Sie war nicht auffällig schön, aber auch nicht unscheinbar. Er fragte sich, welche Haarfarbe sie wohl besaß, und versuchte, sich an den buschigen Brauen zu orientieren, die über der Nasenwurzel fast zusammenwuchsen. Eine Schwarzhaarige. Theodora, die Oberin, hatte ihm diejenige geschickt, von der sie annahm, dass sie am geeignetsten wäre, die ihr anvertraute Mission zu erfüllen. Das bedeutete, sie war gebildet, sprach nicht nur Griechisch, sondern auch Latein, hatte Erfahrung mit Seereisen und neigte nicht zu Geschwätzigkeit.

Der Diener kehrte mit einem Tablett zurück, auf dem sich Wein, Olivenöl, etwas Salz und weiches Fladenbrot in einem Korb aus Golddraht befanden. Germanos unterbrach seine Betrachtung und freute sich über den schlichten Imbiss. Das Fasten fiel ihm nicht mehr so leicht wie früher.

Eudokia sprach ein kurzes Dankgebet, wartete, bis ihr Gegenüber sich bedient hatte. Dann riss sie ein Stück frisches Brot ab, tunkte es in reichlich milchig grünes Olivenöl und bestreute es mit einer Prise Salz.

Germanos bewunderte ihre herrlichen Zähne, die eher die Farbe von Perlen hatten als von Elfenbein. Mit seinem eigenen Gebiss war nicht mehr viel Staat zu machen.

»Wie geht es der verehrten Gerontissa Theodora, liebe Tochter? Hat die Salbe, die ich ihr bereiten und zuschicken ließ, Linderung gebracht?«

»Es geht ihr schon viel besser, ehrwürdigster Vater. Sie trägt die Medizin nach den Anweisungen Eures Leibarztes auf, und ihre Gelenke sind bereits sichtbar abgeschwollen. Sie lässt Euch höchsten Dank ausrichten. Wir alle sind sehr dankbar.«

»Gut, ich werde Photius sagen, dass er noch einen Tiegel davon herstellen und ins Kloster schicken soll. Hat die Gerontissa auch mit dir über deine Aufgabe gesprochen?«

»Sie ist in großer Sorge, ehrwürdigster Vater, um unsere Ikonen, seit den Vorfällen am nördlichen Tor. Es ist sehr schwierig für uns, das alles zu verstehen. Wenn der Aufruhr weitergeht – wovor uns die heilige Gottesmutter bewahre …«

Eudokia brach ab und griff schwer atmend zu dem Bronzepokal mit Wein, der mit Szenen von der Hochzeit zu Kana verziert war. Germanos nickte mehrmals bedächtig.

Die theologischen Debatten mit den Bilderfeinden nahmen an Schärfe zu. Auf den Straßen, am Hafen, selbst in den Bädern gab es immer heftigere Auseinandersetzungen. Die Gegner der Bilderverehrung stachelten das Volk auf. Der Vorfall an der nördlichen Pforte war insofern neu, als dass er nicht von einer marodierenden Meute, sondern vom Kaiser selbst befohlen worden war. »Es kommt nicht darauf an, die Vorgänge zu verstehen, liebe Tochter. Der Herr allein weiß, was Er mit uns vorhat. Wir aber müssen treu und ergeben in Seinem Namen handeln. Der Kaiser hat heute einen Erlass gegen die heiligen Bilder vorgelegt, den ich mich zu unterschreiben geweigert habe.«

Eudokia stellte ihren Pokal so hart auf den Tisch zurück, dass der Wein fast überschwappte.

»Der Herr erbarme sich unser!«

»Und des Kaisers«, fügte Germanos trocken hinzu.

»Euer Leben ist in Gefahr, ehrwürdiger Vater!« Eudokias Augen glänzten vor unterdrückten Tränen. »Sie zertrümmern Statuen, reißen die Mosaike und Heiligenbilder von den Kirchenwänden und verbrennen unsere Ikonen. Sie machen auch vor gottgeweihten Menschen nicht mehr halt in ihrer teuflischen Verblendung. Und Ihr habt Euch sogar dem Kaiser widersetzt! Wie hat er reagiert?«

»Auf unmissverständliche Weise. Er hat mich des Amtes enthoben.«

Germanos wischte sich seine vom Olivenöl fettigen Fingerspitzen sorgfältig an einem weißen Tüchlein sauber.

Er erwartete halb einen Tränenausbruch, Gejammer, Anrufungen der Heiligen Dreifaltigkeit. Doch Eudokia schien zunächst wie erstarrt, dann erhob sie sich, ging hinüber zur Ikone der Panagia, wo sie für einen Moment stumme Zwiesprache hielt.

Als sie sich wieder zu ihm wandte, zeigte ihre Miene den Ausdruck größter Entschlossenheit und Gefasstheit.

Theodora hatte eine hervorragende Wahl mit dieser kleinen Schwester getroffen, befand der Patriarch und wartete darauf, dass sie wieder das Wort ergreifen würde.

Eudokia stellte sich vor das Kohlebecken und rieb sich die Hände über der aufsteigenden Wärme – einziges Zeichen ihrer inneren Erregung.

Von draußen drang das Geräusch rieselnden Wassers in das Gemach. Der aufsteigende Nebel war in einen leichten, aber steten Regen übergegangen.

»Ehrwürdigster Vater«, brach Eudokia das Schweigen. »Wir können das allerheiligste Antlitz unseres Erlösers nicht diesen Leuten, diesem –«, sie stockte und schloss kurz die Augen, »diesem – Kaiser überlassen. Sie werden das Kostbarste, was wir hier auf der Erde haben, die Vera Ikona, das wahrhaftige, durch göttliche Allmacht geschaffene Bildnis von unserem Herrn und Erlöser, rauben, zerstückeln, zerschneiden –«

»Verbrennen«, knurrte Germanos, knüllte das Serviettentuch zusammen und warf es grimmig ins Feuer. »Wenn du es nicht rettest. Wofür Theodora und ich dich ausgesucht haben.«

Die Blicke der beiden Gottgeweihten kreuzten sich über dem Kohlebecken, in dem das mit Öl getränkte Leinen hell aufloderte und innerhalb von drei, vier Lidschlägen vollständig zu schwarzer Asche verbrannte.

»Aber was könnte – was kann ich tun? Gegen eine kaiserliche Verfügung? Wäre es nicht am besten, es einfach auf dem Athos zu verstecken, bis die Unruhen vorüber sind?«

»Das haben wir schon überlegt«, sagte der Patriarch. Er fuhr sich müde über die Stirn. »Was, wenn die Ikonoklasten – die Bilderverbrenner – sich durchsetzen? Nicht in zwanzig, aber vielleicht in fünfzig, in hundert Jahren? Wenn die heiligen Bilder selbst aus dem Athos entfernt und vernichtet würden? Nein … Bedenke doch: Es ist das wahre Antlitz des Erlösers. Und es zeigt ihn nach der Kreuzigung. Was bedeutet –«

Eudokias Blick schweifte in die Ferne. Sie führte seinen Satz zu Ende. »Es bedeutet: Es zeigt den Herrn, wie er vom Tode aufersteht. In den Zeiten, die kommen sollen, haben die Menschen vielleicht gerade dieses Bildnis bitter nötig.«

Germanos neigte verlegen den Kopf. Er musste zugeben, dass er in diesen Dimensionen gar nicht gedacht hatte.

»Aus diesem Grunde habe ich meinen Apokrisiar in Rom angewiesen, mit Papst Gregor geheime Verhandlungen aufzunehmen.«

»Mit Rom? Warum sollten wir das Allerheiligste diesem verblendeten Papst und seiner Kirche überlassen?«

»Glaube nicht, liebe Tochter, dass mir dieser Gedanke besonderes Behagen bereitet. Ich bin aber zu der Überzeugung gekommen, dass es die beste Lösung ist. Gregor hat die richtige Haltung zu den Bilderfeinden. Photios, mein Apokrisiar, hat mir mitgeteilt, dass der Papst die Exkommunikation des Kaisers vorbereitet als Antwort auf das schändliche Edikt.«

Eudokia riss entsetzt die Augen auf.

»Den von Gott gesalbten und erwählten Kaiser exkommunizieren?«

»Es wird ihn vermutlich nicht aufhalten«, fuhr Germanos fort, ohne auf das Thema weiter einzugehen. Leo III. war nicht der erste byzantinische Kaiser, über den Rom den fürchterlichsten Bann sprach, den die Christenheit kannte, und er würde nicht der letzte sein. Es ging ihm allein um die Haltung Roms zu den Ikonoklasten. »Aber es zeigt deutlich, wie Rom zu dem Bildersturm steht, der uns droht und von dem wir nicht wissen, ob und wie lange er anhalten und wer letztlich den Sieg davontragen wird. Rom ist die am wenigsten schlechte Wahl.«

Er legte der grübelnden Nonne beschwichtigend die Hand auf den Arm. Sie reagierte nicht.

»Auch Gerontissa Theodora ist davon überzeugt. Und bedenke, vielleicht haben die Menschen von Rom das Bildnis nötiger als wir, und der allmächtige Gott hat es deshalb so gefügt.«

Germanos sah sie gespannt an. Es war wichtig, dass Eudokia voll und ganz hinter ihrer Mission stand, deren Inhalt er ihr noch eröffnen wollte. Er benutzte ihr eigenes Argument, und als ihre

Gesichtszüge sich entspannten, wusste er, dass er sie hatte überzeugen können.

»Gelobt sei der Herr in Ewigkeit. Was für eine Aufgabe habt Ihr dabei für mich, ehrwürdigster Vater? Soll ich das Bildnis reinigen, eine Hülle dafür anfertigen? Versenden wir es mitsamt seinem Rahmen, oder lösen wir es heraus? Wie verheimlichen wir, dass es verschwunden ist?«

Germanos sah die immer lebhafter sprechende Nonne unverwandt an.

»Und habt Ihr schon einen Kurier, dem Ihr vertrauen könnt? Euren Geheimsekretär? Oder Euren Leibdiener Isodoros?« Eudokias munterer Sprachfluss verebbte langsam. Zarte Röte kroch ihr über die Wangen, als sie sich ihres Übereifers bewusst wurde.

»Du bist dieser Kurier, liebste Tochter«, lächelte Germanos sie an. »Die Gerontissa und ich haben dich ausgewählt, um den größten Schatz, den wir haben, sicher und vor allem geheim nach Rom zu bringen.«

Die Nonne öffnete den Mund und schloss ihn wieder. Sie öffnete ihn noch einmal, aber kein Laut drang über ihre Lippen.

Eudokia bekreuzigte sich dreimal hintereinander. Dann nahm sie den Becher auf, trank einen großen Schluck Wein und wischte sich den Mund fahrig mit einem Tuch ab.

»Vater, ich bin unwürdig«, stammelte sie. »Ihr täuscht Euch in mir und Theodora auch. Ich bin hier geboren und aufgewachsen, ich habe Byzanz noch niemals verlassen. Ich kann nicht reiten, und auf dem Wasser werde ich sterbenskrank. Auf großen Plätzen befällt mich Schwindel, und unter vielen Menschen erleide ich Beklemmungen …«

Germanos hob die Hand, um der Verzweifelten Einhalt zu gebieten.

»Warum ich?«, murmelte sie und ließ den Kopf hängen.

»Weil du diejenige bist, Eudokia, die Ihn, unseren Herrn und Erlöser, und Sein wunderbares Antlitz, das wir hier aufbewahren, am meisten liebt.«

9

Vatikanstadt, März 2007

Auf dem Rückweg hatten sie einen Abstecher in die Schatzkammer neben der Sakristei gemacht. Lorenzo zeigte ihr den etwa notebookgroßen Holzrahmen mit Intarsien und der Darstellung der Muttergottes aus dem vierzehnten Jahrhundert, dessen Kristallglasfront in fünf Splitter zerbrochen war. Es war die alte Fassung für das authentische Tuch, mit zwei Glasscheiben, um das Gewebe ins Licht zu halten. Irgendwann in der Zeitspanne zwischen dem Sacco di Roma und der Vollendung des Veronikapfeilers hatte sich der Veronikaschleier, wie er von alten Darstellungen her bekannt war, einfach in Luft aufgelöst. Und war durch ein Stück Tuch ersetzt worden, das weder über die Qualitäten eines durchsichtigen Schleiers verfügte noch auch nur den Hauch eines erkennbaren menschlichen Antlitzes zeigte.

Krista brauchte nach dem langen Aufstieg in die Zimmerflucht erst einen Schluck Mineralwasser. Lorenzo dagegen sah auch nach drei Stockwerken Treppenaufstieg genauso frisch aus wie zuvor. War dieser Mann niemals außer Atem zu bringen?

Einzig sein Bedürfnis nach einem kleinen Caffè schien unbezwinglich, und er begann wieder mit seiner ausgedehnten Zeremonie der Zubereitung eines Espressos. Krista, die um ihre Nachtruhe besorgt war, lehnte vorsichtshalber ab. Der Caffè war gerade dabei, leise zu brodeln, als sich sein Handy wieder meldete. Er warf einen genervten Blick auf das Display, zögerte kurz und entschied sich widerwillig, das Gespräch anzunehmen.

»Onkel Estefanio? Bene, bene, und dir?« Daraufhin verstummte er eine ganze Weile, weil der Anrufer vehement auf ihn einredete. Estefanio Kardinal Farnese, erinnerte sich Krista vage, war nicht nur der Onkel des interessanten Monsignore, sondern einer der mächtigsten Purpurträger der Kurie. Manfred hatte hin und wieder mit ihm zu tun gehabt, ihn auch mehrfach interviewt und als einen durchaus liebenswürdigen, eloquenten Mann beschrieben, der jedoch sehr genau wusste, was er wollte: und zwar Macht. Viel Macht. Solange man ihm nicht in die Quere kam, hatte Manfred einmal –

über einer Vorspeise mit mariniertem Lachs und Babytintenfisch sitzend – dargelegt, konnte man bestens mit ihm auskommen. Sollte jemals ein Interview mit Estefanio anstehen, hatte sie Anweisung, sich mit Manfred abzusprechen und Tipps dazu einzuholen, denn der Kardinal war sehr empfindlich. Bekam er eine Äußerung in den falschen Hals, konnte es passieren, dass er das Interview ungnädig abbrach. Und, noch schlimmer, den betreffenden Journalisten auf seine schwarze Liste setzte. Jetzt redete er schon seit einiger Zeit auf seinen Neffen ein, dessen Gesichtszüge sich mehr und mehr verhärteten. Schließlich unterbrach er sein verärgertes Schweigen und setzte seinerseits zu einer Tirade an.

»Nein, jetzt hörst du mir zu, Onkel! Doch! Ich habe dir klar gesagt, dass ich nicht an der Kurie mein Leben vergeuden möchte. Ich sage dir bereits seit Wochen, dass ich, so schnell es geht, wieder in den Einsatz zurückkehre. Doch mein lieber Onkel denkt nicht daran, meinen Wunsch zu respektieren. Warum nicht? Du musst mir dieses elende Titularerzbistum überbraten! Ich will es nicht, hörst du? Ich habe es nie gewollt, und wenn ich hier in der Vatikanstadt bliebe, wäre ich ein verrückter Vollidiot! Wie ich mit dir rede? Nun, ich glaube, du bist einfach keine offenen Worte mehr gewohnt! Kein Wunder, wenn man den ganzen Tag von Palastschranzen umgeben … Was? Ja, wir reden morgen darüber. Ich hatte einen anstrengenden Tag. Du auch? Das tut mir leid zu hören.« Er lächelte grimmig ins Telefon. »Gut, zum Mittagessen. Ich bringe eine Freundin mit. Was soll das jetzt heißen? … Ich lege auf, hörst du? Gute Nacht!«

Lorenzo klappte das Handy energisch zu, warf es kopfschüttelnd auf den Tisch und starrte es eine Weile missmutig an, als sei es ein widerliches Insekt.

»Mein Onkel, Kurienkardinal Estefanio Farnese«, erklärte er überflüssigerweise und deutete auf das Handy, als sei es an der Existenz seines Onkels mitschuldig.

Krista unterdrückte ein Lächeln. »Sie werden Erzbischof? Meine allerbesten Glückwünsche zu Ihrer Ernennung«, versetzte sie mit zuckersüßer Stimme.

»Herzlichen Dank auch!«, schnappte der Monsignore. »Mein Onkel hat sich dafür eingesetzt, dass der Heilige Vater mich zum

Titularerzbischof von Milevum ernennt. Aus purer Bosheit natürlich. Wissen Sie, wo Milevum liegt?«

»Südöstlich von Timbuktu?«, vermutete Krista, nur halb im Scherz.

Der Monsignore besorgte einen Weltatlas aus seinem Arbeitszimmer und schlug die Nordafrikakarte auf.

»Hier, in Algerien. Nordöstlich von Constantine. Sehen Sie, wo ›Mila‹ steht?«

Sie steckten die Köpfe über der Karte zusammen.

»Ringsum nur algerische Wüste. Mitten im Nirgendwo. Ihr Onkel hat es gut mit Ihnen gemeint. Will er Sie etwa dorthin schicken?«

Sie hob den Blick und lächelte ihn breit an. Die dunklen Augen des Monsignore leuchteten vergnügt auf.

»Das möge der Herr verhüten!«, entgegnete er und klappte den Atlas mit einem Knall zu. »Mila, das antike Milevum, besteht aus dem Rest einer alten Stadtmauer mitten im Wüstensand. Es ist nur noch dem Namen nach ein Bistum. Was ganz praktisch ist, wenn man seinen Neffen, der keinerlei Befähigung aufweist, eine wirkliche Diözese zu verwalten, protegieren möchte.«

»Eine alte Mauer mitten in der Wüste? Klingt zauberhaft. Fast schon poetisch.«

»Ha! Es kommt noch besser. Einer meiner Vorgänger war päpstlicher Nuntius am Hofe des Kublai Khan, und hier hat mein Onkel Sinn für subtilen Humor bewiesen: Der manichäische Ketzer Faustus wurde um 350 in Milevum geboren, ein ziemlich widerspenstiger Typ, der weder das Alte Testament noch die Ausschmückungen um Jesu Geburt und seine Auferstehung anerkennen wollte. Der heilige Augustinus hatte seine liebe Not mit ihm.«

Krista besaß eine Schwäche für Männer, die zur Selbstironie fähig waren. Der Monsignore war ungefähr das zweite Exemplar dieser raren Spezies, das sie in ihrem bisherigen Leben getroffen hatte. Das erste hatte ihre beste Freundin geheiratet. Das zweite war auch schon vergeben – an Gott oder vielmehr: an die Kirche.

»Ich verstehe nicht, was an der Ernennung so schlimm wäre? Sie könnten doch auch als Erzbischof die italienischen Einheiten weiterbetreuen?«, fragte sie.

»Unwahrscheinlich. Onkelchen würde mir irgendeinen Posten in irgendeiner Kongregation oder den Geheimarchiven zuschanzen, und dann säße ich hier an der Kurie in der Falle.«

»Ihr Onkel gilt weithin als Papabile – ein heißer Tipp für das nächste Konklave«, merkte Krista an.

»Eine alte römische Weisheit besagt: Wer als Papst in ein Konklave hineingeht, kommt als Kardinal wieder heraus.« Er zuckte mit den Schultern.

»Pius XIII. ist zwar etwas gebrechlich, erfreut sich aber ansonsten bester Gesundheit, wie man hört«, beeilte sich Krista, hinzuzufügen.

»Wofür wir Gott danken«, entgegnete der Monsignore geschmeidig und fuhr sogleich fort: »Doch in diesen Zeiten ist alles möglich. Ein Blutgerinnsel, ein Herzinfarkt. Es ist auch schon auf einen Papst geschossen worden, und ich will gar nicht wissen, wie viele Pontifices an Gift starben. Nehmen wir Alexander VI., den Borgia-Papst zum Beispiel.« Lorenzo schenkte höflich Wasser und Wein nach.

»Soweit ich informiert bin, griff er selbst gern zum Giftfläschchen, wenn er sich eines Widersachers entledigen wollte.« Krista nickte ihm zu. Der Monsignore lehnte sich behaglich seufzend in seinem Stuhl zurück.

»Alexander VI. war ziemlich verschrien, Sie haben recht. Aber dass er seine Gegner vergiftet haben soll, glaube ich nicht. Seinen Gelüsten auf eine unserer Ahninnen verdanken wir den ersten Kardinal und späteren Papst der Familie, Alessandro Farnese. Der übrigens dem Borgia-Papst und dessen vollkommener Ignoranz der zölibatären Verpflichtung in nichts nachstand.«

Krista winkte spöttisch grinsend ab. »Tun Sie doch nicht so, als ob sich heutzutage tatsächlich noch jemand an den Zölibat hielte.«

»Mein Onkel schon. Wie die meisten Priester, die ich kenne«, erwiderte er ernst.

»Aber das ist unmenschlich«, behauptete Krista. »Ich finde, die Priester sollen heiraten können. Fast alle Geistlichen anderer Religionen und konfessionellen Richtungen können heiraten und Kinder haben. Ich verstehe nicht, warum ausgerechnet die römisch-katholische Kirche stur am Zölibat festhält.«

»Wissen Sie, was mit katholischen Priestern in Polen während der Naziherrschaft passiert ist? In Deutschland unter Hitler? In Russland unter Stalin? Ist Ihnen klar, was heute noch in Ruanda, im Sudan oder in Kolumbien mit katholischen Priestern geschieht? Im Irak? Sie werden gekreuzigt, gefoltert, misshandelt, verfolgt, totgeschlagen wie die Hunde. Was, glauben Sie, würde passieren, wenn diese Kirche, die immer auch eine verfolgte Kirche ist, eine Kirche der Blutzeugen, auch noch zulassen würde, dass Frauen und Kinder von Priestern verschleppt, vergewaltigt und ermordet würden? Wenn Priester erpressbar würden, weil sie auf eine Familie Rücksicht nehmen müssen? Es ist alles auch so schon schlimm genug.«

Krista kaute nachdenklich auf ihrer Unterlippe herum. »Daran hatte ich noch nicht gedacht«, gestand sie ein.

»Natürlich hatten Sie nicht daran gedacht!«, gab er ungehalten zur Antwort. »Niemand denkt daran, aber alle wissen es besser! Insbesondere die Deutschen!«

»Na schön. Dann bin ich eben – deutsch! Aber nur weil es Ihnen offenbar überhaupt keine Probleme bereitet, zölibatär zu leben –«

Sie hielt inne, weil er aufgesprungen war und sich, beide Arme auf die Tischplatte gestützt, zu ihr herunterbeugte. Es war schwer, diesem Blick standzuhalten. Er war ihr so nahe gekommen, dass sie seinen Atem riechen konnte – süß, nach Karamell und Kaffee. Irgendwo schlug ein Fensterladen im aufkommenden Wind. Sie hatte schon viele geweihte Männer in Talar oder Soutane gesehen, der ganze Petersplatz war jeden Tag voll davon. Am eindrucksvollsten waren ihr immer die Dominikanermönche vorgekommen. Alles große junge Burschen mit militärischem Haarschnitt, in zeltförmigen schwarz-weißen Habiten, mit Ketten um die Hüften. Wenn der Vatikan jemals eine eigene Basketball-Nationalmannschaft aufstellen wollte, dann wäre es eine Mannschaft aus Dominikanern geworden. Und wenn Krista professionelle Basketballspielerin gewesen wäre, hätte sie es lieber mit einem ganzen dominikanischen Team als mit diesem einzelnen Mann aufgenommen, der gerade vor ihr stand.

»Sie wissen nichts über mich und den Zölibat. Also schweigen Sie!«, sagte der Monsignore einfach und richtete sich, die Hand auf die Herzgegend gelegt, wieder auf.

»Ja, Entschuldigung auch, dass ich Sie nicht gleich heute früh als Allererstes zu Ihrer persönlichen Einstellung dazu befragt habe.« Krista dachte gar nicht daran, klein beizugeben.

»Sie sollten besser nie danach fragen, wenn Sie nicht wirklich bereit sind, die Antwort zu hören«, beschied er in einem Tonfall, den Krista nicht einzuordnen wusste.

Der Laden schlug heftiger. Lorenzo öffnete das Fenster, um ihn zu verriegeln, und warf es nachdrücklich wieder zu.

Es klopfte weiter, diesmal an der Wohnungstür. Der Monsignore ließ einen sehr selbstzufriedenen Ispettore herein, der mit wiegendem Gang in die Küche stolzierte, sich einen Stuhl schnappte und rittlings darauf Platz nahm.

»Ich habe ein Projektil gefunden«, verkündete Cairo und zog stolz ein Plastikbeutelchen aus seiner Brusttasche. »Steckte im Bücherregal, hab es mit dem Taschenmesser rausbekommen.«

Lorenzo hielt das Tütchen mit Inhalt gegen das Licht und pfiff leise durch die Zähne. »NATO-Munition, könnte auch in die Barrett passen.«

»Kann ich auch einen Caffè haben?«

Krista beobachtete amüsiert, wie schnell Cairo, eben noch vor Selbstsicherheit strotzend, auf Dackelblick umschalten konnte, wenn es um Essen oder Trinken ging.

»Wir haben herausgefunden, dass sein Handy fehlt«, merkte Lorenzo zu seinem Freund umgewandt an, während er die Bialetti vorbereitete, »die Armbanduhr, immerhin eine TAG Heuer, haben sie ihm gelassen.«

»Genau wie in der Wohnung. Nichts Wertvolles fehlte, nur die Festplatten und die Datenträger«, schaltete sich Krista ein.

Sie betrachtete das Zifferblatt. »Wenn wir davon ausgehen, dass die Uhr zu seinem Todeszeitpunkt stillstand, war es halb elf, als das Auto ihn in den Graben schleuderte. Gestern Abend, denn heute hätten wir uns ja in seiner Wohnung treffen sollen.«

»Ich hab mich dort noch ein bisschen näher umgesehen. Die Einbrecher haben versucht, einen kleinen Rollcontainerschrank zu knacken, das Schloss hatte Kratzspuren. Also habe ich mich auch mal daran versucht … und ecco! Ich habe dies hier gefunden.« Cairo nestelte in seiner Uniformbrusttasche und förderte eine winzige Marienfigur zutage. »Ich habe nur leider keine Ahnung, wieso man eine kleine Fatima-Madonna im Schreibtisch einschließt.«

Krista entwand ihm das Figürchen aus den Fingern. »Moment mal, ich kenne das Modell!«

»Wie? Was für ein Modell?«, entgegnete der Monsignore und sprang entsetzt auf, als Krista der heiligen Muttergottes mit einer energischen Handbewegung den Kopf abriss. Cairo stand vor Verblüffung der Mund offen.

»Das war die heilige Muttergottes von Fatima! Sind Sie betrunken?«, rief Lorenzo empört aus und bekreuzigte sich mehrmals.

»Das«, erwiderte Krista keuchend, »ist ein frommer USB-Stick für fünfzehn Euro neunundneunzig, erhältlich in fast jedem Devotionalienladen im Borgo Pio, mit mindestens zwei Gigabyte Datenspeicher.«

Sie hielt den Stick, den sie aus seiner gottgefälligen Umhüllung befreit hatte, triumphierend in die Höhe. »Die perfekte Tarnung. Wenn wir Glück haben, dann wissen wir, warum diese Verbrecher hinter Manfred her waren.«

»Glück – und einen USB-Anschluss. Mein PC hat aber keinen.«

Cairo, der die zischende Bialetti überwachte, rollte mit den Augen. Krista schaute sich suchend um. Cairo hatte glücklicherweise ihre Kleidertasche, ihren Kulturbeutel sowie ihre Notebooktasche aus der Pension mitgebracht. Sie lief hinüber, riss am Klettverschluss und baute ihr Arbeitsgerät auf dem Küchentisch auf. Ungeduldig wartete sie, bis das Notebook hochgefahren war, und steckte Manfreds USB-Stick in die Buchse.

Das Betriebssystem listete einen Ordnerbaum auf. Krista doppelklickte aufs Geratewohl auf das Symbol des obersten Ordners und dann auf die erste Datei.

»Manfreds Dateien«, flüsterte sie, während sie Lorenzos Atem an ihrem Ohr spürte. Die Textdatei öffnete sich mit quälender Langsamkeit. Endlich erschien die erste Seite des Dokuments.

Über den ganzen Bildschirm hin zogen sich barbarisch aussehende Zeichen.

»Was zum –?« Krista unterdrückte mühsam einen Fluch.

Cairo, der seinen Caffè hinuntergestürzt hatte, gab ein Grunzen von sich, als er einen Blick auf den Monitor geworfen hatte.

»Per carità!«, murmelte Lorenzo neben ihrem Ohr. Sie wollte sich zu ihm umwenden.

Doch er war schon hinübergeeilt in sein Arbeitszimmer, wohl um ein Fachbuch zu holen, das, so hoffte sie, helfen konnte, diesen Schlamassel aufzuklären. Stattdessen kehrte er mit seinem Brevier zurück und erklärte, nun die Komplet, das Nachtgebet, beten zu wollen.

»Aber wieso?«, frage Krista.

»Weil es neun Uhr ist«, informierte der Monsignore.

Cairo warf einen Blick auf seine Armbanduhr. »Ich muss los, haltet mich auf dem Laufenden, was es mit dem Gekrakel auf sich hat. Wir sehen uns!« Und verließ mit langen Schritten die Wohnung.

»Sie können doch nicht, ich meine, sollten wir nicht, ich dachte, es wäre wirklich wichtig, diese Schrift zu entschlüsseln.« Krista hätte den Monsignore am liebsten an den Schultern gepackt und durchgeschüttelt.

»Ich weiß, was das für ein Alphabet ist. Jetzt werde ich mein Brevier beten. Sie können mitbeten. Sie sind herzlich eingeladen.«

10

Badia di Pattano, abseits der Via Popilia, Februar 730

Bruder Jeremias erwachte. Noch bevor er die Augen aufschlug, verbreitete sich in ihm ein tiefes Glücksgefühl, weil seine Liege nicht mehr schwankte und schaukelte, sondern auf festem Grund stand. Schwester Eudokia hatte die Seefahrt zwar erheblich mehr zugesetzt als ihm, doch richtig behagt hatte ihm das Leben an Bord auch nicht. Sie waren über Thessaloniki gesegelt und hatten in Regium, an der Spitze des italienischen Stiefels, entschieden, die Seereise nicht, wie es üblich war, fortzusetzen, sondern die Via Popilia, den Landweg nach Rom, zu benutzen.

Für Eudokia war die Zeit auf dem Segler eine einzige Folter gewesen. Sie konnte nicht essen, kaum etwas trinken und nur schlafen, wenn Bruder Jeremias ihr eine Medizin aus Wermutextrakt einflößte, die ihm der Leibarzt des Patriarchen mitgegeben hatte – vorausgesetzt, sie behielt die Tropfen bei sich. Nein, die Byzantiner waren mehrheitlich kein stolzes Volk von Seefahrern, auch wenn die Stadt direkt an einer wichtigen Meerenge lag. Eudokias Zustand war kurz vor Regium derart bedenklich geworden, dass die Entscheidung für die Via Popilia zwingend erschien. Es nützte nichts, wenn sie halb tot in Rom vor dem Papst erschien.

Ihre Gestalt war abgemagert, die rundlichen Wangen eingefallen. Ihre Augen verloren den Glanz und lagen in tiefen Höhlen, sie bot ein einziges Bild des Jammers. Doch Jeremias erkannte an, dass über die Lippen seiner Reisegefährtin niemals auch nur eine einzige Klage gekommen war. Sie hätte auch noch die Passage von Regium nach Ostia geduldig ertragen, wenn Jeremias nach Rücksprache mit dem Schiffsarzt nicht entschieden hätte, dass eine Weiterreise auf See lebensgefährlich wäre.

Eudokia war mit einem Schlag gesund, als sie wieder festen Boden unter sich hatten. Bruder Jeremias atmete auf. Zwar würden sie länger als geplant brauchen, doch das Reisen auf der von einem römischen Konsul namens Popilius vor fast neunhundert Jahren erbauten Straße war weniger strapaziös, fast angenehm. Außerdem ergab sich die Gelegenheit, in einem Kloster bei Pattanium einzukehren und dort ein paar für Geist und Körper erholsame Tage zu verbringen. Auf den Resten einer antiken römischen Villa erbaut, lag das Kloster westlich der großen Straße, die nach Rom führte. Die Mönche von Pattanium, die hohes Ansehen bei den Bergbauern der Gegend genossen, lebten in einfachen Unterkünften, gaben ihr Wissen über die Heilige Schrift und die Kirchenväter weiter und waren zudem gefragte Heilkundige. Unter dem ältesten der Mönche hatte Jeremias vor Jahren in der Armee des Kaisers gedient, bis Simeon seinen Sold genommen und sich zum christlichen Glauben bekehrt hatte.

Simeon hatte sich gut gehalten. Immer noch überragte er die meisten anderen Männer, und auch nach fast zwanzig Jahren schien er athletisch wie eh und je. Holzhacken und Steineschleppen seien sein Geheimnis, verriet er Jeremias augenzwinkernd.

Der breitschultrige Älteste mit den langen grauen Haaren und dem imposanten Bart, der ihm bis auf die Brust reichte, hatte ihn zur Begrüßung an sich gedrückt, als wolle er ihn nicht mehr wieder hergeben. In der kargen Hütte, in der er sie willkommen hieß, gab es nur eine primitive Schlafstatt aus rohen Brettern, ein paar Hocker und einen riesigen Tisch aus Olivenholz, der Simeon als Werkbank, Schreib- und Esstisch in einem diente.

In einer Ecke mit einem gemauerten Feuerfang flackerte ein lebhaftes Feuer, darüber hing ein Gefäß, in dem Vater Simeon zur lebhaften Freude seiner Besucher ein kräftiges Hasenragout schmorte, das er mit ein paar getrockneten Steinpilzen und einer Handvoll Oliven verfeinert hatte.

Nachdem sie sich am Brunnen Hände und Füße gewaschen hatten, bezeugten sie durch Küssen und Verbeugungen der Marienikone ihre Verehrung. Dann nahmen sie Platz, sprachen ein Dankgebet und ließen sich das von Simeon mit einem Kanten Brot aufgetischte Willkommensmahl schmecken.

»Weiß der Himmel, Simeon, aber dein Essen schmeckt besser als das, was uns unser Feldkoch damals vorgesetzt hat. Du hättest unsere Hundertschaft verköstigen, nicht befehligen sollen«, lachte Jeremias, dem der schlichte, aber starke Rotwein, den die Mönche hier kelterten, schon zu Kopf gestiegen war.

Simeon lachte gutmütig.

»Dann hätten wir damals gegen Maslama ibn Abd al-Maliks Truppen verloren. Leontis, unser Koch, konnte ja nicht mal den Abwasch organisieren.«

Jeremias wurde ernst. »Ich rede natürlich Unsinn. Du warst ein hervorragender Befehlshaber.«

»Und heute seid Ihr ein ausgezeichneter Vorsteher Eurer Gemeinschaft«, meldete sich Eudokia zu Wort, die sich konzentriert diesem Festmahl gewidmet hatte und nun dabei war, die letzten Reste der kräftigen Soße mit Brot aufzutunken. Die beiden Mönche schauten sie verblüfft an. Die kleine Nonne wirkte immer noch bleich und ausgezehrt unter ihrem schwarzen Habit, doch ihre Wangen bedeckte jetzt eine lebhafte Röte.

»Du bist sehr freundlich zu mir Unwürdigem«, entgegnete Simeon, »aber ich habe dieses Lob nicht verdient.«

Eudokia schaute den früh ergrauten, sehnigen Mönchsvater unverwandt an. »Es ist ein Anderer, der durch Euch wirkt, ehrwürdiger Vater. Euer Verdienst aber ist, dass Ihr Ihm in allem gehorcht und Seinen Willen tut.«

Sie schob Essschüssel und Becher endgültig von sich weg und machte eine weite Geste, die die Klause sowie die gesamte Anlage umfasste.

»Hier ist alles so, wie es sein soll. Nicht nur einfach und arm, sondern auch sauber und von einem guten Geist erfüllt. Eure Brüder sind geschickt und fromm. Wir haben, als wir noch eine Tagreise entfernt waren, nur Gutes von den Bauern und Hirten über Euch gehört. Ihr bietet ihnen Schutz und Zuflucht vor den Überfällen der Sarazenen, und Ihr heilt und unterrichtet ihre Kinder.«

Simeon schob die Platte mit der Nachspeise in die Tischmitte: Schafskäse, Berghonig, getrocknete Feigen und Mandeln. Durch die Finger seiner Linken glitt unablässig seine Gebetsschnur, das Komboskini.

»Ist das nicht in jeder Gemeinschaft so? Wir bemühen uns, Gott zu lieben, Gehorsam zu üben und unseren Nächsten zu dienen«, lächelte er.

»Und wenn ihr fastet, dann fastet ihr richtig, und wenn ihr schmaust, dann lasst ihr es euch schmecken!«, freute sich Bruder Jeremias, dem die Fastentage eher schwerfielen.

Simeon machte eine einladende Handbewegung, und der Jüngere griff fröhlich zu.

Eudokia spielte gedankenverloren mit einem Zipfel ihres Epimandylions, ihres großen schwarzen Schleiers. Ihr Blick irrte umher, bis sich der Fokus ihrer Augen auf einen weit entfernt scheinenden Punkt einstellte.

Jeremias, sich einen Bissen Käse zum Mund führend, hielt mitten in der Bewegung inne. Simeon beobachtete die kleine Nonne mit undurchdringlichem Gesichtsausdruck. Mit ihren geschwungenen, fast über der Nase zusammengewachsenen Augenbrauen und den rundlichen Augen wirkte sie auf ihn wie eine hübsche kleine Eule.

»Ihr habt Sein Haus wohlbestellt. Was Ihr tut, gefällt dem Herrn. Er sendet Euch Seinen Segen.«

Die Blicke von Simeon und Jeremias kreuzten sich. Stille breitete sich aus. Nur von der Feuerstelle kam noch ein leises Knacken. Der Ruf eines Nachtvogels von draußen. Ein Ruck durchfuhr Eudokia, als sie wieder zu sich kam. Lächelnd kostete sie den Käse zusammen mit einem Klecks Honig und unterdrückte dann ein Gähnen.

»Ihr möchtet bestimmt noch ein Weilchen beieinandersitzen und über alte Zeiten sprechen, lieber Bruder, hochwürdiger Vater. Dürfte ich noch um eine Kerze bitten, dann wünsche ich Euch eine Gute Nacht.«

Jeremias begleitete sie zu dem Anbau an Vater Simeons Klause, der als Gästehaus diente. Als er zurückkehrte, hatte der Ältere noch einmal das Feuer angefacht und die Becher nachgefüllt. Doch zunächst stand Simeon nicht der Sinn danach, an die gemeinsamen Erlebnisse in der kaiserlichen Armee zu erinnern.

»Deine Begleiterin ist eine bemerkenswerte Frau«, sagte Simeon, während er den Wein in seinem Becher kreisen ließ. »Patriarch Germanos schickt eine Heilige zu Papst Gregor. Wozu?«

»Germanos ist nicht mehr Patriarch«, lenkte Jeremias ab. »Der Kaiser hat ihn abgesetzt, und so Gott will, ist er bereits auf der Flucht nach Syrien.«

»Dann steht es in Byzanz schlimmer, als ich dachte.«

Jeremias betrachtete schweigend seine Fingerspitzen. An dieser Stelle des Gespräches schien es ihm angebrachter, auf Wasser umzusteigen. Gerade als er sich einschenken wollte, schleuderte Simeon mit einer unvermittelten Bewegung seine Gebetsschnur durch die Luft. Der Jüngere reagierte sofort, machte eine halbe Drehung, duckte sich und fing das Komboskini blitzschnell mit der linken Hand auf, bevor es ihn ins Gesicht traf. Simeon lachte dröhnend.

»Wendig wie eine Schlange, geschickt wie eh und je. Die Hornhaut an deinen Fingern verrät, dass du mit dem Bogenschießen nie aufgehört hast. Ich schätze, du übst auch weiterhin mit Streitaxt, Schild und Lanze?«

»Ich will nicht einrosten«, antwortete Jeremias vage, was Simeon erneut zum Lachen brachte.

»Natürlich willst du das nicht, mein Junge. Einen besseren Kämpfer als dich habe ich selten gesehen.«

»Du übertreibst. Wäre ich wirklich so gut, hätte mich Adamantios nicht besiegt.«

»Adamantios hat dich besiegt, weil du in der Nacht vor dem Ringkampf Wein gesoffen hast wie ein Ochse – nicht, weil er besser war. Im Übrigen hat mich das einen ganzen Beutel Silbermünzen gekostet, wenn du dich erinnerst. Ich habe dir vergeben. Die Sache ist die, wenn ich einen wichtigen Auftrag hätte, eine geheime Botschaft zu überbringen, meine eigene Tochter auf eine Reise schicken müsste, dann würde ich dich dafür auswählen.« Er legte die Arme auf den Tisch und beugte sich vor, um Jeremias eingehender betrachten zu können.

»Jedenfalls ist Eudokia nicht die Tochter von Germanos«, merkte der Jüngere trocken an. Wie jeder wusste, waren die meisten der hohen byzantinischen Hofbeamten, so auch Germanos, Eunuchen.

»Aber sie hat einen Auftrag, und du sollst sie schützen«, beharrte Simeon.

»Und wenn es so wäre, dürfte ich mit dir darüber nicht sprechen«, beendete Jeremias das Thema. »Was ist eigentlich aus Adamantios geworden?«

Simeon ging bereitwillig auf das Schicksal Adamantios' ein, soweit es ihm bekannt war. Als ehemaliger Hekatontarch, ein Offizier im Range eines römischen Zenturios, respektierte er den geheimen Status der Mission Jeremias'. Bis es Zeit für die Nachtruhe war, tauschten die beiden Männer lustige und traurige Erinnerungen aus der gemeinsamen Militärzeit aus.

Nach dem Aufstehen und dem Morgengebet in der bescheidenen Kapelle mit den Brüdern nahmen Jeremias und Eudokia ein Frühstück aus warmem Wein mit Honig, Fladenbrot und Käse zu sich. Die Nonne wollte gern mehr von der Anlage sehen, die unter der Anleitung Simeons errichtet worden war – mit primitiven Materialien und Werkzeugen, doch blitzsauber und penibel instand gehalten.

Sie fütterte die Hühner, tränkte die Jungschafe und ließ sich von dem Ältesten den winzigen Kräutergarten erklären, den die Brüder angelegt hatten und der die wichtigsten Heilpflanzen enthielt, die auf dieser Höhe gediehen. Eudokia identifizierte mit sicherem Blick Salbei, Wacholder und Lorbeer.

Jeremias war nach dem Gottesdienst mit einem der Brüder in den Wald gegangen, um die ausgelegten Schlingen zu überprüfen und den Speisezettel mit einem Kaninchen oder einem Hasen zu bereichern.

Simeon führte Eudokia zur Krankenstube der Gemeinschaft, die sein ganzer Stolz war.

Durch eine zweigeteilte Tür betraten sie den hell verputzten Raum, in dem zwei einfache Liegen mit Strohsäcken standen. Der Boden bestand aus Bruchsteinplatten, die mit frischen Binsen bestreut waren. Alles war frisch und sauber. Daneben gab es einen Anbau mit einer großen Arbeitsplatte, auf der Mörser, Tiegel für Salben, Behälter voll Öl, Ampullen mit raren Ingredienzien zur Bereitung von Tropfen, Tinkturen und Absuden bereitstanden.

Das Sortiment an Heilmitteln und deren Zutaten setzte sich auf dem Bord über der Arbeitsfläche fort. Von der Decke hingen Kräuterbüschel zum Trocknen.

Eudokia nahm alles genau in Augenschein und lobte die Sorgfalt und die Umsicht, mit der Simeon die Einrichtung der Krankenstube und der Arbeitskammer vorgenommen hatte.

»Fehlt uns nur noch ein erster Patient, den wir hier behandeln können. Bisher ist die Stube ungenutzt«, meinte Simeon, hin- und hergerissen zwischen dem Wunsch, dass die Menschen ringsum gesund blieben, und der Sehnsucht, sein Werk mit einem ersten Behandlungserfolg zu krönen. Der erste Kranke sollte jedoch schneller kommen, als es Simeon lieb war.

Von ihrem Kontrollgang zu den Schlingen hatten Jeremias und sein Begleiter nicht nur zwei Hasen, sondern auch einen schwer verletzten Mann auf einer notdürftig zusammengebauten Trage mitgebracht. Er war ohne Bewusstsein und in einem grauenvollen Zustand. Seine Beine waren mehrfach gebrochen, ein Schultergelenk ausgekugelt, die Hände blutig und aufgerissen. Gesicht und Kopf waren mit Wunden übersät, die Nase geschwollen und gebrochen. Die beiden Mönche hatten ihn am Fuße eines schroffen Abhangs gefunden. Er konnte noch seinen Namen sagen und dass er einen Steinbock verfolgt hatte, bevor er wieder ohnmächtig wurde.

Gordios wurde sofort in der Krankenstube untergebracht, in der Jeremias ihm zuerst seine zerrissenen Kleider entfernte. Eudokia entfachte in der Zwischenzeit ein Feuer in der Esse und hängte einen Kessel in den Rauchfang, damit die Wunden mit warmem Wasser gereinigt werden konnten. Danach überließ sie ihn Simeon, der mit ein paar kräftigen Handgriffen die gebrochenen Beine richtete und schiente.

Gordios stöhnte. Er wollte sich auf seinem Lager herumwerfen, doch jede Bewegung bereitete neue unaussprechliche Schmerzen. In seinen blutunterlaufenen Augen spiegelte sich erst Widerstand gegen die von Eudokia gemurmelten Gebete, dann blanker Hass.

»Aufhören! Hör auf mit deinen frommen Litaneien und Anrufungen für mein Seelenheil!«

Eudokia verstummte und betrachtete Gordios verstört.

»Sie hat auch immer gebetet, den ganzen Tag lang, sie hat Maria angefleht und die Heiligen und diesen … diesen … Lügner, den ihr Gottes Sohn und Erlöser nennt. Und dann ist sie einfach krepiert, mit meinem Kind in ihrem Bauch, am Winterfieber. Wo war denn da Gott, das will ich von dir wissen, Weib! Warum hat er sie nicht erlöst und wieder gesund gemacht? Warum wohl nicht? He?«

»Vielleicht gibt es mehr als das Leben auf dieser Erde. Vielleicht hat Gott sie ja bei sich haben wollen, weil er sie so sehr geliebt hat, und sie sind jetzt glücklicher, als sie hier je hätten sein können«, wandte Eudokia ein. Leiden erschütterte jeden Glauben, das wusste sie, obwohl ihr selbst noch keine Schicksalsschläge zugefügt worden waren.

Doch damit war sie an den Falschen geraten.

Gordios arbeitete sich keuchend und spuckend in die Höhe, vor seinen Mund traten Speichelblasen, sein Zorn war unermesslich.

»Glücklicher? Das kann nur eine Betschwester erfinden! Gottes Barmherzigkeit?« Ein Schwall unflätiger Lästerungen ergoss sich über seine zerfransten Lippen. Alle Energie, die dieser zerschundene und zerschlagene Körper noch besaß, richtete sich auf den Hass und die Leugnung Gottes.

»Und nun? Nun muss ich sterben, dein Gott macht mich nicht gesund, so viel du auch für mich betest! Und weißt du, warum das so ist? Weil es Ihn nicht gibt, deinen allbarmherzigen, allmächtigen, ewigen Gott!«

Eudokia bekreuzigte sich mehrmals hintereinander. War ein Dämon in Gordios gefahren, dass er solche Reden schwang? Sollte sie Simeon rufen lassen, damit er ein Austreibungsgebet sprach? Verunsichert betrachtete sie den erbosten jungen Mann, der sich keuchend wieder auf sein Lager hatte fallen lassen und in Tränen ausbrach.

Nein, entschied sie, das konnte kein Dämon sein. Alles, was sie darüber wusste, war, dass die unreinen Geister tobten und schrien. Noch niemals hatte man ihr darüber berichtet, dass sie aus Trauer und Verzweiflung weinten. Am liebsten hätte sie Tränen über das viel zu kurze und leidvolle Leben dieses Mannes vergossen. Sämtliche Anzeichen waren zu sehen – Gordios würde sterben. Doch in diesem Zustand, in dem er sich befand, ginge seine unsterbliche Seele auf ewig verloren. Er verdammte sich sehenden Auges selbst. Darüber hätte er wehrufen und schluchzen sollen, nicht über das grausame Schicksal, das ihm widerfuhr.

Eudokia säuberte ihm mit einem nassen Tuch das Gesicht und murmelte Worte, die Mütter ihren Kindern sagen, wenn sie krank sind oder Schmerzen haben.

Zunächst musste der Patient ruhiger werden, erst dann konnte sie versuchen, seine unsterbliche Seele zu retten. Eudokia betete stumm zu allen Heiligen und Engeln, dass es ihr gelingen möge. Und damit die Heiligen und Engel auch eine echte Chance bekamen, flößte sie ihm einen leichten Beruhigungstrank ein. Dann setzte sie sich zu ihm an sein Lager und ließ den Trank wirken, bevor sie wieder das Wort an ihn richtete. »Wie hieß deine Frau, Gordios? Erzähle mir etwas über sie.«

»Flavia war ihr Name«, antwortete Gordios stockend. »Wir kannten uns schon von Kindheit an. Sie war braun wie ein Rehkitz, und ihre langen Haare besaßen die Farbe von Kastanien. Wir waren schon als Kinder unzertrennlich.«

»So habt ihr mehr glückliche Jahre miteinander verbracht als andere Eheleute, die sich vor der Heirat nicht kannten«, betonte Eudokia.

Einen Moment lang war nur der rasselnde Atem von Gordios zu hören. Dann nickte er. »Stimmt. So kann man es betrachten. Zwanzig Jahre kennen wir uns schon.«

»So viel ist anderen nicht vergönnt, Gordios. Bist du nicht auch dankbar dafür?«

»Wem sollte ich dankbar sein?« Seine Augen füllten sich wieder mit Tränen der Wut. »Dem, der mir meine Flavia und unser ungeborenes Kind genommen hat? Der mich so liegen lässt, zerbrochen an Leib und Seele? Zum Sterben verurteilt?«

»Wir alle sind zum Tode bestimmt in dem Moment, in dem wir aus dem Schoß unserer Mutter kriechen, Gordios. Die Frage ist, wie wir unser Schicksal annehmen. Du sagst, es gibt keinen Gott. Dann sagst du, ich werde dem nicht dankbar sein, der mir meine Frau genommen hat. Also gibt es ihn, aber du hältst ihn für böse. Denk nach.«

»Ich kann nicht«, wimmerte Gordios, »ich verstehe es nicht. Ich bin nur ein Bauernsohn, den Gott verlassen hat.«

»Das bist du nicht, und er hat dich nicht verlassen«, widersprach Eudokia fest. »Was ist, wenn deine Frau und dein Kind dich auf der anderen Seite, bei ihm, erwarten? Doch sie warten vergeblich, denn durch deinen Zorn und deine Verleugnung Gottes hast du dich in die Hände des Widersachers begeben. Aus freien Stücken. Du hast dich gegen Gott entschieden, weil du es wolltest. Was wird mit dir passieren? Was glaubst du?«

»Gar nichts, sage ich dir! Niemand wartet auf mich. Sie sind genauso verloschen, wie ich ausgelöscht werde. Nach einem sinnlosen Leben und Leiden ein sinnloser Tod.«

Gordios begehrte noch einmal auf, die Wut bekam die Oberhand über die Trauer. Doch Eudokia ließ nicht locker.

»Wenn es so ist, wie du sagst, wie konnte dann unser Herr und Erlöser den Tod überwinden und auferstehen? Nach dem sinnlosesten Leiden, das man sich nur vorstellen kann?«

»Weil er nicht auferstanden ist. Das ist doch die dreisteste Lüge von allen. Ein Märchen für Kinder, mehr nicht. Euren Erlöser hat es doch nie gegeben!«

Sie ließ sich ihre Erschütterung nicht anmerken. Wie viel Verblendung, wie viel Hass und wie viel Verzweiflung waren notwendig, um so von dem göttlichen Wunder der Auferstehung zu sprechen, das Hunderte von Menschen bezeugt hatten? Einem Mann, Gottes Sohn, der Unzählige geheilt und bekehrt hatte?

Eudokia biss sich auf die Fingerknöchel in dem Bemühen, eine Antwort auf das Unglück dieses jungen Mannes zu finden. Konnte sie es wagen, um seine unsterbliche Seele zu retten, um ihn zu trösten und mit Zuversicht zu erfüllen – konnte sie es wagen, ihm das von Gottes Finger aus Licht gemachte Bildnis auf dem Schleier zu zeigen, ohne ihre Mission zu gefährden? Der Patriarch hatte ihr wieder und wieder eingeschärft, sie dürfe sich auf niemanden verlassen, sie müsse das Geheimnis hüten – nicht einmal Jeremias wusste, was sie eigentlich in Rom abliefern sollte. Ihr Pflichtbewusstsein und die Furcht, ihren Auftrag zu gefährden, rangen mit der Notwendigkeit, Gordios' Seele um jeden Preis zu retten, ihn aus dieser Finsternis und Schwärze zu befreien.

Hilfesuchend glitt ihr Blick hinüber zu der Ikone der Eleousa, der barmherzigen Gottesmutter. Stumm flehte sie um ihren Beistand.

Schließlich wandte sie sich wieder zu dem Sterbenden.

»Was aber, wenn Gott selbst uns ein Zeichen für das Leben, den Tod und die Auferstehung seines Sohnes hinterlassen hat? Was tust du dann? Wirst du weiter schimpfen und fluchen, auf deinem Unglauben beharren, deinen Erlöser verleugnen?«

Eudokias Haltung war fordernd und bestimmt. Gordios brauchte eine ganze Weile, um die Bedeutung ihrer Worte zu erfassen. Unfähig zu Widerspruch oder auch nur einer Entgegnung deutete er schließlich mit einer leichten Bewegung ein Kopfschütteln an.

Eudokia verschloss sorgfältig die Tür zur Krankenstube. Ihr prüfender Blick fiel auf das Fenster. Den ganzen Tag hatte eine drückende Wolkendecke wie aus grauer Milch die Sonne kaum durchgelassen, doch jetzt riss der Himmel auf, und die Strahlen der sinkenden Sonne fluteten in das Krankenzimmer herein, als wäre ein Damm gebrochen. Die Lichtverhältnisse waren ideal, und Eudokia sendete einen stillen Dank zur Ikone der barmherzigen Mutter hinüber. Dann legte sie ihren großen Schleier ab, griff zu einem Messerchen und begann, die Nähte schnell und geschickt aufzutrennen.

Gordios betrachtete verwundert die ihm unsinnig erscheinende Hantiererei der Nonne, seine Hände verkrampften sich über dem Leintuch, mit dem er zugedeckt war, doch er atmete leichter. Orangerotes Licht flutete den Raum, während draußen eine Amsel ihr friedliches Abendlied anstimmte. Für einen Moment schienen seine Schmerzen nachzulassen, und er wurde ganz ruhig.

Eudokia zog vorsichtig ein Stück irisierende Seide aus den schwarzen Stoffbahnen hervor und entfaltete es vor Gordios.

Das sollte ein Zeugnis für die Existenz Gottes, das Leben, den Tod und die Auferstehung seines Sohnes sein?

Er ließ sich resigniert auf sein Lager zurücksinken.

Warum hatte er dieser kleinen Betschwester überhaupt zugehört?

Eudokia ging mitsamt dem blanken weißen Schleier zum Fenster und stellte sich so auf, dass das goldene Licht der sinkenden Sonne ungehindert eindringen konnte. Mit bebenden Fingerspitzen hielt sie das Tuch in die Höhe, und obwohl sie selbst kaum sah, was sich jetzt abbildete, kannte sie jedes einzelne Detail besser als ihr eigenes Gesicht.

Es war der Herr, die Züge noch von Folter und Todesqual entstellt, wie er im Moment der Auferstehung die Augen öffnete. Mit einem leicht verwunderten Ausdruck, doch zärtlich und voller Liebe, wie ein Mann, der gerade von seiner Geliebten wach geküsst wurde.

Gordios, in dessen zerschlagenem Gesicht sich die Leiden des Herrn widerspiegelten, schrak zusammen. In heiliger Furcht schlug er die Hände vor das Gesicht. Eudokia befahl ihm, sie wieder hinunterzunehmen.

»Schau in das Angesicht deines Erlösers, Gordios. Und vergiss nicht, ihm zu danken, für das, was er auf sich nahm, um der Liebe und unserer Sünden willen. Der Herr sagt zu dir: Hab keine Furcht! Ich bin der Weg, die Wahrheit und das Leben. Unser Herr Jesus ist es, der den Tod überwand! Sein Name sei gelobt in Ewigkeit!«

Eudokia hatte nie einen Mann zuversichtlicher und friedlicher sterben sehen, nicht einmal später in Rom Seine Heiligkeit Papst Gregor II. In seinen letzten Stunden hielt Gordios eine Erlöserikone in den gefalteten Händen. Als er selbst zu schwach war, um noch Gebete zu flüstern, übernahm sie es für ihn. Anfangs betrachtete er sie dankbar, doch dann richtete sich sein Blick nach oben. Er schien die Decke der Hütte durchdringen zu wollen, über der die Sternbilder langsam verblassten.

In der dunkelsten Stunde der Nacht, kurz vor dem Sonnenaufgang, tat Gordios seinen letzten Atemzug. Er stieg hinauf mit dem hell auflodernden Licht der unbesiegbaren Sonne, das friedliche Gesicht überströmt von einem wunderbaren Glanz, der die herbeigerufenen Mönche zu Ausrufen des Staunens und der Verehrung veranlasste.

Nachdem sie die vorgeschriebenen Gebete gesprochen, die Leiche gewaschen und für die Bestattung hergerichtet hatten, betrachtete Jeremias nachdenklich seine Reisegefährtin, die in einer Ecke der Stube mit einer Näharbeit an ihrem Schleier begann.

Noch Jahre später sollte er sich fragen, ob sie die Tränen, die dabei auf den schwarzen Stoff fielen, aus Trauer oder aus Glück geweint hatte.

11

Vatikanstadt, März 2007

»... Divínum auxílium maneat semper nobíscum. Amen.«

Der Monsignore klappte schwungvoll sein in changierende schwarze Seide gebundenes Brevierbuch zu.

»Amen. Was für ein Alphabet ist das?«, fragte Krista im selben Atemzug.

»Sie erinnern sich noch an Manfreds letzten Bucherfolg?«

Krista verdrehte die Augen. Warum konnte dieser Mann nicht einfach ein einziges Mal eine direkte Antwort auf eine direkt gestellte Frage geben? Wie hatte er bei der italienischen Spezialeinheit funktionieren können? Wie Befehle entgegennehmen können, ohne sie ausschweifend zu kommentieren? War er darum Geistlicher geworden?

Krista, die den Zölibat der katholischen Kirche bisher immer für höchst ungesund, nutzlos und weltfremd befunden hatte, konnte sich zum ersten Mal vorstellen, es könnte vielleicht doch einen Vorteil haben, dass katholische Priester nicht mit einer Frau zusammenleben durften. Möglicherweise wäre die Scheidungsrate höher als bei gewöhnlichen Ehen oder bei Ehen von Geistlichen anderer Konfessionen. Und schließlich – es stand ja zu befürchten, dass der Monsignore im Bett ähnlich umständlich vorging wie im alltäglichen Leben.

Krista, die ein lebhaftes Vorstellungsvermögen besaß, starrte den Monsignore mit großen Augen an.

»Manfred hatte einen Riesenerfolg mit seinem letzten Buch über die Bundeslade, er hat mir ein Exemplar mit Widmung geschenkt«, gab sie schließlich, sich ein Grinsen verbeißend, zur Antwort. »Er ist dafür ein halbes Jahr lang in Äthiopien unterwegs gewesen.«

»Richtig«, fiel der Monsignore ein, der glücklicherweise nicht den leisesten Hauch einer Vorstellung hatte, warum Krista ihn so interessiert betrachtete.

»Die Äthiopier behaupten felsenfest, die Bundeslade befinde sich bei ihnen in Aksum, in der Kirche der Heiligen Maria von Zion.«

Manfreds Buch, Äthiopien, die Bundeslade. Natürlich eine Fälschung, jedermann wusste, dass die äthiopischen Christen Tabot genannte Nachbildungen der Bundeslade herstellten, bemalten, verehrten, ausstellten und verkauften. Sie pflasterten quasi das ganze Land damit zu. Manfred hatte die These vertreten, es sei tatsächlich die echte Bundeslade, die in Aksum aufbewahrt werde. Jetzt, wo Lorenzo sie darauf hinwies, fielen ihr wieder die Abbildungen des äthiopischen Alphabetes ein, eine Schrift wie aus deformierten und zerbrochenen Salzbrezelchen gebildet.

»Ge'etz – so nennen sie ihre heilige Sprache selbst«, dozierte ihr Gegenüber, der, wenn er sich auf die Weiten eines ganz besonders entlegenen Fachgebietes einließ, regelmäßig diese anbetungswürdige Selbstironie verlor, die Krista so hinreißend fand.

»Ge'etz ist eine Sakralsprache und gehört zum äthio-semitischen Sprachzweig«, fuhr er mit seiner Unterweisung fort.

Krista stöhnte leise auf. »Ge'etz! Wer um alles in der Welt beherrscht das?«

Der Monsignore hob die Brauen. »Wir sind hier im Vatikan, Signorina. Wir sprechen alle Sprachen dieser Welt, seien sie auch noch so entlegen. Außerdem haben wir sogar ein äthiopisches Kolleg. Das ist also nicht das Problem.« Er warf einen Blick auf seine Armbanduhr, eine Patek Philippe Calatrava. »Andiamo! Gehen wir!«

»Wohin?«

»In die Kaserne der Schweizergarde. Die haben eine Bar im Souterrain. Und ich kann einen Whisky als Schlummertrunk heute ausgesprochen gut gebrauchen.«

Die Kaserne der Schweizergarde mit ihrem Casino befand sich gegenüber der Sankt-Anna-Kirche und war vom Palazzo San Carlo, in dem sich Lorenzos Dienstwohnung befand, nur auf allerlei Schleichwegen durch verwinkelte Gänge, Seitentürchen, über den Belvederehof und vorbei am Turm Nikolaus' V. zu erreichen. Selten wurden sie von Wachposten der Gendarmerie angehalten, die meisten kannten den Neffen des mächtigen Kardinals Farnese und grüßten ehrerbietig. Krista folgte dem schweigenden Lorenzo, der mit langen Schritten voranging, während sich die

Gedanken in ihrem Kopf überschlugen. Was für ein Geheimnis verbarg sich hinter Manfreds jähem und brutalem Tod? Wer hatte auf sie geschossen und warum? Welche Rolle spielte sie selbst in dieser Intrige – und welche der Mann, der ihr vorauseilte und den sie erst seit knapp einem Tag kannte? Der ihr vertraut erschien und ihr doch ein Rätsel nach dem anderen aufgab? War er ein Freund in dieser geheimnisvollen Schlacht, die sie sich zu schlagen anschickten – oder ein Feind? Am Rande der Erschöpfung schloss sie für einen Moment die Augen und wäre um ein Haar gestürzt. Lorenzo, der bisher unbeirrt vorausgestürmt war, hielt inne und drehte sich besorgt zu ihr um. »Alles in Ordnung?«

Sie nickte.

»Wir sind gleich da«, versicherte er knapp und eilte weiter.

Endlich betraten sie die Kaserne, nachdem er sich und Krista vor dem Wachhabenden ausgewiesen hatte. Es ging noch ein paar Stufen hinab, und plötzlich befanden sie sich in einer gemütlich eingerichteten Bar mit einem Tresen aus dunklem Holz, flauschigen Teppichen und antiken Ledersesseln. Umstandslos ließ sie sich in den nächstbesten hineinplumpsen und versuchte, wieder zu Atem zu kommen.

Lorenzo betrachtete sie mit einem kritischen Blick, bestellte eine Flasche Wasser aus Nepi und ließ sich die Whiskykarte sowie einen Aschenbecher bringen, der mit dem Wappen der Garde verziert war.

»Mögen Sie Whisky? Die Auswahl ist hier sehr gut.« Er schaute sie fragend über den Rand der Karte an.

Krista stützte den Kopf in beide Hände und unterdrückte ein Seufzen. »Ich nehme das, was Sie trinken.«

»Möchten Sie sich die Karte nicht wenigstens einmal anschauen? Sie werden nicht einmal in renommierten internationalen Hotelbars eine solche Vielfalt von exquisiten Malts finden. Geht es Ihnen gut?«

Krista hob abrupt den Kopf. »Ja! Ich sagte doch, ich nehme das, was Sie nehmen, Monsignore!«

Lorenzo zuckte mit den Schultern. »Ich werde euch Deutsche nie verstehen. Sie bringen sich um das größte Vergnügen im Restaurant oder in der Bar überhaupt. Manfred war genauso – er ruhe in Frieden! Presto, presto bestellen, nie hat er sich bei der Kellnerin erkundigt, was zu empfehlen sei, was frisch sei heute, Mamma mia!«

Er schüttelte den Kopf und wollte sich wieder in die Karte vertiefen, aber Krista war mit ihrer Geduld am Ende. Sie langte über den Tisch, entriss ihm die Karte, deutete aufs Geratewohl mitten in die Liste der schottischen Malts hinein und wandte sich an den Gardisten, der hier Dienst tat.

»Für den Monsignore einen davon, für mich bitte einen doppelten!«, beschied sie eine Spur zu laut und mit fast kippender Stimme. Sie fuhr sich mit der Hand über die Augen. Ihr Gegenüber musterte sie mit unbestimmbarem Ausdruck. Sie griff sich erneut die Karte, um sich kurz Luft zuzufächeln, und warf sie ungeduldig wieder zurück auf den Tisch.

»Allora, Manfreds Text ist in Ge'etz verfasst – und Sie haben inzwischen sicher eine Idee, wie wir das Dokument entziffern können.«

Der Monsignore bot artig eine Winston an, Krista entschied, es könne ihr nur guttun, und fummelte umständlich eine Zigarette aus der Packung, die sie zunächst nervös zwischen ihren Fingern hin- und herdrehte und dann neben ihren mittlerweile servierten, mehrstöckigen Bunnahabhain Islay Single Malt legte. Lorenzo steckte die Nase in sein Glas und schnupperte andächtig. »Eine ausgezeichnete Wahl, etwas zu fruchtig für meinen Geschmack, aber ich will nicht klagen.«

Er nahm einen winzigen Schluck, gab Krista Feuer und zündete sich schließlich selbst eine Zigarette an. Nach zwei, drei behaglichen Zügen und einem unsicheren Blick auf Krista, die ihn auffordernd anschaute, gab er sich endlich einen Ruck.

»Das Entziffern ist nicht das Problem, zufälligerweise beherrsche ich Ge'etz recht gut.« Er ließ die Worte im Raum stehen und schmeckte dem Islay-Whisky hinterher, bevor er fortfuhr. »Tatsächlich stehen da lauter Gebetsformeln«, fuhr er, im Bewusstsein, dass Krista an seinen Lippen hing, fort. »Etwa so – allmächtiger Gott, allerfrömmster Schöpfer des Universums. Lauter Anrufungen und Gebete.«

Krista stützte ihr Kinn in die linke Hand. »Was soll das?«

Der Monsignore lehnte sich mit geschlossenen Augen auf seinem Stuhl zurück und inhalierte träge einen weiteren Zug aus seiner Zigarette.

»Das ist die Frage, die ich mir auch stelle. Ich kann mir nur vorstellen, dass diese frommen Anrufungen ihrerseits eine Art Code bilden.«

»Dann brauchen wir einen Decodierungsexperten«, rief Krista aus, woraufhin er die Augen halb öffnete und umständlich auf seine Armbanduhr schaute.

»Genau deshalb sind wir hier«, informierte er Krista freundlich. »Der Vatikan leistet sich bereits seit über eintausend Jahren die international renommiertesten Experten für Geheimsprachen, Verschlüsselung und so weiter.« Er machte eine vage Handbewegung mit der Rechten, die das Undsoweiter illustrieren sollte, hielt aber in der Bewegung inne, weil ein distinguiert aussehender Mann in tadellosem Anzug und mit Goldrandbrille hinzugetreten war. Unverkennbar ein Farnese, hager und hochgewachsen, aber deutlich schmaler in den Schultern als Lorenzo. Seine kurz geschnittenen Locken waren schon ergraut, der schwarze Dreiteiler sah teuer aus, war aber schon länger aus der Mode, ebenso wie das goldene Uhrkettchen, das auf seiner Weste blitzte. Er wirkte wie eine ältere Ausgabe des Monsignore – und dann doch wieder nicht, dachte Krista: Als ob ein schlechter Maler das Porträt von Lorenzo gemalt und dabei des Feuer der Augen und das ausdrucksvolle Spiel seiner Mundwinkel vergessen hätte. Sogar die Nase schien weniger edel, sondern einfach nur ein Stückchen zu groß geraten zu sein. Lorenzos Rechte blieb in der Luft hängen. »Macht ihr jetzt Überstunden drüben im Istituto? Du hast doch nicht bis jetzt gearbeitet, oder?«

»Ich mache nur eine Pause«, gab die schlechte Lorenzo-Kopie zurück. »Du weißt, was dieser Tage alles los ist bei der Bank.«

Krista horchte auf. Istituto – die Bank – war etwa die skandalumwitterte Vatikan-Bank gemeint, der man in den siebziger Jahren Verbindungen zur Mafia nachgesagt hatte, im Zusammenhang mit Delikten wie Steuerhinterziehungen und Geldwäsche, und deren Bilanzen – entgegen üblichem internationalen Rechnungslegungsstandard – nicht veröffentlicht wurden?

Lorenzo erhob sich, Krista tat es ihm instinktiv nach.

»Signorina Winther, das ist mein Vater, Michele Farnese, Revisor am Istituto per le Opere di Religione. Vater, darf ich dir Krista Winther vorstellen, Rom-Korrespondentin des ›Frankfurter Allgemeinen Anzeigers‹ aus Deutschland.«

Michele streckte seine sorgfältig manikürte rechte Hand aus und murmelte ein unverbindliches »Angenehm!«.

Kristas Lächeln erstarb. Der ältere Farnese besaß das gleiche gepflegte Äußere wie sein Sohn, aber während Lorenzo eine vibrierende Wärme und herzliche Güte verströmte, ging von seinem Vater eine ausgesprochene Kühle aus.

»Mein Beileid zum plötzlichen Unfalltod Ihres Vorgängers Manfred Moorstein. Sehr traurig, er hätte sich einen schönen Ruhestand nach seiner –« Michele unterbrach sich, um sinnend ein Fädchen von seinem Anzugsärmel zu pflücken. »... seiner intensiven und interessanten Tätigkeit hier in Rom bei uns, wollte ich sagen, verdient gehabt.«

»Das hat sich ja schnell herumgesprochen«, erwiderte Krista irritiert.

»Der Vatikan ist ein byzantinischer Palast, wie ich immer zu sagen pflege.« Michele zeigte eher seine Zähne, als dass er lächelte. »Ich selbst hatte ein paarmal das Vergnügen, mit Moorstein in illustrer Gesellschaft angeregt plaudern zu dürfen. Er war ein bemerkenswerter und dem Heiligen Stuhl treu ergebener Mann – requiescat in pace! Seine Arbeit hat die Anliegen des Vatikans und unseres Heiligen Vaters in vielerlei Hinsicht voranbringen können. Sie sind nicht katholisch?«

Krista holte tief Luft, aber bevor sie zu einer Erwiderung ansetzen konnte, schaltete sich der Monsignore ein.

»Die Signorina ist selbstverständlich eine treue Tochter der heiligen Mutter Kirche, lieber Vater. Ich bin sicher, dieser Umstand wird auch in ihrer journalistischen Tätigkeit gebührenden Niederschlag finden, nicht wahr, Signorina Winther?«

Krista starrte ihn wütend an. »Auf jeden Fall!«

Michele tätschelte ihr jovial den Arm. »Wenn Sie Fragen haben zur Arbeitsweise des Instituts, wenden Sie sich bitte vertrauensvoll an mich. Unsere Bank könnte ein paar positive Schlagzeilen gut gebrauchen, Sie verstehen? Guten Abend!«

»Certamente! Guten Abend, Signor Farnese.« Krista schüttelte Michele die Hand. Kaum war er außer Sichtweite, wandte sie sich an Lorenzo. »Zu Ihnen!« Sie nippte von ihrem Whisky und stellte das Glas nachdrücklich zurück auf den Tisch. »Tun Sie das nie wieder, haben wir uns verstanden?«

Lorenzo breitete mit dem Gesichtsausdruck eines Unschuldslammes beide Arme aus.

»Sie wissen, was ich meine«, schnappte Krista und imitierte näselnd: »›Die Signorina ist selbstverständlich eine treue Tochter der heiligen Mutter Kirche.‹ Ja, wie käme ich denn dazu!« Sie hieb mit der flachen Hand auf den Tisch. »Wenn Sie dachten, dass ich hier die Hofberichterstatterin für die römische Kurie und Ihre ehrenwerte Familie mache, haben Sie sich geschnitten. Und eines kann ich Ihnen versprechen –«

»Lorenzo Emilio Farnese! Natürlich! Wenn man ihn sucht, findet man ihn dort, wo die schönen und temperamentvollen Frauen sind.«

Krista unterbrach sich, weil eine hochgewachsene Nonne im eindrucksvollen Habit der Dominikanerinnen vor ihnen stand. Sie zwinkerte vergnügt. Der Angesprochene hatte sich bereits sichtlich erfreut erhoben. Die beiden umarmten sich herzlich. Sie hielt ihn dann auf Abstand, um ihn genauer zu betrachten. »Du siehst erholt aus, fast wieder wie neu«, lachte sie.

»Wer würde bei deinem Anblick nicht aufleben, Carissima«, entgegnete Lorenzo galant. Dann wandte er sich in bester Laune um. »Ehrwürdige Schwester, darf ich dir Krista Winther vorstellen, die neue Rom-Korrespondentin des deutschen ›Frankfurter Allgemeinen Anzeigers‹. Signorina Winther, das ist Schwester Raffaella.«

Mit einer Handbewegung lud er die Schwester ein, Platz zu nehmen, und rückte ihr höflich den schweren Sessel zurecht. »Pünktlich wie die Maurer, ehrwürdige Schwester. Ich wusste, wir würden dich heute Abend hier antreffen. Was darf ich dir bringen lassen? Einen Wodka-Martini, wie immer?«

»Quem fors dierum cumque dabit, lucro adpone«, gab Raffaella nickend zurück. Jeden Tag, den das Schicksal dir schenkt, verbuche als Gewinn. »Das gilt besonders auch für Feierabende. Wodka-Martini bitte, wie immer.«

Krista, die zu erschöpft war, an einem weiteren »Wir von der Kurie«-Gespräch teilzunehmen, griff nach ihrem Mineralwasser, das sie sich zusammen mit dem Whisky hatte bringen lassen, und lehnte sich mit unbeteiligter Miene zurück. Raffaella erkundigte sich derweil nach Neuigkeiten aus Lorenzos weit verzweigter Familie. Sie war eine Schönheit mit ihrem herzförmigen Gesicht, das in seiner Perfektion durch den Schleier nur noch betont wurde. Fehlen nur noch die leuchtend blauen Augen, dachte Krista, dann sieht sie aus wie die junge Liz Taylor. Sie hörte nur noch mit halbem Ohr dem angeregt dahinplätschernden Gespräch zu. Es fielen italienische Namen, lateinische Sentenzen, die beiden fühlten sich wohl miteinander. Und Krista sehnte sich danach, endlich ganz allein zu sein und die Aufregungen dieses Tages in Ruhe überdenken zu können.

»Ich fürchte, wir langweilen die Signorina, Lorenzo«, hörte sie Raffaella sagen. Die Dominikanerin legte ihr sachte die Hand auf den Arm und stand auf, um sich zu verabschieden.

»Entschuldigen Sie bitte, Sie hatten sicherlich Wichtiges miteinander zu besprechen, und ich habe dabei nur gestört.« Krista unterdrückte ein erleichtertes Seufzen.

»Aber nicht doch, Raffaella, du hast uns überhaupt nicht gestört«, insistierte der Monsignore und nötigte die Ordensfrau zum Sitzenbleiben. »Im Gegenteil, wir haben noch jede Menge miteinander zu besprechen.«

Krista pustete sich verdrossen eine Haarsträhne aus der Stirn und griff nach ihrem Whiskyglas.

»Schwester Raffaella, müssen Sie wissen, ist studierte Informatikerin, beherrscht gut ein Dutzend lebende und tote Fremdsprachen, eine Handvoll Computersprachen und ist verantwortlich für die Sicherheit des vatikanischen Inter- und Intranets. Zudem ist sie ausgewiesene Kryptologin. Die Beste, die wir in der Città del Vaticano haben.« Lorenzo registrierte zufrieden, wie Krista ihr Whiskyglas, das sie zum Mund hatte führen wollen, in Zeitlupe wieder absetzte.

»Sie meinen, Schwester Raffaella ist der Decodierungsexperte, den wir suchen?«

»Esatto«, sagte Lorenzo mit einem Nicken.

Krista betrachtete die Nonne mit großen Augen, während sie das Glas erneut hob. Raffaella faltete bescheiden ihre Hände im Schoß.

»Und, verraten Sie es niemandem, sie ist auch eine begnadete Hackerin«, ergänzte der Monsignore in verschwörerischem Flüsterton, woraufhin sich Krista prompt verschluckte.

»Aus Liebe und Treue zur heiligen Mutter Kirche«, bestätigte die gottgeweihte Superfrau mit engelsgleichem Strahlen.

12

Rom, Mai 1524 bis April 1527

Caterina de Santis, Mündel des Papstes und seit kurzem Geliebte Giovanni de' Medicis, genannt Giovanni dalle Bande Nere, des berühmtesten Condottieres ihrer Zeit, erwachte, weil der Mond direkt in ihr Fenster schien. Sie betrachtete den schlafenden Kriegsherrn neben sich zärtlich und drückte ihm einen sanften Kuss auf die Schulter. Caterina streifte ihr langes Haar zurück, überlegte kurz, ob sie ihn verspielt wecken sollte, entschied sich aber dafür, allein auf dem Dachgarten ihrer Villa die laue und helle Mainacht zu genießen. Der Blick vom Gianicolo-Hügel über das im Vollmondlicht wie versilbert daliegende Rom bezauberte sie immer wieder, und sie fragte sich, ob sie sich je daran sattsehen würde. Mit nackten Füßen tappte sie über die mit Marmor geflieste Gartenterrasse, ließ sich mit einem Kissen, einem Becher Süßwein und einem Teller mit kandierten Orangenscheiben auf einer Balustrade nieder und seufzte. Das Leben war schön!

Ihr offiziell bestellter Vormund war der mächtigste Mann Roms, Papst Clemens VII., ein Medici, ebenso wie der schöne dunkle Krieger, der gerade – vom Wein ebenso wie vom Liebesspiel erschöpft – seinen Rausch ausschlief. Caterina hob den Becher, trank auf die Männer der Medici-Sippe und die Gräfin von Forlì, eine gebürtige Sforza, die den anbetungswürdigen Giovanni von einem Medici empfangen und geboren hatte. Sie hätte die Amazone von Forlì gerne kennengelernt. Doch La Tigressa, wie ihr Sohn sie nannte, war schon über fünfzehn Jahre tot.

Ein Pfau ließ seinen schrillen, wehmutsvollen Schrei hören, er musste ganz in der Nähe sein. Eine Nachtigall war auch noch wach und schlug unermüdlich und fast bis zur Selbstaufgabe ihr Lied an. Caterinas Blick glitt versonnen über die Weinberge und Pinien des Gianicolo.

Ihre eigene Mutter war bei ihrer Geburt gestorben – alles, was sie über sie wusste, war, dass sie nach der Eroberung Byzanz' durch die Türken über Venedig nach Florenz geflohen war und aus der vornehmen griechischen Familie der Santoi stammte. Mit den

Medicis waren die *de Santis*, wie sie sich später nannten, schon seit fast hundert Jahren befreundet. Einer ihrer Vorfahren hatte bereits für den Vater von Lorenzo Il Magnifico regelmäßig antike griechische Handschriften aufgespürt und gegen gutes Geld an den begeisterten Sammler verkauft. Über ihren eigenen Vater wusste Caterina nichts, obwohl sie ein paar Vermutungen hegte. Nicht nur Lorenzo Il Magnifico käme in Frage, sondern auch der amtierende Papst, der uneheliche Sohn von Lorenzos Bruder Giuliano, den die Verschwörer aus der Familie Pazzi im Dom zu Florenz regelrecht abgeschlachtet hatten, während Il Magnifico sich retten konnte.

Giulio de' Medici kam einen Monat nach dem furchtbaren Tod seines Vaters Giuliano zur Welt – am 26. Mai 1478 –, und die Familie beeilte sich, ihn anzuerkennen. Giulio war es auch, der ihre Vormundschaft übernahm und sie zu sich nach Rom holte, wo er ihr eine erstklassige Erziehung zukommen ließ. Nicht nur, dass er Humanisten, Dichter, Priester, Tanz- und Musiklehrer einstellte, um sie mit den schönen Künsten, Rhetorik und Grammatik vertraut zu machen. Nein, er schickte sie auch – damals war er schon Kardinal – zu einem der fähigsten und besten Soldaten der Schweizergarde, um sie an den leichten Waffen auszubilden. Sein Name Jörg blieb unaussprechlich für sie; ein hässlicher Name für einen solch ansehnlichen Mann. Jörg lehrte sie nicht nur Reiten, Zweikampf mit dem Dolch und dem Einhänder, Bogenschießen und die Grundlagen des Nahkampfes, er entjungferte sie auch – und er tat das so gut, dass Caterina ihre Gunst fortan nur noch an Soldaten und Heerführer verschenkte.

Ihr Vormund drohte hin und wieder, sie mit einem neureichen Hundesohn, notfalls gegen ihren Willen, verheiraten zu wollen. Caterina hatte sich jedoch während der Belagerung von Parma als so nützlich für den Heiligen Stuhl erwiesen, dass Clemens VII., wie sich Giulio nach seiner Wahl nannte, offenbar bereit war, ihr eine Gnadenfrist zu gewähren. Nicht zuletzt hatte er ihr die Villa auf dem Gianicolo übertragen, in der sie endlich schalten und walten konnte, wie es ihr beliebte. Natürlich waren die meisten ihrer Diener Spitzel; sie konnte sich sicher sein, dass ihre heißblütige Affäre mit dem Capitano Generale des Kirchenstaates bereits seinem Oberhaupt zu Ohren gekommen war.

Noch einmal hob sie den Becher und prostete ihrem Vormund durch die zauberisch-glänzende Dunkelheit zu. Kaum dass sie die Geste vollendet hatte, witterte sie schon den schweren, würzigen Duft von Ambra in ihrer Nähe. Sie verharrte lächelnd auf der Balustrade, eine willige Beute für diese Nachtkatze, die sich von hinten an sie heranschlich. Seine Knie zwangen herrisch ihre Schenkel auseinander. Der Sohn der Sforza war erwacht, und er hatte in dieser Nacht nicht vor, zu seinem angetrauten Eheweib zurückzukehren. Caterina, den Blick auf die ewige Stadt, die ihr zu Füßen lag, öffnete sich ihm mit berechnendem Zögern. Von weiter unten klang das klagende Miau verliebter Kater, die zornig um ein Weibchen kämpften.

Der gehörnte Mond stand hinter den Lorbeerbaumblättern, und Caterina versank, von dem schwarzbärtigen Condottiere zurück auf die Bettstatt getragen, in tiefen Schlummer, aus dem sie erst erwachte, als die Diener einen Korb mit Lampreten, Honigküchlein und ein duftendes Gebinde aus Zitronenblüten und Lorbeerzweigen brachten, den Kardinal Orsini, der Erzpriester des Petersdoms, schickte.

Die Familie Orsini war schon seit den Zeiten Lorenzos mit den Medici versippt und verschwägert. Franciotto Kardinal Orsini hatte einen guten Grund zur Dankbarkeit und zeigte sich besonders liebenswürdig und freigiebig, seit Caterina mit einer waghalsigen Tat ein wertvolles Bildnis aus dem von deutschen Landsknechten belagerten Parma gerettet hatte. Orsini, ein großer Kunstkenner und Liebhaber, der im Hause Il Magnificos in Florenz erzogen worden war und vor seinen Weihen als Heerführer an verschiedenen Schlachten teilgenommen hatte, hegte eine Vorliebe für die amazonenhafte Caterina und schickte sie zu einem der berühmtesten und besten Maler der Zeit, Antonio Allegri, genannt da Correggio, der sich zeit seines Lebens weigerte, Parma zu verlassen.

Correggio hatte ihr seine Madonna mit Jesus und Johannes dem Täufer anvertraut, eine Kostprobe seines Könnens, von der er sich weitere Auftragsarbeiten vom Heiligen Stuhl versprach. Und schließlich hoffte er, wenigstens dieses eine Werk vor den bilderstürmenden und marodierenden deutschen Ketzerteufeln in Sicherheit bringen zu können. Die blutjunge und verwegene Caterina musste ihn so beeindruckt haben, dass er noch während ihres Besuches eine Porträtskizze anfertigte, die er einige Jahre später ausarbeitete. Es zeigt nicht einen jungen Mann, wie später angenommen wurde, sondern das Mündel des Papstes in Männerkleidung.

So kam das exquisite Marienbildnis in den Besitz von Kardinal Orsini und in dessen Hauskapelle, da er befand, dass ein solches Meisterwerk im Petersdom, solange es sich dort noch um eine riesige Baustelle handelte, nichts verloren habe.

Caterina hatte danach noch ein paar weitere Aufträge für den einen oder anderen Kardinal oder auch den Heiligen Vater selbst ausgeführt, dafür so manchen Beutel mit Florentinern erhalten, doch kein anderer bedachte sie mit so steter Aufmerksamkeit, Delikatessen, kleinen Geschenken oder einfach einem schönen Blumengebinde wie der Erzpriester des Petersdoms, Orsini.

Dabei übertrat der Kardinal nie die Schicklichkeitsgrenze, er suchte nie die persönliche Begegnung, wie sie es schon bei anderen hochrangigen Geistlichen erlebt hatte, und er gab nie zu verstehen, dass er ihre Beziehung – in welcher Form auch immer – vertiefen wollte.

***

Deswegen überraschte sie auch das Billett, das sie von ihrem väterlichen Freund Jahre nach ihrem Engagement in Parma an einem Tag Ende April 1527 erhielt.

Caterina hatte sich von der Trauer um ihren Geliebten, Giovanni dalle Bande Nere, der im November gefallen war, immer noch nicht erholt. Für einige Wochen glaubte sie sogar, von ihm schwanger zu sein, doch auch diese Hoffnung zerschlug sich – und die Trauer erfasste sie mit voller Wucht. Sie verließ die Villa auf dem Gianicolo nicht einmal mehr, um Spaziergänge zu unternehmen. In der Nacht konnte sie nicht schlafen, und morgens wollte sie nicht aufstehen. Seit sie wusste, dass er ihr kein Kind hinterlassen hatte, trank sie jeden Abend Wein, um sich zu betäuben. Sie ritt nicht mehr aus, übte nicht mehr an den Waffen, sie hatte jeden Lebensmut verloren.

Giovanni war die Sonne ihres Universums gewesen. Eine Kugel aus einer Feldschlange hatte sie zum Erlöschen gebracht. Obwohl der Feldscher ihm das Bein mit dem zerschmetterten Knie amputierte, konnten sie ihn nicht retten. Der oberste Befehlshaber der päpstlichen Truppen starb wenige Tage später im Gonzagapalast in Mantua. Für Caterina war dies der einzige Trost. Der stolze Giovanni hätte ein Leben als Krüppel niemals ertragen.

Orsini wollte sich mit ihr treffen, schrieb er, allein das war schon ungewöhnlich. Noch ungewöhnlicher jedoch war die Wahl seines Treffpunktes: die Veronikakapelle im Petersdom. Orsini, obwohl Erzpriester dieser größten Baustelle der Welt, hielt sich nicht gern an seinem Arbeitsplatz auf. Der Anblick der halb fertigen Pfeiler, die einmal die Kuppel stützen sollten, doch schon seit Jahren ins Leere ragten, deprimierte ihn. Orsini führte das hartnäckige Magenleiden, das ihn befallen hatte, seit er das Amt innehielt, direkt auf den schändlichen Zustand der Kirche zurück, für die er verantwortlich war. Und ausgerechnet dort wollte er sich mit ihr treffen?

Caterinas Interesse war geweckt.

Am nächsten Tag verließ sie, eingehüllt in den langen schwarzen Mantel Giovannis ihre Villa und ging den Gianicolo hinab Richtung Petersplatz. Der April hatte Rom mit verheerenden Unwettern überzogen, kaum ein Tag, an dem es nicht schüttete wie aus Kübeln, dazu schlugen überall in der Stadt gewaltige Blitze ein, sogar in den Glockenturm der alten Peterskirche. Die ausbrechenden Brände wurden zwar durch den unaufhörlich niedergehenden Regen sofort wieder gelöscht, doch jetzt drohte eine neue Katastrophe: Der Tiber schwoll an und führte Hochwasser. Giovannis Mantel war bald mit Schlammspritzern übersät und der breitkrempige schwarze Hut, den sie sich tief in das Gesicht gezogen hatte, schnell durchweicht. Über der Stadt hing ein fauliger Geruch, der vom Tiber her aufstieg – Caterina war froh, als sie zur überdachten Vorhalle der Petersbasilika gelangte und sie so dem Regen und dem Gestank entkam.

Einige wenige Pilger liefen umher, staunten, beteten oder schlugen sich vor die Brust.

Die berühmte Kapelle der Veronika war leicht zu finden – sie war die einzige noch halbwegs intakte Räumlichkeit der Basilika, in die das Chaos noch nicht hatte eindringen können. Dennoch lagerte der hellgraue Baustaub fast fingerdick in den Ecken und an den Seiten. Vor dem Altar, wo Orsini mit seinen nassen Stiefeln hin- und hergelaufen war, bedeckten hässliche schwarze Schlieren die Einlegearbeiten aus Buntmarmor.

Orsini begrüßte sie mit einem Handkuss und schloss hastig die schwere Holzpforte, die zusammen mit dem eingemauerten, umgitterten Altar die herausragende Reliquie vor Diebstahl und Zerstörung schützte. Der Kardinal entzündete zunächst Öllampen und Kerzen. Er ließ sich schwer in das Chorgestühl fallen, klopfte einladend neben sich und bot Caterina einen Schluck aus einer Fiaschetta an, die er wegen seiner Magenschmerzen immer mit sich führte.

»Seit dieser verfluchte Bußprediger umgeht, bin ich von Wein auf Branntwein umgestiegen.«

Caterina nahm einen kräftigen Schluck und wischte sich mit dem Handrücken über die Lippen.

»Ihr meint diesen D'Agosto? Der mit der Sanduhr um den Hals? Oder Bosole? Der mit dem Bärenfell?«

Orsini winkte ab. »Brandano. Der mit dem Totenschädel.« Er zog ein Tüchlein aus dem Ärmel seines Gewandes und tupfte sich erst die Lippen trocken, dann die Stirn. »Er nennt uns einen verhurten Sauhaufen und den Heiligen Vater einen Sodomie treibenden Bastard. Kündigt Pech und Schwefel an, das der Allmächtige vom Himmel auf die Stadt werfen wird, weil Buhler und Knabenschänder mit ihren Drecksgriffeln den Leib Christi entweihen.«

»Kein Stein wird auf dem anderen bleiben? Rom wird untergehen wie Sodom und Gomorrha? Der Zorn Gottes wird jeden treffen, der nicht umkehrt und Buße tut?«, führte Caterina das von Brandano angekündigte Szenario fort, das mittlerweile jede Römerin und jeder Römer auswendig aufsagen konnte. »Immer das Gleiche. Leere Drohungen, darüber müssen sich Eure Eminenz nicht beunruhigen! Hat ihn nicht die Schweizergarde am Gründonnerstag festgenommen und eingekerkert?«

»Das Volk ist unruhig. Und ich bin es auch. Meine alte Narbe juckt. Du weißt, dass der Haufen um den Herzog von Bourbon auf Rom marschiert?«

»Die Heilige Liga ist doch auch noch da. Sie werden sie aufhalten.«

Orsini blickte düster auf die Fiaschetta, bevor er erneut einen Schluck nahm, der jedoch seine Schmerzen eher verstärkte als linderte.

»Die Heilige Liga! Ja, wenn unser Giovanni noch leben würde. Jetzt sind darin nur mehr die Venezianer – Pfeffersäcke, wenn du mich fragst, die Rom und den Heiligen Vater an den Teufel verkaufen würden, wenn sie dafür genug Geld bekämen. Der Herzog von Mailand – ein Sforza – der hat seit Menschengedenken nicht mal den kleinen Finger für die Kirche gerührt. Und eigene Soldaten haben wir nicht mehr.«

»Kann Clemens sich nicht freikaufen?«

»Der Heilige Stuhl ist pleite, liebes Kind. Deshalb sind wir ja in diese Situation geraten. Wenn Clemens noch Geld übrig hätte, dann stünde jetzt ein ganzes Heer vor Rom bereit, um die Marodeure gebührend zu empfangen. Außerdem hat Bourbon seine Forderung auf dreihunderttausend Dukaten erhöht.«

Caterina unterdrückte einen saftigen Fluch auf Bourbons Mutter, den sie bei Giovanni gelernt hatte. »Aber selbst wenn er die dreihunderttausend bekäme, Eure Eminenz, in seinem Tross sind Landsknechte und Spanier, die auf Beute aus sind. Sie würden seinen Befehlen sowieso nicht gehorchen.« Orsini nickte ihr grimmig zu. Caterina hatte ihn nicht enttäuscht. Sie dachte wie ein Mann, man konnte mit ihr reden wie mit einem – intelligenten – Mann, aber es mangelte ihr an der typischen Arroganz seiner Geschlechtsgenossen, die, so vermutete Orsini, der Kompensation verschiedener körperlicher Defecti dienen sollte, die Caterina, naturgemäß, nicht betrafen.

»Dann ist es also nur eine Frage der Zeit, bis Rom fällt. Und das Brot ist jetzt schon knapp«, überlegte sie. Seit der Tiber Hochwasser führte, hatte eine Schiffmühle nach der anderen ihre Arbeit eingestellt. Korn gab es zwar noch, aber kaum Mehl. »Was hat Clemens vor?«

»Er ist davon überzeugt, dass Gott auf seiner Seite ist, Bourbon dagegen den Zorn des Allerhöchsten auf sich herabbeschwört. Obwohl es, wie du selbst sagst, sinnlos ist, Bourbon auch nur einen roten Heller auszuhändigen, wird er versuchen, Geld aufzutreiben. Und er will überhaupt nichts davon wissen, nach Orvieto oder Viterbo zu fliehen.«

»Was meint Ihr? Habt Ihr ihm zugeraten?«

»Dringend. Andererseits – für das Volk ist es ein gutes Zeichen, wenn der Heilige Vater auch in höchster Todesgefahr in den Stadtmauern bleibt. Außerdem haben wir noch die Engelsburg. Und da komme ich auf deine Aufgabe zu sprechen.« Orsini hauchte zwei-, dreimal auf seinen Bischofsring und polierte ihn an seinem Ärmelaufschlag, bis er glänzte.

»Ihr könnt selbstverständlich bei der Verteidigung des Borgo Vaticano auf mich zählen, Eminenz«, versicherte Caterina sofort.

»Wir können in der Tat jeden Arm gebrauchen, der eine Waffe zu führen weiß, liebe Tochter.« Er nickte huldvoll. Dann nestelte er an seinem Gewand und brachte ein Schlüsselchen zum Vorschein, mit dem er hinüber zum Veronika-Altar ging. »Doch diese eine Sache hier läge dem Heiligen Stuhl, aber ganz besonders mir, mehr am Herzen. Ich wollte dich fragen, ob du sie nicht für uns übernimmst. Du bist geschickt und vertrauenswürdig und weißt dich zu verteidigen. Und das hier –«, er wandte ihr den Rücken zu, »ist die wertvollste Reliquie der Christenheit.«

Er schloss die Gittertürchen auf, benutzte weitere Schlüssel, öffnete ein Geheimfach und entnahm ihm eine Kassette, die etwa das Format eines Foliobandes besaß. Orsini entfernte vorsichtig Hülle um Hülle. Zum Vorschein kam ein Holzrahmen, der zwei Kristallscheiben zusammenhielt, geschmückt mit Intarsien von den Aposteln, den Heiligen und der Muttergottes im blauen Mantel. Caterina betrachtete sie fasziniert.

»Die Veronika? Ich dachte, das Kreuz sei am wertvollsten?«

Was konnte kostbarer sein als das echte Holz aus Golgatha, das Kaiserin Helena im Jahre 325 aus dem Heiligen Land nach Rom gebracht hatte? Das Schweißtuch der Veronika konnte nur ein fleckiges Stück Tuch sein, wenn Jesus Christus, was Caterina stark bezweifelte, jemals sein blutiges und schweißüberströmtes Gesicht damit getrocknet hatte.

»Ma certamente, das Kreuz, liebes Kind. Ein Stück Holz. Wenn auch heiliges Holz! Doch das, was ich hier habe, ist unersetzlich.«

Caterina schaute verständnislos auf das schneeweiße Gewebe, das zwischen dem dicken Kristallglas zusammengefaltet war. Im Schein der Öllampen wies es keinerlei Flecken auf, makellos wie die beiden Agneslämmer, die jedes Jahr vom Papst gesegnet wurden.

»So unermesslich unersetzlich«, fuhr Orsini fort, »dass ich, so wahr mir Gott helfe, niemals zulassen werde, dass Clemens es einfach verhökert, um dieser französischen Kanaille Bourbon einen Haufen Geld in den Rachen zu werfen, weil er glaubt, damit seine eigene Haut retten zu können. Dies hier ist der größte Schatz des Abendlandes!«

Er packte das Behältnis fest mit beiden Händen, holte zu einem mächtigen Schwung aus und schmetterte es gegen die Kante des Marmoraltars. Mit einem hässlichen Geräusch zerbarst der Rahmen, zersprang das Kristall. Caterina, die Hand vor den Mund geschlagen, starrte Orsini und sein Zerstörungswerk mit schreckgeweiteten Augen an.

War der Kardinal verrückt geworden?

Seine Eminenz war kein kräftiger Mann, doch durch die Wucht des Schlages gegen die harte Marmorkante des Altares zersplitterte eine der massiven Kristallscheiben. Ihr Gegenstück hielt stand und blieb, trotz dreier tiefer Risse, im verzogenen Holzrahmen stecken. Orsini entfernte hastig und notdürftig Glassplitter, die das milchweiße Gewebe übersät, aber nicht beschädigt hatten. Er schien genau zu wissen, was er tat, als er das hauchdünne viereckige Tuch vorsichtig auf dem Altar ausbreitete. Den Holzrahmen schob er einfach wieder in das Geheimfach, die Gittertüren verschloss er, als sei es die Bestimmung dieses Altares schon immer gewesen, einen zerborstenen Holzrahmen mit halb herausgefallenen Intarsien und einer Kristallscheibe mit großen Rissen darin aufzubewahren. Seine Bewegungen waren konzentriert. Unter seinen Füßen knirschte das Glas. Als er sich wieder zu Caterina umdrehte, witterte sie eine

Mischung aus Branntwein, Verbenen und Schweiß. Sie deutete an ihm vorbei auf den Altar, wo klein und glänzend die Veronika lag.

»Es ist ja noch weniger darauf zu sehen, als ich dachte, Eminenz. Das Tuch, das Jesus Christus auf dem Kreuzweg von der heiligen Veronika gereicht wurde, müsste doch, nun, etwas stärker sein als dieser Spinnweb hier?«

Caterina fragte sich, wie ein solcher Hauch nur Schweiß und Blut hätte abtrocknen können. Keine vernünftige Frau würde einem Gefolterten und Verwundeten ein solches Tuch reichen. Einen Streifen vom Unterrock, sauber, aus kühlem, saugfähigen Leinen, ja, das würde man in der Not einem Blutenden und Schwerverletzten geben, aber doch nicht so ein nutzloses, lächerliches Ding, wie es nur Königinnen oder Kurtisanen trugen.

Orsini hatte jetzt damit begonnen, die Kristallsplitter zusammenzufegen. Er richtete sich schnaufend auf.

»Die Veronika ist keine Frau«, setzte er kryptisch an, »sondern die Bezeichnung für das Mysterium auf diesem Schleier. Vera Ikona nennt man ihn seit den Zeiten der ersten Christen.«

»Das wahre Bild«, übersetzte Caterina stirnrunzelnd. »Aber es ist doch gar nichts darauf zu sehen?«

Der Kardinal hob beschwichtigend die Hände und beendete seine Aufräumarbeiten. Die Scherben nahm er mit einem zerschlissenen Altartuch auf, dass er aus einer Seitennische geholt hatte, und steckte alles ein. Er nahm behutsam die oberen Enden des Schleiers zwischen die Fingerspitzen der rechten und linken Hand.

»Denkst du tatsächlich, für *nichts* bekäme Clemens dreihunderttausend oder auch mehr Dukaten? Sieh genau her!«

Mit einer leichten Drehung platzierte er das ausgefaltete Schleiertuch vor drei Öllampen. Er achtete peinlich darauf, es nicht in die Nähe der Flammen zu bringen.

Caterina stieß einen erstickten Laut aus, bekreuzigte sich dreimal und sank schließlich auf die Knie. Der Schleier erschien nicht mehr opalisierend weiß, sondern nahm die Farbe von Keramik an, gebrannter Erde, von Umbra und Sepia. Und wie mit einer Palette aus lauter erdfarbenen Lichtern gemalt, zitterte und schwebte darauf, während sich der Schleier vor dem warmen Lufthauch der Öllampen leicht bauschte, das Porträt eines Mannes mit dem Ausdruck eines Auferstandenen. So natürlich, wie es kein irdischer Maler je hätte abbilden können.

»Acheiropoieton!«, flüsterte sie. »Nicht von Menschenhand gemacht.«

Orsini nickte und faltete den Schleier sorgsam zusammen.

»Und nicht von Menschenhand verschachert. Gib mir dein Ehrenwort darauf!«

Caterina beugte den Nacken, gab Orsini, aber mehr noch, ihrem Herrn und Erlöser, der ihr nie so nahe gewesen war, ihr Ehrenwort. Der Kardinal erhob die Hand, zeichnete ein Kreuzzeichen in die Luft und segnete sie. Dann schob er den zusammengefalteten Schleier in eine Stoffhülle und hielt ihr das Päckchen entgegen. Sie streckte beide Hände danach aus, den Kopf immer noch demütig gesenkt.

»Du wirst das wahre Antlitz unseres Herrn nach Osten bringen, bis die Gefahr vorüber ist. Die Orsini sind Grafen von Manoppello. In den Abruzzen, östlich von L'Aquila. Niemand, auch nicht Clemens, wird den heiligen Schleier dort vermuten. Egal, was in Rom passiert – Gott schütze unsere Stadt –, du bleibst in Manoppello und in Sicherheit.« Er segnete sie noch einmal und hielt ihr dann die Hand mit dem Bischofsring hin, damit sie ihn küsste, umfasste ihre beiden Schultern und zog sie empor. Caterina trat einen Schritt auf ihn zu und umarmte ihn schnell. Sie drehte sich um und verließ mit langen Schritten die Kapelle.

Die beiden ahnten, dass sie sich in diesem Leben nicht mehr wiedersehen sollten.

13

Vatikanstadt, März 2007

Während sie darauf warteten, dass Schwester Raffaella den Code knacken würde, organisierte Lorenzos Cousine Gina, die einzige Tochter seiner Tante Bianca Donatella, schwarze Trauerkleider, die Krista auf Manfreds Beerdigung tragen konnte. Gina, eine bildschöne Frau Mitte zwanzig, besaß die leicht schräg stehenden Augen, wie man sie hier altem etruskischem Blut zuschrieb, die ihr eine geheimnisvolle Aura verliehen. Krista erinnerte sich an Faustos Worte an jenem Morgen, an dem sie den Monsignore zum ersten Mal gesehen hatte, direkt vor Manfreds Verschwinden und dem Attentat auf sie in seiner Wohnung. Demnach wäre das Mädchen in der schlichten, aber edel geschnittenen Kleidung – weiße Bluse, schwarzer knielanger Rock, schwarzer, dezent gemusterter Blazer – die Tochter einer Hexe oder vielmehr einer Wahrsagerin. Auch die Schuhe, die sie trug, verrieten Understatement: Weder waren die Absätze zu hoch noch zu flach, weder war die Form auffällig noch die Verarbeitung. Bei genauem Hinsehen aber bestanden sie aus hochwertig verarbeitetem Material. Um den Hals trug sie ein filigranes Goldkreuz, ihr einziger Schmuck.

Gina arbeitete ganz in der Nähe des Vatikans als Gutachterin für einen Antiquitätenhändler, so meinte Krista es zumindest verstanden zu haben. Es war auch Ginas Idee gewesen, dass die deutsche Journalistin besser eine Zelle im vatikanischen Kloster Mater Ecclesiae beziehen solle, um aufkommendes Gerede möglichst zu unterbinden. Sie war eine praktisch denkende, sehr unkomplizierte junge Frau, mit ihrer direkten Art eher das Gegenteil ihres priesterlichen Cousins, den Krista manchmal etwas umständlich fand. Also zuckelte sie mit dem ebenso kompakten wie eleganten Rollkoffer, den Gina ihr mitgebracht hatte, den beiden zum Kloster Mater Ecclesiae hinterher, das sich nur einen Steinwurf entfernt von Lorenzos Dienstwohnung befand.

Dass dieses Kloster in der Herzmitte des Vatikans überhaupt existierte, war kaum jemandem bekannt. Krista wusste auch nur durch Manfred davon, der einmal einen Artikel darüber hatte schreiben wollen. Eine Handvoll Karmeliterinnen lebte in strenger Klausur und widmete sich in Gebet und Kontemplation dem Papst, seinen Mitarbeitern und der gesamten Weltkirche. Manfred hatte es poetisch als die »Brennstoffzelle« der Kirche bezeichnet, die am Rande des Petrusgrabes unermüdlich geistliche Gaben und Gnaden auf die Arbeiter im Weinberge des Herrn herabriefen.

Schwester Maria Isabella, die Mutter Oberin, war alles andere als begeistert darüber, eine deutsche Journalistin vorübergehend bei sich einzuquartieren. Nachdem Gina und Lorenzo zunächst ausgiebig die bauliche Schönheit des Konvents, die Schlichtheit der Einrichtung und den zauberhaft angelegten Innenhof, bewachsen mit einer mächtigen Glyzinie, einem Granatapfelbaum und mit alten Rosensorten bepflanzt, gelobt hatten, legten sie Schwester Maria Isabella die Situation – unter Aussparung der relevantesten Tatsachen – ausführlich dar. So ausführlich, dass die arme Schwester Oberin weniger über die Hintergründe dieses geheimnisvollen Aufenthaltes wusste als vorher, aber am Ende Krista willkommen hieß und ihr eine der Zellen zuwies, die vom Innenhof aus zugänglich waren. Schwester Maria Isabella hatte sich, um die Klausur der ihr anvertrauten Gemeinschaft nicht über Gebühr zu stören, allerdings ausbedungen, dass Krista die ihr zugewiesene Zelle möglichst nicht verlassen und die Mahlzeiten dort einnehmen solle. Als sich die antike Eichentür hinter dem Monsignore, seiner Cousine und der Schwester Oberin schloss, warf Krista sich auf das mit ungebleichtem Leinen bezogene schmale Bett, verschränkte die Arme unter dem Kopf und starrte an die weiß getünchte Decke, bis es ihr vor den Augen flimmerte. Sie schloss müde und resigniert die Lider.

Als sie wieder erwachte, läutete es bereits zum abendlichen Angelus. Ein feiner Schweißfilm stand auf ihrer Stirn, während sie schwer atmend versuchte, sich an ihren Traum zu erinnern.

Ohne zu wissen, wie sie hinaufgekommen war, stand sie auf dem Passetto, dem achthundert Meter langen Fluchtweg und Wehrgang, der seit dem Ende des dreizehnten Jahrhunderts den Apostolischen

Palast mit der Engelsburg verband. Im Laufe der Kirchengeschichte hatten ihn schon zahlreiche Päpste genutzt, um sich bei einem Angriff auf den Vatikan in die gewaltige Festung am Tiber zu retten; am spektakulärsten war wohl die Flucht Clemens' VII. während der Plünderung Roms 1527 gewesen.

Eingehüllt von einem fahlen Licht, das die gelbliche Atmosphäre erfüllte, wie sie vor dem Ausbruch eines verheerenden Unwetters herrscht, rannte sie auf dem Passetto entlang, ohne voranzukommen. Wie auf einem gigantischen Laufband, das gegen sie arbeitete. Ungewöhnlich war allerdings, dass sie, praktisch in der umgekehrten Richtung, von der Engelsburg in den Vatikan fliehen wollte. Der Sturm, der sie dabei fast von den Zinnen zu wehen drohte, steigerte sich zum Orkan, indem er von einem wütenden Heulen zu einem hässlichen Krachen überging.

Sie war müde.

Erschöpft.

Sie würde inmitten dieser apokalyptischen Gewalten umkommen.

Gegen einen verdüsterten Hintergrund hob sich hell die Engelsburg ab, von Blitzen umzuckt, als sei sie zum Spielzeug von Titanen geworden. Voller Entsetzen beobachtete Krista, wie sich aus dem versperrten Himmel ein riesenhaftes, schmutzig braunes Gebilde senkte – der Rüssel eines Tornados, der sich wie ein irre gewordener Kreisel und völlig unberechenbar mal in diese, mal in jene Richtung warf. Sämtliche Gebäude rings um die Engelsburg wurden weggesaugt und ihre Trümmer und Splitter zum Bestandteil der infernalischen Röhre. Gastanks explodierten, Flüssiggas und Heizöl entzündeten sich und ergossen sich in den Tiber, der wie eine Feuerspur loderte.

Plötzlich lief blaues Licht über die Statue des heiligen Erzengels Michael, der die nach ihm benannte Burg krönte. Sie zeigte ihn mitten in der Bewegung, wie er das Schwert des göttlichen Zorns zurück in die Scheide steckte. Es war eine Vision Papst Gregors des Großen während einer furchtbaren Pestepidemie in Rom gewesen. Im Anschluss daran war die Epidemie tatsächlich verebbt.

Krista meinte, immer noch wie gebannt auf der Höhe des

Passetto stehend, ein leichtes Schlagen seiner in blauen Flammen stehenden Flügel zu erkennen.

Und da!

Er hob das Schwert wieder an.

Der Fürst der Engel beschrieb einen Halbkreis mit seiner Waffe, wie um seine Handgelenke zu lockern. Er machte einen Ausfallschritt und hieb sein von kobaltblauen Funken umtänzeltes Schwert quer vor sich in die Luft. Seine Abwehr galt dem brennenden Schlauch, in den sich der Tornado verwandelt hatte, vollgesaugt mit Brennstoff, Kadavern, Trümmerteilen. Der näher und näher rückte in seinem wilden Wirbeln. Seine Form rasend veränderte, bis sie einem hochgereckten Feuerschwert glich, das auf den Engelsfürsten eindringen wollte.

Krista spürt, wie der Passetto unter ihr wankt und schwankt. Mit gewaltigem Getöse bröckeln die Zinnen. Ein furchtbarer Riss spaltet ihn der Länge nach. Sie fällt. Durch die Dunkelheit in einen Abgrund. Lautlos, denn es gelingt ihr immer noch nicht, zu schreien. Ringsum dröhnt Geläut wie von sämtlichen Glocken Roms und eine Stimme, die die Hölle hätte einfrieren lassen können, wiederholt eindringlich: »Non praevalebunt!«

Das war der gnädige Moment, in dem sie erwachte.

Nach einem kurzen Augenblick der Verwirrung, in dem sie versuchte, sich darüber klar zu werden, wo sie sich befand, schloss sie noch einmal erleichtert die Augen. Nur ein Alptraum. Sie wollte ihn aufschreiben. Ihr Notebook lag noch bei Lorenzo, doch irgendwo in der Zelle gab es vielleicht Papier und Bleistift. Mit neuem Schwung erhob sie sich, um danach zu suchen.

Fündig wurde sie in dem vom Gina überbrachten Koffer – sie hatte nicht nur daran gedacht, ihr einen prachtvollen Bildband über die Vatikanischen Gärten einzupacken, sondern auch ein Notizbuch mit Ledereinband und Goldprägung sowie einen Stift, der in einer Seitenlasche steckte. Erfreut setzte sie sich an das Tischchen vor dem einzigen Fenster und machte sich an die Arbeit, bis eine dunkelhäutige kleine Karmeliterin leise klopfte, um ein Tablett mit dem Abendbrot zu bringen. Nach einem frugalen Mahl, bestehend aus einer Scheibe Graubrot mit getrockneter Tomate, schneeweißem Pecorino und einem Glas kaltem Pfefferminztee setzte sie ihre Arbeit mit fliegender Hand fort.

***

Lorenzo hatte sich mit Ispettore Cairo am Adlerbrunnen in den Vatikanischen Gärten verabredet. Beiden war klar, dass das Gespräch von Brisanz sein würde, beide wussten, das Geräusch des plätschernden Wassers konnte zumindest einen gewissen Schutz vor unerwünschten Lauschern bieten. Nachdem sie sich mit Handschlag begrüßt hatten, setzten sie sich mit ernsten Mienen auf eine Bank. Der Monsignore warf einen prüfenden Blick zum Himmel, als fürchtete er Unheil von oben. Doch der Himmel verdüsterte sich nicht, sondern blieb klar und strahlend.

»Also, mein Lieber, was ist das für eine verdammte Sauerei hier? Moorstein wurde garantiert nicht versehentlich umgefahren – das können diese Nullen von der Staatspolizei jemand anders erzählen, aber nicht mir!« Cairo schnaubte verächtlich.

»Es reichte ihnen nicht aus, in seine Wohnung einzubrechen und sie zu durchsuchen. Sie haben ihn umgebracht, weil die Informationen, die er besaß, gefährlich sind. Man musste jeden, der damit in Berührung gekommen war, als Mitwisser beseitigen …«

»Drum haben die auch auf dich und deine süße kleine Journalistin geschossen«, führte Cairo den Gedanken des Monsignore weiter.

»Sie ist nicht meine süße kleine –«, wollte Lorenzo aufbrausen, unterbrach sich aber und winkte ab, weil Cairo ihn nur noch breiter angrinste als vorher.

»Hat Moorstein irgendwas über die Mafia recherchiert? Die 'Ndrangheta? Camorra? Könnte er irgendeiner ›ehrenwerten Gesellschaft‹ zu nahe getreten sein?«, überlegte Cairo weiter.

Lorenzo schüttelte den Kopf. »Nichts in der Richtung, soweit ich weiß.«

»Aber du hast eine Idee, Kamerad, richtig?«

Cairo, der mit einer Streichholzschachtel in seiner Hand herumspielte, hatte es stets wenig gekümmert, dass sein ehemaliger

Kamerad aus den Tagen bei der italienischen Armee schon vor einigen Jahren zum Priester geweiht sowie zum Ehrenkaplan seiner Heiligkeit ernannt worden war. Er sprach genau so wie früher mit ihm. Den Monsignore hatte das nie gestört – Gabriele Cairo war derjenige, der ihn im Falle einer Verwundung mit eigenen Händen in Sicherheit gebracht, im Falle seines Todes seine Leiche geborgen hätte, ja sein Leben für ihn gegeben hätte. Lorenzo hätte das Gleiche für Gabriele getan. Ehrensache.

»Du hast mich neulich selbst darauf gebracht. Es ist allerdings nur eine Vermutung …«

Cairo hörte unvermittelt auf mit der Spielerei, öffnete die Schachtel, entnahm ihr ein Streichhölzchen und steckte es sich nachdenklich zwischen die Lippen. Dort wanderte es zunächst zum einen Mundwinkel. Dann in den anderen.

»Du meinst doch nicht die irakischen Extremisten?«

Der Monsignore machte eine ungeduldige Handbewegung. »Natürlich nicht. Was sollten die von Manfred wollen? Denk doch mal an die Anschläge von Brescia, Mailand, Bologna.«

Cairo hob die Brauen und nahm das Streichholz in Zeitlupe wieder aus dem Mund. »Die Sportsfreunde von Gladio? Aber das ist doch noch viel absurder. Per carità!«

»Vielleicht. Vielleicht auch nicht. Ich sagte doch, es ist nur eine Vermutung.« Der Monsignore strich sich mit beiden Händen die Haare aus der Stirn und schwieg nachdenklich.

»Komm! Von dem Gladio-Netzwerk hat man seit über zwanzig Jahren nichts mehr gehört – deren Spezialität sind Terroranschläge. Das sind Geheimdienstler, Rechtsradikale …«

»Und NATO-Soldaten …«

»NATO-Soldaten, natürlich. Deshalb sagt man ja auch ›Geheimarmee‹ zu der ganzen Chose. Aber, mein Lieber, was sollte denn Manfred ausgefressen haben, um sich deren Zorn zuzuziehen? Selbst wenn er ein Kommunist gewesen wäre, na und? Von denen laufen genug andere hier rum, die für Italien so richtig gefährlich werden könnten. Also?«

Cairo war aufgesprungen und ein paar Schritte hin- und hergelaufen. Jetzt bohrte er mit der rechten Stiefelspitze im Kies herum, die Arme in die Seite gestemmt.

»Man hat die installiert, Gabriele. Das sind Schläfer. Wenn sie jetzt nicht mehr in Erscheinung treten, dann heißt das nicht, dass es sie nicht mehr gibt. Eine solche Organisation lässt man nicht einfach aussterben, man erhält sie am Leben. Es gibt sicher interessierte Kreise, die sich Gladio warmhalten, um irgendwann einmal, egal in welchem Zusammenhang auch immer, auf sie zurückgreifen zu können.«

»An welchem Thema hat Manfred zuletzt gearbeitet?«

»Das Schleiertuch von Manoppello. Du kennst es, ihr wart mit dem Heiligen Vater einmal dort.«

»Maa-donna! Erklär mir bitte, was für ein Interesse die Jungs von Gladio an einer umstrittenen Reliquie haben könnten? Na?«

Der Monsignore kaute auf seiner Unterlippe herum. In der Tat, es war nur eine abenteuerliche Vermutung. Bevor er dieser Spur weiter nachgehen konnte, musste er abwarten, was die Decodierungsversuche von Schwester Raffaella ergaben und welchen Inhalts Manfreds Geheimdateien waren.

Cairo unterbrach seinen Gedankenfluss. »Du warst noch nie ein besonders guter Ermittler. Einer der besten Soldaten, den ich kenne, aber die Analyse nüchterner Fakten ist deine Sache nicht. Nix für ungut, Monsignore.«

»Du weißt, dass die Freimaurer in dieser Gladio-Sache mit drinhängen? Licio Gelli, der Name sagt dir was? Dass man das entsprechende Field Manual der Amis immer noch nicht gefunden hat – aber allen, die es in den Fingern hatten, ist es ziemlich dreckig ergangen.«

Cairo stemmte wieder die Hände in die Hüften. »Fängst du jetzt auch schon an wie dieser aufgescheuchte Hühnerhaufen an der Kurie, hinter jedem Fliegenschiss Freimaurer zu vermuten? Propaganda Due ist nicht für alles verantwortlich, was in Italien schiefläuft, weißt du? Schön wär's natürlich, aber nein, es ist alles viel banaler, ich sag's dir: Korruption, Gier, Geld, Sex, Macht. Das ist die Diktatur der Mediokren! Da sitzt keine supergeheime, exklusive Loge herum und zieht hinter demokratischen Pappkameraden giftige Fäden. Nein! Das sind bloß die üblichen machthungrigen Blindschleichen, von denen wir, aus welchen Gründen auch immer, vielleicht ein paar mehr abbekommen haben als andere Länder. E basta!« Der Ispettore unterstrich mit einer scharfen waagrechten Handbewegung seinen Ausruf, bevor er sich wieder zurück auf die Bank fallen ließ und Lorenzo mit verschränkten Armen fixierte. Der winkte einem kleinen Trupp von Schweizergardisten zu, der in ein paar Metern Entfernung unter der Führung von Oberst Auermann vorbeitrabte.

Cairo stellte die Frage, die ihn schon die ganze Zeit beschäftigte. »Manfreds Wohnung wurde aufgebrochen und durchsucht. Wir können mit großer Sicherheit davon ausgehen, dass man auf der Suche nach den verschlüsselten Dateien war. Was hast du deswegen unternommen? Wir brauchen deren Inhalt, und zwar subito.«

***

Weniger als ein paar hundert Meter Luftlinie entfernt saß Krista in ihrer Klosterzelle an dem Tischchen, das ihr nun als Schreibtisch diente, und schaute nachdenklich auf das rosa und rötlich aufglühende Abendlicht. Sie hatte sich die Aufzeichnungen mit ihrem Traum noch einmal durchgelesen, aber keinen Sinn darin erkennen können.

Nun machte sie sich daran, die offenen Fragen im Fall Moorstein zu notieren.

Woher hatte Manfred Informationen bekommen, die so brisant waren, dass er sie durch einen doppelten Code verschlüsselt hatte? Warum waren die Ermittlungen von Seiten der italienischen Polizei so zügig eingestellt und auf den Unfalltod Manfreds beharrt worden? Welche Rolle spielte das Muschelseidentuch in der ganzen Geschichte?

Konnte sie dem Monsignore überhaupt trauen?

14

Manoppello, Abruzzen, Mai bis Juni 1527

Caterina verließ noch in der Nacht nach dem Gespräch mit Kardinal Orsini Rom, ohne eine Nachricht für die Diener oder sonst jemanden zu hinterlassen. Seit Giovanni gefallen war, gab es niemanden mehr, aus dem sie sich etwas gemacht hätte. Doch nach über einer Woche im Hochgebirge, auf einem zähen, aber bisweilen sturen Maulesel und unter wechselhaften Wetterbedingungen war sie am Ende ihrer Kräfte. Nicht immer hatte sie eine Herberge gefunden, hin und wieder unter freiem Himmel geschlafen. Frühmorgens blies der Wind eisig; wenn es nicht regnete, brannte die Sonne erbarmungslos auf die Reisende nieder. In den letzten beiden Tagen merkte sie, dass sie fieberte, dazu kamen Schüttelfrost, Schmerzen in der Brust und ein bellender Husten.

Caterina konnte sich kaum noch auf dem Maulesel halten, und sie wusste immer noch nicht genau, wohin in Manoppello. Die Entscheidung nahm ihr schließlich ihr treues Tragetier ab, indem es schnurstracks durch das Stadttor über den Hauptplatz trottete und stur vor dem Kirchlein der Santissima Annunziata mit dem angegliederten Klarissinnenkonvent stehen blieb. Bevor sie halb ohnmächtig vom Rücken des Maulesels gleiten konnte, öffnete eine junge Schwester in einem bescheidenen Kittel als Habit die Pforte und ließ sie – im Namen des barmherzigen Gottes – ein.

***

Wenige Tage nach Caterinas dramatischer Ankunft bei den sechs Klarissinnen des Konventes stürmten die deutschen Landsknechte und spanischen Söldner unter Führung des Herzogs von Bourbon das ewige Rom. Der 6. Mai 1527 ging in die Chronik der Stadt als Jahrhundertkatastrophe ein; der Herzog fiel noch am selben Tag.

Die Nachrichten über das Schicksal von Rom und seinen Bewohnern, die im Konvent eintrafen, waren zwar spärlich, doch grauenerregend. Bei der Einnahme des Borgo Vaticano fiel fast die gesamte Schweizergarde, die den Invasoren bis zuletzt erbitterten und todesmutigen Widerstand geleistet hatte. Der Heilige Vater konnte sich in letzter Minute, zusammen mit Teilen des Klerus, Kardinälen, Prälaten und des Kirchenadels in die Engelsburg hinüberretten und verschanzen. Die Blutrünstigkeit und Beutegier der Eroberer kannte keine Grenzen. Auf den Straßen und Plätzen türmten sich verstümmelte Leichen von Alten, Frauen und Kindern, in den Gassen gerann das Blut ihrer Leiber in riesigen Pfützen, an denen sich Katzen und Ratten gütlich taten. Ganze Hunderudel stritten sich wütend um Beine, Arme oder Köpfe von Erschlagenen und Niedergehauenen, über allem standen Wolken von Fliegen. Doch die schrecklichsten Qualen mussten die Frauen erdulden. In den ersten Tagen griffen sich die entfesselten Söldner jede, die sie erwischen konnten, und vergewaltigten sie zu fünft, zu zehnt oder zu zwanzigst an Ort und Stelle, bevor sie ihnen den Unterleib aufschlitzten oder den Kopf abschlugen. Danach gingen sie dazu über, sich in den geplünderten Häusern, Villen und Palästen mit erbeuteten Frauen einzurichten und sie Tag und Nacht immer wieder und wieder zu schänden. Das Leid der römischen Frauen war grenzenlos, und ihre Schreie übertönten das Stöhnen der Sterbenden und Verletzten, hallten tage- und wochenlang in den Mauern Roms wider. Vermischt mit dem schwarzen Rauch der brennenden Kirchen und Wohnstätten stiegen sie zum unerbittlichen, wie mit Kobalt versiegelten Himmel auf.

***

Caterina hatte einen Spaziergang auf der Stadtmauer unternommen, die wie ein Adlerhorst am Majella-Massiv klebte, und die herrliche Aussicht bis hinunter zu dem fast eine Tagesreise entfernten Meer genossen. Im Osten lag ihr die Adria zu Füßen wie eine Spange aus Silber und Lapislazuli, im Westen erhob sich der gewaltige Gran Sasso mit seinen schneebedeckten Gipfeln. Leuchtend grün gefärbte Eidechsen raschelten in den mit Dachwurz und Gräsern bewachsenen Ritzen zwischen den Steinen. Mauersegler und Schwalben schraubten sich kreischend in den blitzblanken Frühsommerhimmel.

Caterina atmete ein, bis tief hinunter zu den Spitzen ihrer immer noch leicht schmerzenden Lunge. Fast konnte sie den würzigen Duft des Meeres riechen, den Schnee auf den Gipfeln schmecken.

Sie dachte an jene Mainacht vor drei Jahren, als ihr schien, sie habe den Gipfel menschlichen Glücks erklommen – die Villa auf dem Gianicolo, jetzt vermutlich gebrandschatzt oder zum Pferdestall heruntergekommen. Giovanni, ihr starker und stolzer Geliebter, der nun vermoderte in seinem Grab in der Kirche von San Francesco zu Mantua. Trauer und Selbstmitleid überwältigten sie, ihre grüngrauen Augen füllten sich mit Tränen.

Sie fühlte sich alt, uralt – und als ihr der Gedanke kam, dass das Kind, das sie von Giovanni hätte haben können, nun schon drei Jahre alt wäre, vergrub sie ihr Gesicht in den Händen und weinte lautlos um alles, was sie verloren hatte.

Als sie spürte, dass jemand neben sie getreten war, wollte sie sich ärgerlich abwenden. Doch dann erkannte sie Rosario, den Zweitältesten von Dottore Giacomo Leonelli und seiner Germa. Caterina fand, dass Rosario ein bildschöner Mann war, mit seinen kurzen schwarzen Locken, die ihm vorn etwas länger in die Stirn fielen, und seinen haselnussbraunen schmalen Augen. Am anziehendsten fand sie seinen breiten, geschwungenen Mund, der immer zu lächeln schien. Rosario hatte lange Jahre als Söldner unter dem Herzog von Urbino gedient, wie man an seinen immer noch geschmeidigen Bewegungen merken konnte. Das hieß – Caterina merkte es, die Dorfweiber und Gassenjungen bemerkten es nicht: Für ganz Manoppello war Rosario nur lo storpio, der Krüppel. Denn Rosario zog nicht nur ein Bein beim Gehen nach, er hatte auch seinen linken Unterarm in einem Scharmützel verloren. In einem ehrenvollen Zweikampf, wie Caterina wusste, denn sie hatte ihm in einer ruhigen Stunde einmal entlocken können, wie es dazu gekommen war. Seither sah sie einen sanften, weniger stolzen und weniger herrischen Giovanni in ihm, und je öfter sie einander begegneten – wofür Rosario zu sorgen wusste – desto erstaunter stellte sie fest, dass dieser Mann war, wie Giovanni hätte sein können, wenn er neben seiner begehrlichen Liebe auch echte Freundschaft zugelassen hätte.

Doch Rosario wollte nicht nur Freundschaft.

Hartnäckig umwarb er die blasse, traurige Fremde, die vor sechs Wochen in den Borgo gekommen war, mit nichts als ihren Kleidern am Leib und ein paar Habseligkeiten. Durchnässt, durchfroren, mit einer gefährlichen Lungenentzündung, die nur langsam ausheilte, wie er von seiner Cousine Anna-Maria, einer Klarissin aus dem Konvent, erfuhr. Also brachte er hin und wieder einen Krug Wein, ein paar Blumen, ein Töpfchen Blütenhonig.

Und an diesem Junitag hatte er ihr ein winziges Schilfkörbchen mit den ersten, selbst gesammelten Walderdbeeren mitgebracht. Verstohlen wischte sie sich die Tränen aus den Augenwinkeln und probierte die köstlichen Früchte, bot in der offenen Handfläche ihrem Verehrer ein paar davon an. Doch Rosario trat einen Schritt zurück und warf sich in Positur. »Ich habe sie doch für dich gesammelt. Iss nur, dann wirst du schneller gesund. Ich weiß, wo es noch mehr davon gibt.«

»Dann lass uns dorthin gehen und noch einen Korb sammeln, die Schwestern aus dem Konvent würden sich auch über so etwas Köstliches freuen«, antwortete Caterina und hüpfte unternehmungslustig von der Mauer.

Sie folgten zunächst einem ausgetretenen Pfad, der unterhalb der Wehrmauern an einigen Gemüsegärten und Olivenbäumen vorbei in ein Waldstück führte. An einer Quelle schöpften sie ein paar Handvoll Wasser, dann ging es quer durch das Unterholz eines Hains mit wild wachsenden Lorbeerbäumen, Wacholderbüschen und Steineichen, bis sie auf eine kleine, sonnendurchstrahlte Lichtung gelangten. Caterina schirmte die Augen mit einer Hand ab, bis sie sich an das grelle Licht gewöhnt hatte. Dann entdeckte sie die Walderdbeeren – die ganze Lichtung war von ihnen übersät. Schweigend pflückten sie die reifsten und süßesten Beeren für den Konvent, füllten das Körbchen erneut, dazu noch Rosarios befederten Hut und die Schürze von Caterina, bis sie sich schließlich unter einen uralten Holunderbaum auf Rosarios ausgebreiteten Umhang fallen ließen.

»Ich habe Nachricht aus Rom«, sagte Rosario, nachdem er eine ganze Zeit lang mit sich gerungen hatte, ob er die friedliche nachmittägliche Stimmung auf der idyllischen Lichtung stören sollte. Doch schließlich kam Caterina aus Rom, es war ihre Heimatstadt.

Und sie hatte ein Recht darauf, zu erfahren, wie die Dinge dort standen.

Insgeheim, so hoffte Rosario, würden sie die schlimmen Nachrichten vielleicht überzeugen können, hier in Manoppello, bei ihm, zu bleiben.

Caterina setzte sich mit einem Ruck auf. »Ein Brief von deinem Onkel? Darf ich ihn sehen?«

Benvenuto Leonelli verdingte sich seit einigen Jahren als kommandierender Wachhabender am Rione di Ponte, in der römischen Bankfiliale der Fugger. Der altgediente Veteran hätte sich niemals träumen lassen, dass er noch einmal in eine regelrechte Belagerungs- und Kampfsituation hineingezogen werden würde. In der Tat kommandierte er die Schutztruppe des Hauses so umsichtig und geschickt, dass die deutsche Bankiersfamilie, auch dank der massiven Portale und Mauern ihres Gebäudes, die Plünderung Roms unbeschadet überstehen konnten.

»Ich habe ihn selbst noch nicht gelesen. Sei so gut und lies laut«, sagte Rosario, indem er das Siegel erbrach und ihr mehrere dicht beschriebene Bögen überreichte.

Roma, Rione di Ponte, Bankhaus Fugger, den 15. Juni 1527 A. D.

Mein lieber Rosario,

ich weiß nicht, wann und wie der Herr es fügen wird, dass dich dieses Schreiben erreicht, doch für den Fall, dass es unversehrt in deine lieben Hände gerät, so tue mir doch den Gefallen und lasse eine heilige Messe lesen für mich, meine Gefährten, die Opfer von Plünderung, Vergewaltigung und blindwütiger Verheerung. Denn die römischen Priester, sofern sie nicht totgeschlagen, gefoltert, geblendet wurden oder man ihnen die geweihten Hände abschlug, haben keine Gewänder und keine Kelche mehr, keine Kreuze und keine Patenen, keine Kerzen und keine Kerzenhalter, ja nicht einmal mehr geweihte Altäre. Meine zweite dringende Bitte lautet, diesen Brief vertraulich zu behandeln. Lass ihn auf keinen Fall in die Hände deiner Mutter, deiner Schwestern, deiner Cousinen geraten, denn was ich dir berichte, würde sie unnütz bekümmern und betrüben. Es handelt sich um unvorstellbare und unermessliche Gräuel; und ich weiß, wir beide haben viel erlebt.

Caterina ließ den ersten Bogen sinken und schaute Rosario, der die Augen konzentriert geschlossen hatte, unverwandt an.

»Was ist? Warum liest du nicht weiter?«, wollte er gegen die Sonne blinzelnd wissen. »Möchtest du die Neuigkeiten lieber nicht hören?«, erkundigte er sich besorgt.

»Ich bin mir nicht sicher«, entgegnete sie zögernd. Wie aus weiter Ferne erklang der melancholische Ruf eines Kuckucks. Rosario konnte nicht wissen, dass sie sich Vorwürfe machte, weil sie nicht geholfen hatte, die Stadt zu verteidigen. Doch das Schicksal Roms war bereits besiegelt – sie hätte nichts daran ändern können. Entweder hätte man sie gleich umgebracht oder ihr nach einer tagelangen Vergewaltigung durch Söldnerhorden die Kehle durchgeschnitten.

Warum nur war Giovanni bei Governolo gefallen? Er hätte Rom niemals preisgegeben, auch nicht gegenüber einer Übermacht von dreißigtausend Söldnern. Sie hätten seinen Sieg zusammen gefeiert in der Villa auf dem Gianicolo. Getrunken, gelacht, sich geliebt.

Stattdessen saß sie hier auf einer Erdbeerlichtung, in einem gottverlassenen Nest in den Abruzzen, wusste nicht, ob sie jemals wieder gesund würde, und machte einem Krüppel schöne Augen.

Rosario, der nichts von ihren finsteren Gedankengängen ahnte, strich sich verlegen eine Haarsträhne aus der Stirn. In diesem Moment, mit dieser Geste, ähnelte er verblüffend ihrem tragisch verstorbenen Liebhaber. Und das brachte Caterina wieder zur Räson: Sie war hier, weil sie einen Auftrag zu erfüllen hatte. Sie war hier, weil sie Rosario gern hatte. Für seine Verwundung konnte er nichts. Auch Giovanni säße heute vor ihr, verletzt und verstümmelt durch den Schuss aus der Feldschlange. Sie hätte ihn nicht weniger geliebt. Wenn Gott sie deshalb mit Rosario zusammengeführt hatte, damit sie einander Trost und Halt geben konnten? Damit das herrliche, verwundete und misshandelte Gesicht Seines einzigen Sohnes, wie es leuchtete in der Auferstehungsglorie in Bronzetönen, in Kupfer- und Goldschattierungen, nicht in die Hände der blindwütigen Barbaren fiel? Damit der Heilige Vater nicht in Versuchung geriet, es für ein Kopfgeld an die Ketzer zu verscherbeln?

Von einem Moment zum nächsten lag alles glasklar und offen zutage, was sie seit ihrer Ankunft immer wieder angezweifelt hatte. Die Gewissheit, am richtigen Ort zur richtigen Zeit zu sein, durchstrahlte Caterinas ganzes Wesen. Mit neuem Entzücken betrachtete sie ihre Umgebung, die Lichtung, auf der sich tanzende Schmetterlinge tummelten, wilde Bienen auf der Suche nach Honig umhersummten und über der hoch am Himmel zwei jagende Bussarde dahinglitten.

»Ich hätte nicht … Ich dachte …« Rosario ergriff ihre Hand. Sie ließ es zu.

Gefasst las sie weiter.

… Wo die Altäre nicht geplündert oder mit Exkrementen beschmiert wurden, hat man Huren mit Messgewändern bekleidet, um sie gewürfelt und Unzucht vollzogen. Die Tabernakel mit dem Allerheiligsten darin sind aufgebrochen und verwüstet, prachtvolle Monstranzen und wertvolles Altargeschirr haben diese Teufel säckeweise davongeschleppt, ganz zu schweigen von den allerkostbarsten Reliquien: Das allerheiligste Kreuz unseres Erlösers haben sie durch den Borgo gezerrt und die Unterwäsche ihrer Huren daran aufgehängt, die Apostelhäupter des heiligen Andreas und des heiligen Johannes haben sie aus ihren wertvollen Schreinen gebrochen und den Hunden zum Fraß vorgeworfen, an der Lanze des Longinus Tauben gegrillt, das Tuch der heiligen Veronika ging in den Tavernen von Hand zu Hand …

Caterina zog es auf die Füße. Orsini, dieser gerissene Hund! Er musste das Tuch im Tabernakel ausgetauscht haben. Sie lief aufgeregt umher. Dies war das letzte Zeichen, das sie noch gebraucht hatte, das Zeichen, das ihre Mission bestätigte. Warum nur hatte sie überhaupt gezweifelt – geschwächt von einer Krankheit, die nicht nur den Leib beschädigte, sondern auch die Seele. Im Stillen segnete sie den Briefeschreiber, der ihr den bitter nötigen inneren Halt zurückgegeben hatte.

»Was ist mit dir? Wie kannst du das anhören und ein Gesicht

machen, als hättest du ein Geschenk bekommen? Was sollen die Tanzschritte?«

Rosario konnte es nicht glauben: Sein Onkel berichtete von den tiefsten Schlünden der Hölle, und Caterina frohlockte. Er stand auf, um sie am Arm zu packen und durchzuschütteln, zur Besinnung zu bringen, doch sie entwand sich ihm und sprang davon.

»Sie haben die falsche Veronika, verstehst du? Es ist nur ein altes Stück Tuch, das sie nicht entweihen konnten mit ihren fettigen, blutbeschmierten Pratzen! Dem heiligen Antlitz ist nichts passiert!«, rief sie.

»Fühlst du dich nicht wohl? Hast du Fieber?«

»Mir ging es noch nie besser, seit ich hier bin.« Übermütig fasste sie seinen Arm und zog ihn mit sich, zurück auf ihr Lager. Dann bettete sie ihren Kopf in seinen Schoß, um weiterzulesen.

… Deutsche Landsknechte, spanische und sogar italienische Söldner übertrafen sich mit ihren Gräueltaten. Weder blieb die spanische Nationalkirche Sankt Jakob verschont noch die Anima genannte Kirche der Deutschen in Rom. Auch die Toten fanden kein Erbarmen vor den Ausgeburten der Hölle, nicht einmal vor den Gräbern der Päpste, ja vor dem Sarkophag Petri selbst machten sie halt. Den Petersdom nutzten die Kanaillen als Pferdeunterstand, als Streu dienten ihnen die antiken Schriften von Platon und Boethius aus der Bibliothek des Vatikans. Doch schlimmer erging es den Lebenden. Wer nicht hinterrücks gemeuchelt, erschlagen oder nackend aus seinem Palast gejagt worden war, mit dem trieben sie Schindluder. Augenzeugen berichten von einem Priester, den die Marodeure zwangen, einem Esel die konsekrierte Hostie zu füttern. Immer wieder und wieder verschluckte der Verzweifelte den Leib des Herrn selbst, bis die gottlose Brut des Satans ihres widerwärtigen Treibens überdrüssig wurde und ihn kurzerhand erschlug. Was die Schweizergarde nun betrifft, sie wurde in ihrer Mehrzahl bei dem tapferen Versuch, den Borgo Vaticano zu verteidigen, ausgelöscht, mitsamt ihrem hervorragenden Kommandanten Kaspar von Röist, mit dem ich in besseren Tagen zuweilen das eine oder andere Becherchen Wein zu mir zu nehmen pflegte.

So, mein lieber Neffe, steht es um die heilige Stadt Rom und die heilige Mutter Kirche. Auch jetzt, nach über einem Monat, leckt Caput Mundi ihre Wunden. Die Toten konnten nicht begraben werden, also haben wir sie in den Tiber geworfen. Die Not der Alten und Kinder ist enorm, jeden Tag kann die Pest ausbrechen.

Doch die allergrößte Schande sind die Bedingungen der Kapitulation, die man unserem Heiligen Vater Clemens aufgezwungen hat. Vierhunderttausend Dukaten wollen ihm die kaiserlichen Unterhändler abknöpfen, davon hunderttausend auf der Stelle, damit er freies Geleit erhält und die Engelsburg, in die sich über dreitausend hungernde und dürstende Menschen geflüchtet haben, verlassen kann. Cellini schmilzt Gold ein wie ein Verrückter, alles, was noch nicht geplündert wurde, wird jetzt von Clemens zu Geld gemacht. Wir halten hier weiter die Stellung, denn Clemens wird auch die Hilfe der Fugger in Anspruch nehmen müssen, um sich freikaufen zu können. Was weiter wird, das wissen wir nicht. Sobald mein Auftrag hier beendet ist, kehre ich zurück. Ich will meine Tage in einem bescheidenen Häuschen im Gebirge verbringen, mit Blick auf die herrliche Adria, ein junges Weib auf meinem Schoß, das mir vielleicht noch ein oder zwei Kinder gebären wird – ich bin müde, sehr müde, mein Lieber, meine Augen haben zu viel gesehen, meine Ohren zu viele Schreie der Verzweiflung gehört – ich brauche Frieden.

Caterina faltete die Briefbögen bedächtig zusammen. Was jetzt? Orsini hatte alles vorausgesehen – um ihn machte sie sich keine Sorgen. Entweder hatte er sich freikaufen, seinen Palazzo mit einer Bürgerwehr halten oder sich in die Engelsburg flüchten können. Was wog schwerer – die Tatsache, dass er die katholische Kirche bestohlen hatte, oder die geglückte Rettung der seltensten und wertvollsten Reliquie der Christenheit vor Plünderung, Verunehrung und Zerstörung? Und nicht zuletzt auch vor dem Zugriff des Oberhauptes dieser Kirche, das, davon war sie überzeugt, keine Sekunde gezögert hätte, den Schleier an die deutschen Ketzer auszuliefern, um die Lösegeldforderung von vierhunderttausend Dukaten wenigstens schmälern zu können.

Wie rein und klar kam ihr dagegen der bescheidene Traum

Benvenutos von einem Leben in häuslichem Frieden und Harmonie vor, in der kristallenen Gebirgsluft, im Rücken die erhabenen Gipfelmonumente der Majella, zu Füßen die himmelblaue Adria, ausgebreitet wie der Mantel der heiligen Muttergottes.

Für sie würde das bedeuten: Kein Katzbuckeln, keine Etikette, keine pompös zelebrierten Messen mehr. Jeden Morgen das Purpur und das Violett des Sonnenaufgangs über dem nachtschwarzen Meer statt Gewändern von Kardinälen und Bischöfen. Und ein Mann, von dem sie glaubte, ihm zu vertrauen und ihn irgendwann einmal auch lieben zu können.

Rosario nahm den Brief entgegen, um ihn zu verwahren. Seine Kiefermuskeln arbeiteten, die Schilderung der Gräueltaten der Marodeure und der Zustände in Rom hatten ihn erschüttert. Natürlich hatte er selbst genug Plünderungen und Brandschatzungen miterlebt – gerade deshalb wusste er zu gut, was es bedeutete. Doch dieses Ausmaß, von dem Benvenuto berichtete, war ungeheuerlich, nie da gewesen, kein lebender Mensch konnte sich entsinnen, jemals so etwas gehört oder erlebt zu haben.

Er betrachtete die zarte, blasse Gestalt von Caterina. Ihm erschien sie unendlich zerbrechlich. Und konnte man sicher sein, dass es nicht zu weiteren Verheerungen kommen würde? Nein, er wollte sie anflehen, hierzubleiben, bei ihm. Seine Familie, die Leonellis, waren nicht reich, aber ehrbar. Er nannte ein bescheidenes Häuschen mit ein paar Obstbäumen und einem Gemüsegarten sein Eigen. Seinen Sold hatte er nie verprasst, sondern stets zur Seite gelegt. Das Leben, das er Caterina bieten konnte, würde nicht vornehm sein, aber solide und sicher.

»Wirst du nach Rom zurückkehren?« Er hatte sich überwunden. Die Frage kam leise, wie zwischen den Zähnen hindurchgepresst.

Doch statt einer Antwort begann Caterina, sich den Kittel abzustreifen, der um ihren abgemagerten Leib schlotterte.

Rosario wollte ihr in die Arme fallen.

»Was tust du? Du kannst doch nicht … Sollten wir nicht …? Aber wir sind noch nicht … Caterina!«

»Nein, lass mich. Ich will dir etwas zeigen. Ein echtes Wunder Gottes!«

Das glaubte Rosario gern, aber offenbar befand sich Caterina in einem religiösen Wahn und brauchte dringend eine ärztliche Konsultation. Ungeschickt versuchte er, ihr den Umhang überzuwerfen, um ihre Blöße zu bedecken. Sie rangelten kurz miteinander, und obwohl Caterina von der Krankheit geschwächt war, hatte sie die Tricks, die ihr Jörg – in einem anderen Leben, wie es schien – beigebracht hatte, nicht vergessen. Ein einfacher Griff, das Bein hatte sie hinter Rosarios Standbein gestellt und ihn dann leicht nach hinten gedrückt, und der um ihre Ehre besorgte, gut meinende Mann saß auf seinem Hosenboden und schaute verblüfft zu ihr auf.

»Wer hat dir das beigebracht?«, stammelte er, denn er hatte noch nie erlebt, dass ein Weib sich so fintenreich zu wehren wusste.

»Das ist eine andere Geschichte. Jetzt sieh her, was ich dir zeige. Hast du die Veronika schon einmal gesehen?«

Schon wieder die Veronika. Das schien langsam zur Besessenheit zu werden.

»Die Veronika ist in Rom und verloren. Die deutschen Ketzerteufel haben ihr den Garaus gemacht!«

»Hast du sie schon einmal gesehen?« Caterina hatte ihre Stimme erhoben, dass sie zwischen den Bäumen hallte.

Rosario nickte. »Von fern. Beruhige dich doch. Es ist nichts darauf zu sehen. Nur ein weißes Tuch …«

»Du irrst. Sieh genau hin!« Und damit befreite sie das Stoffbündel, das sie zwischen ihren Brüsten aufbewahrt hatte, von seiner Hülle und breitete mit einer anmutigen Bewegung ihrer Handgelenke den durchsichtig-zarten Schleier aus, den sie mit den Fingerspitzen an seinen oberen Ecken emporhielt. Auf unerklärliche Weise erschienen die Gesichtszüge eines Mannes, den er mühelos als Jesus Christus identifizierte, wie man ihn von vielen heiligen Bildern her kannte: Das gescheitelte schwarze Haar, die mandelförmigen Augen, die lange, von den Fausthieben römischer Soldaten gebrochene Nase, das zerschundene Gesicht – ohne Zweifel war es der Erlöser, Gottes Sohn!

Sein Herz setzte für einen Schlag aus.

Doch was Rosario noch tiefer anrührte als diese Erkenntnis, war der Umstand, dass der Sohn Gottes das gemarterte Gesicht der zahllosen und namenlosen Opfer besaß, die er schon auf allzu vielen Schlachtfeldern hatte sterben sehen. Wäre der hellwache, leicht verwunderte Ausdruck nicht gewesen, so hätte Rosario geglaubt, einem Sterbenden in die Augen zu blicken. Doch dies hier war keiner, den die Agonie umfangen hielt. Instinktiv begriff Rosario, dass dieser Mensch bereits durch die erschütternde Erfahrung des eigenen Todes hindurchgegangen und daraus wieder aufgetaucht war wie aus einem abgrundtiefen Meer.

Atemlose Stille herrschte auf der Lichtung, selbst der Kuckuck war verstummt. Die gesamte Natur schien sich vor dem Opfer zu neigen, das der Sohn Gottes aus Liebe vollbracht hatte. Rosario fiel unbeholfen auf die Knie und neigte demütig sein Haupt. Dies war wahrhaft die Vera Ikona, das unzweifelhaft echte Antlitz des Siegers über Sünde und Tod. Und es war hier bei ihnen, in Manoppello, einem unbedeutenden Städtchen auf einem unbedeutenden Ausläufer des Majella-Massivs.

Sein Blick wanderte hinauf zu Caterina, die behutsam den Schleier wieder zusammenlegte. Sie schwieg, aber als Antwort auf die unausgesprochene Frage nickte sie ihm fast unmerklich zu.

Caterina würde Manoppello zeit ihres Lebens nicht mehr verlassen. Und der heilige Schleier mit dem kostbaren Antlitz Jesu darauf auch nicht.

15

Vatikanstadt, März 2007

Als Krista am nächsten Morgen aufwachte, fand sie sich nicht sofort zurecht. Es dauerte einen Moment, bis ihr einfiel, wo sie sich befand. Der Gesang des Morgenlobs war bis in ihre Zelle zu hören – sie war im Kloster Mater Ecclesiae. Gleichzeitig stellte sie mit Erleichterung fest, dass sie gut geschlafen und keinen weiteren Alptraum gehabt hatte. Nach den Laudes gab es ein bescheidenes Frühstück mit einem weich gekochten Ei, leider ohne Salz. Wieder überbracht von der kleinen, dunkelhäutigen Schwester, vermutlich aus Sri Lanka, die sich sehr um Freundlichkeit gegenüber dem unerwünschten Gast bemühte.

Es war gegen sieben Uhr, als Krista, die schon überlegt hatte, was sie den ganzen Tag lang in einem Klausurkloster mit sich anfangen sollte, ein Besucher gemeldet wurde. Es war der Monsignore, nach Acqua di Parma duftend, mit noch feuchtem Haar und frisch rasiert. Er war bester Laune und trug zwei kleine Köfferchen bei sich.

»Kommen Sie mit? Ich feiere heute Morgenmesse open air, und danach gibt's Picknick im Grünen.«

Krista zögerte. Auf eine katholische Messe hatte sie keine Lust. Nicht, dass sie dann in einer Versammlung von Kurienprälaten und Gendarmen oder Gardisten landete – womöglich als einzige Frau.

»Andiamo! Ich zeige Ihnen die Vatikanischen Gärten. Sie haben doch sowieso nichts weiter vor heute«, ermunterte er sie, als er ihr Zögern bemerkte.

Sie zuckte mit den Schultern. Vielleicht ergab sich auf diese Weise Gelegenheit, ihn nach der Bedeutung der Worte »Non praevalebunt« zu fragen, die den Abschluss ihres apokalyptischen Traums gebildet hatten. Und eventuell gab es auch Neuigkeiten von Raffaella. Am Ende siegte Kristas Neugier, und sie machte sich gemeinsam mit dem Monsignore auf den Weg, um diesen Tag auf für sie neue Art zu begrüßen.

Während sie versuchte, mit ihrem schwungvoll ausschreitenden Begleiter Schritt zu halten, begann ihr dieser angeregt die Geschichte der Vatikanischen Gärten zu erzählen.

»Eigentlich hat diese ganze sagenhafte Anlage vor über achthundert Jahren als Kräuter- und Gewürzgarten begonnen. Das kann man sich heute gar nicht mehr vorstellen. Wussten Sie, das Papst Leo XIII. versucht hat, einen vatikanischen Weinberg auf diesem Terrain anzulegen? Nein?« Er drehte sich erwartungsvoll zu ihr um.

Krista war nicht besonders an seinen Ausführungen interessiert. »Was bedeutet ›Non Prä-wahle-bund‹? Das müsste doch Latein sein?«

Der Monsignore blieb so abrupt stehen, dass sie fast auf ihn geprallt wäre.

»Korrekt. Also dass es Latein ist. Man spricht es aber mit Betonung auf der vorletzten Silbe aus. Und natürlich nicht ganz so bäurisch, bitte, sondern melodiöser. Etwa so: Non praevalébunt!«

»Und was heißt es jetzt?«, hakte Krista mürrisch nach.

»Et pórtae ínferi non praevalébunt advérsus éam! Versuchen Sie es mal nachzusprechen. Mit etwas mehr Melodie in der Stimme.«

»Ich wollte aber keinen Lateinkurs belegen, sondern nur wissen, was es bedeutet, Grundgütiger.« Dieser Mann konnte eine solche Nervensäge sein.

»Warum sind Sie gleich so gereizt? Ich will es Ihnen doch erklären … Es bedeutet ›Und die Pforten der Hölle werden sie nicht überwältigen‹.«

»Oh! Aber wer ist ›sie‹?«

»Wenn Sie mich meine Ausführungen hätten zu Ende bringen lassen, wüssten Sie es jetzt. Es ist ein biblisches Zitat, präzise aus dem Evangelium des Matthäus, Kapitel sechzehn, Vers achtzehn. Jesus verheißt Petrus, der ihn gerade als Sohn Gottes erkannt hat: Du bist Petrus, und auf diesen Felsen will ich meine Kirche bauen, und die Pforten der Hölle werden sie nicht überwältigen. Mit ›sie‹ ist also die Kirche gemeint, die zwar vielen Anfechtungen und Anfeindungen ausgesetzt ist, aber dennoch niemals untergehen wird. Wenn Sie so wollen, dann ist dieses Herrenwort die Begründung des Papstamtes als solches – auch wenn das von anderen christlichen Denominationen gern abgestritten wird. Wie kommen Sie übrigens darauf?«

Krista dachte gar nicht daran, ihm die Wahrheit zu erzählen.

Da sie sich erinnerte, das »Non praevalebunt« auch einmal auf der Titelseite des »L'Osservatore Romano« als Motto gelesen zu haben, erwähnte sie dies. Der Monsignore gab sich mit diesem Hinweis zufrieden.

Sie waren die Via dell'Osservatorio entlang an dem sogenannten Französischen Garten vorbeigegangen und ein Stückchen nach Norden abgebogen, wo sich die Lourdesgrotte befand.

»Da wären wir! Sie sehen hier noch ein Teilstück der ursprünglichen Leoninischen Mauer«, erklärte Lorenzo, »der Altar wurde Anfang des zwanzigsten Jahrhunderts eingefügt und stammt aus Lourdes selbst.«

Er setzte den Holzkoffer mit den Messingbeschlägen, der Scharten, Schrammen und sogar einen Brandfleck aufwies, vorsichtig ab und öffnete die Schnappverschlüsse. Krista trat näher und spähte hinein.

»Was ist das für ein Koffer?«

»Mein Feldmesskoffer«, antwortete der Monsignore und begann, den Altar der Lourdesgrotte herzurichten. »Ich habe ihn von einem längst verstorbenen Freund vererbt bekommen. Er hat als Militärkaplan im Koreakrieg gedient. Sie sehen die Gebrauchsspuren? Das hier ist von einem Querschläger, und dieser schwarze Brandfleck rührt von einem Angriff mit einer Brandbombe. Darin ist alles, was ich brauche, um eine heilige Messe an egal welchem Ort zu zelebrieren. Auf der Motorhaube eines Militärjeeps ebenso wie in einem Feldlager.«

Krista betrachtete fasziniert die Gerätschaften, die Platz sparend und sicher verwahrt werden konnten: ein Kruzifix, eine Hostienschale und ein Hostienbehältnis, zwei Glasfläschchen, ein Kelch, zwei Kerzen, die zum Schutz vor dem Wind in tiefen Gläsern saßen, ein Glöckchen.

Sie hatte so etwas noch nie gesehen, und vor allem war ihr nicht klar gewesen, dass man eine katholische Messe an jedem beliebigen Ort der Welt feiern konnte und nicht nur in einer Kirche vor der Dorfgemeinde. Beeindruckt beobachtete sie, wie Lorenzo den Altar herrichtete, die Kerzen anzündete und sein Messbuch aufschlug.

Zuerst stand sie unbeteiligt daneben und fühlte sich nicht angesprochen, doch dann hatte das mysteriöse Geschehen am Altar, die präzisen Bewegungen, die Ernsthaftigkeit und der tiefe Glaube, der in jeder Geste Lorenzos aufschimmerte, sie schließlich doch in den Bann gezogen.

Nach Abschluss und Segen verstaute er seine liturgischen Gerätschaften in dem alten Koffer, verschloss ihn wieder sorgfältig und deponierte ihn neben einer Bank, auf die sie sich gesetzt hatten. Dort öffnete er das zweite mitgebrachte Köfferchen, dem er ein kariertes Tuch entnahm, das als kleine Decke für das Picknick dienen sollte, außerdem zwei kleine Fläschchen Sanbittèr, Melonenwürfel und ein paar Scheiben San-Daniele-Schinken, dazu Grissini mit Sesam, ein paar hart gekochte Eier sowie ein Beutelchen mit Pistazien.

»Das war eine wunderschöne Idee von Ihnen«, sagte Krista. »Im Mater Ecclesiae – wie finden Sie meine Aussprache übrigens? – ist das Essen ein bisschen frugal. Haben Sie schon etwas von Schwester Raffaella gehört?«, fragte sie, während sie einem neugierigen Eichhörnchen, das sich herangewagt hatte, einen Pistazienkern zuwarf, den dieses interessiert beschnupperte.

Lorenzo schüttelte den Kopf. »Schwester Raffaella ist ziemlich eingespannt, wir haben derzeit wieder jede Menge Attacken auf die Internetseite des Heiligen Stuhls. Also heißt die Devise Abwarten.«

»Das Warten ist weniger mein Problem – ich mache mir vor allem Sorgen. Immerhin ist sie jetzt Besitzerin des brisanten Materials, wegen dem Manfred sterben musste …«

»Sie brauchen sich nicht zu sorgen. Raffaella arbeitet bestens geschützt im Apostolischen Palast, dort, wo sich auch der Raum mit unseren Großrechnern befindet. Niemand weiß, dass sie die Dateien hat, außer uns beiden natürlich.« Er griff nach einem hart gekochten Ei und fing an, es zu schälen. »Greifen Sie zu«, ermunterte er Krista. »Wir sind heute Mittag bei meinem Onkel, dem Kardinal, zu Gast.«

»Aber dann bin ich ja satt und kann gar nichts mehr essen«, wandte Krista ein.

»Das ist ja auch Sinn und Zweck dieses kleinen Aperitivo hier«, entgegnete er. »Die Haushälterin meines Onkels ist eine unterirdisch schlechte Köchin.«

»Sie übertreiben, das kann ich mir wirklich nicht vorstellen.«

»Ich sage nur: gekochte Zucchini.« Mit grimmigem Gesichtsausdruck warf er dem Eichhörnchen auch eine Pistazie hin.

»Aber kein Mensch kocht Zucchini. Man grillt sie mit Olivenöl.«

»Davon hat seine Köchin noch nie etwas läuten hören. Also greifen Sie ruhig zu, es ist noch genug Prosciutto und Melone da.«

Der Vormittag verging wie im Fluge, und nachdem der Monsignore die Mittagshore und den Angelus gebetet hatte, machten sie sich auf den Weg zu Kardinal Farneses Wohnung im Palazzo Sant'Uffizio, dem ehemaligen Sitz der Heiligen Inquisition. Sie kamen am Campo Santo Teutonico vorbei, dem jahrhundertealten sogenannten »deutschen Friedhof« mit der Kirche Santa Maria della Pietà. Hier würde in wenigen Tagen Moorstein zu Grabe getragen werden.

Den Palazzo des Sant'Uffizio mit der Glaubenskongregation und einigen Wohnungen darin betraten sie durch den Eingang hinter dem Cancello Petriano, der von Gardisten bewacht wurde. Im Innenhof wurden sie vom Kardinal persönlich in Empfang genommen, der seinen Neffen mit einer steifen Umarmung, Krista mit einem festen Händedruck begrüßte.

Estefanio Kardinal Farnese, Mitte sechzig, besaß rabenschwarzes Haar, das von keinem einzigen grauen Fädchen durchzogen wurde. Ein stattlicher Mann mit verblüffend veilchenblauen Augen und leicht gebeugter Haltung. Seine Miene war ernst.

Er geleitete sie zu dem altmodischen Aufzug aus hellem Holz und Glasscheiben, der sie sanft und ruckelfrei in das dritte Stockwerk brachte, wo sich die Räumlichkeiten des Kardinals befanden.

Die Wohnung war hell, weitläufig und mit wenigen, doch edlen alten Möbelstücken eingerichtet. An den Wänden hingen historische Ansichten der Stadt Rom und ihrer berühmtesten Plätze, die Chaiselongue in der TV-Ecke seines Arbeitszimmers war mit breit gestreiftem Stoff bezogen, die Büchersammlung des Kardinals imposant.

In jedem Zimmer ein Kruzifix und ein Weihwasserbehälter neben der Tür – im Esszimmer, in das er sie nun führte handelte es sich um ein herrlich gearbeitetes äthiopisches Kreuz in ungewöhnlich leuchtenden Farben.

Der Esstisch war ein Einzelstück, dem Spuren von vermutlich jahrhundertealtem Gebrauch anzusehen waren. Er war sorgfältig, aber nicht luxuriös eingedeckt – eine Wasserkaraffe stand bereit, zusammen mit einer bereits geöffneten Flasche Weißwein in einem irdenen Kühler, die Klimaanlage surrte. Lorenzos Onkel ließ es sich nicht nehmen, Krista ritterlich den Stuhl zurechtzurücken und den beiden persönlich Wasser und einen Fingerbreit Wein einzuschenken, bevor er sich selbst am Tafelende niederließ.

»Sie sind also unsere Asylantin. Übrigens die erste seit ein paar Jahrhunderten, wenn man einmal von den Flüchtlingen während der Zeit des Zweiten Weltkrieges absieht. Damals konnten wir Tausenden Zuflucht bieten. Oh, und mögen Sie kubanischen Jazz? Wir hatten sogar einmal einen Musiker vom Buena Vista Social Club zu Gast, er floh damals vor Castro.«

»Das wusste ich gar nicht. Darüber müssen Sie mir bei Gelegenheit einmal mehr erzählen. Und ja, Ihr Neffe war tatsächlich so freundlich, mir hier Schutz zu gewähren.«

»Nachdem ich sie zuvor niedergeschlagen hatte, weil ich sie für einen Einbrecher gehalten hatte, war das wohl das Mindeste, was ich für sie tun konnte«, erklärte Lorenzo mit Nachdruck.

»Schön, das war natürlich würdig und recht, Brudersohn. Allerdings hättest du sie gleich ins Mater Ecclesiae bringen können, dann gäbe es jetzt weniger Gerede.« Der Kardinal lehnte sich jovial in seinem Stuhl zurück. »Schwamm drüber, um die Farnese gibt es schon seit fast fünfhundert Jahren Gerede. Bis jetzt haben wir es immer überstanden. Ich habe gehört, man hat auf Sie geschossen?«

Krista war sich sicher, dass er sich in Wahrheit mächtig über seinen »Brudersohn« ärgerte, der noch dazu einfach nicht tat, was er für ihn geplant hatte, wie sie seit dem erregten Telefonat wusste.

»Auf mich wurde geschossen, ja …« In der Tat machte Krista immer noch zu schaffen, dass Lorenzo sie, wenige Sekunden bevor der Schuss fiel, noch ans Fenster gelotst hatte, als wollte er sie dem Schützen ungedeckt präsentieren.

»Und mein Neffe ist tatenlos danebengestanden? Der ehemalige Elitekämpfer? Das kann ich mir nicht vorstellen!« Der Kardinal beugte sich interessiert vor, während Lorenzo heimlich mit Abwärtsbewegungen seiner beiden Händen signalisierte, dass sie ihre Aussage abschwächen solle. Der Kardinal brauchte nicht im Detail zu erfahren, dass Lorenzo sie mit seinem eigenen Körper, also mit seinem Leib und Leben, vor weiteren Schüssen abgeschirmt hatte. Genau das aber hätte jeder getan, der davon ablenken wollte, dass er sie überhaupt in diese Position für einen sauberen Blattschuss gebracht hatte.

»Ihr Neffe hat sehr professionell und umsichtig agiert, Eminenz«, sagte Krista und nickte, während ihr eine der Schwestern, die den Haushalt des Kardinals besorgte, eine Portion Penne all'Amatriciana, Nudeln in Tomatensoße mit Speck und Peperoni, vorlegte.

»Was hatte die italienische Polizei dazu zu sagen?«

Lorenzo blickte auf. Er war die meiste Zeit damit beschäftigt gewesen, seine Stoffserviette zu einem möglichst kleinen Päckchen zusammenzufalten.

»Die beiden Polizisten, die Manfreds Wohnung daraufhin untersucht haben –«

»Von Untersuchung konnte keine Rede sein, es handelte sich vielmehr um einen Höflichkeitsbesuch«, schnappte Krista, was vom Kardinal mit einer hochgezogenen Augenbraue quittiert wurde.

»Darf ich fragen, warum du dich nicht an Ercole Manetti gewandt hast?«

Estefanio sprach ein kurzes Tischgebet, streute sich großzügig geriebenen Parmesan über seine Portion und wünschte guten Appetit.

»Du meinst den Polizeivizepräsidenten? Ginas Taufpaten? Ich kann den Mann nicht ausstehen.«

Der Monsignore hatte sich eine ordentliche Ladung Chili-Öl über seine Pasta gekippt und auch mit Parmesan nicht gespart. Nach ihrem ersten Bissen wusste Krista auch, weshalb: Sie hatte selten fadere Nudeln gegessen.

Dem Kardinal schien es zu schmecken, er langte herzhaft zu. »Richtig, den meine ich, und er kann schließlich nichts dafür, dass er jetzt einen Krämernamen trägt und sich auch so verhält«, sagte er kauend, tupfte sich den Mund ab und erhob sein Glas auf das Wohl seiner Gäste. »Er hat mir vorgestern eine von diesen albernen E-Mails geschickt«, fuhr er beschwingt fort. »Stell dir vor, er redet mich in jeder Mail zuerst auf Lateinisch an, als würde er das »Habemus Papam« verkünden. Ein schlichtes ›Eminenz‹ würde vollauf genügen.« Der Kardinal schüttelte den Kopf. »Dann kam das übliche Blabla zu meiner Gesundheit, dass er sehr gern einmal wieder mit mir zu Mittag speisen wolle – so drückt er sich immer aus, ein fürchterlich gestelzter Mensch –, und nein, natürlich will ich nicht, das letzte Mal habe ich mich fast zu Tode dabei gelangweilt. Man sollte denken, ein Polizeivize habe Interessantes aus seinem Job zu erzählen, stattdessen immer nur Politik, Politik, Politik. Bis es einem zu den Ohren rauskommt. Jedenfalls habe er vom Unfalltod des deutschen Journalisten gehört und vom Einbruch in dessen Wohnung. Dass der ›hochgeschätzte, hochwürdigste Monsignore‹ – so schreibt der tatsächlich – vor Ort gewesen sei und er sich sehr bedanke für die Grüße, die du freundlicherweise hast ausrichten lassen. Du sollest dich mit ihm in Verbindung setzen, er würde gerne mit dir persönlich die Sache besprechen – das heißt im Klartext, er will wissen, ob du etwas gegen seine ›tüchtigen‹ Beamten vorzubringen hast, und will sich bei der Gelegenheit wieder einschleimen.«

»Aber ich denke ja nicht im Traum daran, mich mit Ercole in Verbindung zu setzen. Vergeudete Zeit! Da könnte ich gleich eine Mutter-Teresa-Schwester um Hilfe in dieser Sache bitten. Und mir dann auch noch eine geschlagene Stunde lang seine kruden politischen Ansichten anhören? Verzichte dankend. Ich verlasse mich lieber auf Ispettore Cairo von der vatikanischen Gendarmerie. Im Gegensatz zu Ercole hat der meist den richtigen Riecher.«

»Vielleicht bist du damit am besten beraten«, seufzte der Kardinal. »Muss man eigentlich auf jede dieser elektronischen Mails antworten, so wie auf einen Brief? Oder wie wird das gehandhabt?«

Lorenzo schüttelte den Kopf. »Wenn du ihm nicht antworten willst, dann lass es. Er wird es überleben.«

»Benissimo! Es gibt leider noch weitere, äußerst schlechte Neuigkeiten.« Sein Gesicht wurde ernst, er legte Messer und Gabel beiseite.

»Heute Vormittag hat mich eine sehr schlimme, furchtbare

Nachricht erreicht, und zwar aus der Basilika Seiner Heiligkeit in Manoppello.«

Er unterbrach sich, weil die Schwester, die aufwartete, das Geschirr abräumte und den nächsten Gang, Saltimbocca mit gekochten Zucchini, auflegte. Als sie den Raum wieder verlassen hatte, fuhr er fort: »Ein Mord, ein widerwärtiger Akt des Vandalismus ist dort geschehen. Vielleicht ist es ganz gut, dass Manfred das nicht mehr erleben musste – er hat das Tuch sehr verehrt.«

Der Kardinal schnäuzte sich diskret, während die Spannung im Raum zusehends stieg. »Feige Diebe und Mörder sind in das Heiligtum eingedrungen, haben einen Kapuzinermönch erschlagen, der dort Gebetswache hielt, die Vitrine zertrümmert und die wertvollste Reliquie der Christenheit neben dem Turiner Grabtuch geraubt.«

»Heiliger Erzengel Michael steh uns bei!« Der Monsignore bekreuzigte sich.

»Ich brauche wohl nicht zu sagen, dass der Heilige Vater zutiefst erschüttert und äußerst besorgt auf diese Nachricht reagiert hat. Die Carabinieri sind vor Ort, aber er hätte gern seinen eigenen Ermittler in der Sache gehabt …« Der Kardinal schwieg erwartungsvoll.

»Da kenn ich einen der besten, nämlich den erwähnten Ispettore Cairo.« Lorenzo sezierte seine Saltimbocca, suchte das nicht vorhandene Salbeiblatt und schob die gekochten Zucchini auf seinem Teller hin und her. Krista salzte und pfefferte beherzt ihr Gemüse nach.

»Der Heilige Vater und ich dachten dabei eher an jemanden, der inoffiziell, mehr leger agiert, verstehst du? Es sieht ein bisschen merkwürdig aus, wenn an einem italienischen Tatort plötzlich die vatikanische Gendarmerie auftaucht.«

Alle beugten sich wieder über ihre Teller. Nach einer Pause legte der Kardinal nach. »Du könntest meinen Wagen für die Mission nehmen.«

»Ich bin kein Ermittler.«

»Und wennschon! Du kannst eins und eins zusammenzählen, bist redegewandt und weißt dich deiner Haut zu wehren. Der Heilige Vater wünscht deinen Bericht bis Ende dieser Woche. Du kannst rechtzeitig zu Manfreds Begräbnis zurück sein. Möchtest du ein Dessert?« Für den Kardinal schien die Angelegenheit beschlossen zu sein.

Lorenzo hatte seine Serviette auf den Tisch geworfen und die Arme verschränkt.

»Ich nehme eins, aber ein flüssiges«, antwortete er schlecht gelaunt.

Der Kardinal erhob sich, um eine Karaffe mit feinstem Grappa Barricata auszuwählen und seinem Neffen einzuschenken.

16

Manoppello, Abruzzen, März 2007

Sie fuhren noch am Nachmittag los. Der Monsignore hatte bereits angekündigt, die einhundertneunundachtzig Kilometer zwischen Rom und Manoppello in knapp eineinhalb Stunden schaffen zu wollen. Krista verstand nicht, warum er dieses Zeitlimit ausgerechnet dadurch einzuhalten versuchte, dass er an den Telepass-Stationen auf die automatische Schranke zuhielt wie ein Rennfahrer und anstatt zu bremsen eher noch beschleunigte, selbst wenn sich die Schranke nur sehr zögerlich öffnete.

»Vor der Schranke bremsen nur Deutsche ab«, kam die prompte Replik auf Kristas spitze Anmerkung, außerdem wurde sie über sportliches Fahren, mangelndes Gottvertrauen, mangelnde Zuversicht und mangelnden Glauben an ihre Schutzengel belehrt – in theologisch fragwürdigen Ausführungen, wie sie fand.

Sie fuhren nördlich von Sulmona vorbei und am Rande des Majella-Massivs entlang, an dessen östlichen Ausläufern sich der Tarigni-Hügel mit dem Heiligtum des Schleiertuches befand. Die Serpentinen, die zum Plateau auf dem Gipfel führten, meisterte er erstaunlich diszipliniert: Er wies Krista immer wieder auf besondere Ausblicke hin, die sich von den tief verschneiten Bergen im Westen bis zur grünlich gleißenden Adria im Osten erstreckten.

Oben angelangt, mussten sie feststellen, dass der gesamte Platz vor der modern anmutenden Basilika und dem Pilgerheim daneben abgeriegelt war. Vor den Sperrgittern hatten sich ein paar hundert Gläubige eingefunden, größtenteils Dorfbewohner, einige waren aber auch vom weiter entfernten Pescara gekommen. Sie beteten den Rosenkranz, weinten, schluchzten und sangen, um sich gegenseitig Trost zu spenden. Ständig strömten noch weitere Menschen hinzu, obwohl der Fußweg zum Gipfel des Tarigni-Hügels alles andere als einfach zu meistern war. Die traurigen Neuigkeiten hatten sich rasch herumgesprochen.

Dem Wachhabenden war bereits die Limousine mit dem vatikanischen Kennzeichen aufgefallen, er ließ sich noch den Personalausweis des Monsignore zeigen, dann hob er ein Sperrgitter zur

Seite und ließ ihn vorfahren. Sie parkten direkt vor dem Pilgerheim, in dem sich auch ein Caffè und ein Restaurant befanden, und fragten sich zum Leiter der Ermittlertruppe durch, der gerade einen Espresso aus einem weißen Plastikbecherchen schlürfte.

Capitano Roberto Spadoni schob sich die Sonnenbrille in die Stirn und stellte das Becherchen auf einem Mauervorsprung ab, als er ihrer ansichtig wurde. Er hätte eine athletische Gestalt besessen, wenn da nicht der Ansatz eines Schmerbäuchleins den Eindruck verdorben hätte.

Der Capitano war nicht gerade bester Laune. Offenbar hatte man ihn in aller Frühe zum Tatort gerufen. Sein Kinn war mit zwei frischen Schnitten verziert, die er sich offenbar beim eiligen Rasieren zugezogen hatte. Der dunkle Teint war typisch für einen Süditaliener, Krista mutmaßte, dass er nicht aus der Gegend stammte.

Seine Augenbrauen hoben sich interessiert, als er den Monsignore, wie immer in seine schwarze Soutane gewandet, in Begleitung einer attraktiven Brünetten wahrnahm. Dass er Krista noch vor dem Würdenträger die Hand reichte, zeugte von seiner guten Erziehung. Er hielt ihre Rechte eine Spur zu lange fest und wandte sich nur unwillig von ihr ab, um den Monsignore zu begrüßen. Allerdings hatte dieser die ungeteilte Aufmerksamkeit des Capitano, als er sich mit vollem Namen vorstellte.

Wenn der Capitano nicht schon vorher von der großartigen Wichtigkeit seiner Aufgabe überzeugt gewesen wäre, dann spätestens in dem Moment, als ihm Lorenzo Segenswünsche des Heiligen Vaters für seine Arbeit und die des Ermittlerteams ausrichten ließ und um einen kurzen Bericht zum Stand der Dinge bat.

Er bot artig zwei Caffè an und ließ diese durch einen Beamten herbeibringen. Nein, eine Besichtigung des Tatortes sei leider nicht möglich, sehr bedauerlich, aber er müsse hier strengste Rücksicht auf das Team von der Spurensicherung nehmen, entschuldigte er sich mit Dackelblick, der in erster Linie Krista zugedacht war. Aber er könne auf jeden Fall einen Überblick geben, und er habe auch Fotos. Während sie zu seinem Dienstwagen gingen, streifte sein anerkennender Blick den A8 des Kardinals, den Lorenzo ganz in der Nähe abgestellt hatte.

Spadoni nahm schließlich auf dem Fahrersitz Platz, Lorenzo daneben und Krista auf der Rückbank.

Der 159er Alfa Romeo des Capitano war innen blitzblank, auf dem Cockpit fand sich kein einziges Staubkorn, vom Rückspiegel hingen ein Fläschchen mit Autoparfüm der Duftnote »White Musk« und ein Rosenkranz. Über dem Handschuhfach zierte ein kleiner Bilderrahmen die Konsole mit dem Porträtfoto eines Brautpaares. Der Bräutigam kam Krista bekannt vor, aber sie konnte das Gesicht nicht einordnen.

»Allora«, begann Spadoni mit seinem Bericht, »wir haben gegen sechs Uhr fünfundvierzig heute früh einen Notruf erhalten aus dem Santuario Volto Santo –«

»Das war knapp eine Viertelstunde, nachdem die Laudes hätte beginnen sollen«, mischte sich Krista ein, die zwischen den beiden Vordersitzen hing, damit ihr kein einziges Wort entging.

»Brava!«, lobte der Capitano sie bereitwillig, während Lorenzo ihr einen scharfen Blick über seine Schulter zuwarf, der ihr stumm gebot, sich die Fragen und Kommentare für später aufzuheben.

»Um sechs Uhr einundfünfzig rückten der Notarztwagen und ein Team, bestehend aus den beiden wachhabenden Kollegen, aus. Als sie den Kapuzinernovizen mit eingeschlagenem Schädel vor dem Altar, daneben das Reliquiar, ohne Inhalt, aber voller Haare und Blut, fanden, war klar, dass es sich um Raubmord handeln musste. Der Leichnam wird derzeit noch auf Kampfspuren untersucht, besonders konzentrieren wir uns auf Hautfetzen des oder der Angreifer unter seinen Fingernägeln.«

»Hat man sich gewaltsam Eintritt in die Kirche verschafft?«, hakte Lorenzo nach.

»Wie es aussieht, nein. Wir vermuten zurzeit, dass der Ärmste einem Anklopfenden aufgetan hat, der mit einer rührseligen Geschichte Einlass begehrte. Es gab überhaupt keine Veranlassung für ihn, misstrauisch zu sein. Hier ist in den letzten vierhundert Jahren so gut wie kein Verbrechen passiert – vielleicht abgesehen von Mundraub oder solchen Kleindelikten.«

»Sie denken, es war jemand von auswärts?« Krista beugte sich noch weiter zwischen den Sitzen nach vorn. Sie konnte den Atem des Capitano riechen – ein Gemisch aus Kaffeearoma und Zitronenlikör, den er vermutlich nach seinem Mittagessen getrunken hatte.

»Das denke ich nicht nur, ich bin sogar fest überzeugt davon. Hier, sehen Sie sich die Fotos an.« Der Capitano zog sein Handy aus der Uniformjacke und begann, darauf herumzudrücken.

»Das hier sind ein paar Fotos der Leiche – Sie sehen, man hat ihn mit dem relativ scharfkantigen Rand des Reliquiars fast geköpft, ziemlich scheußlich … Und das ist übrigens auch der Grund für meine These, dass es sich bei dem oder den Tätern um Ausländer handelt.«

Der Monsignore räusperte sich.

»Tatsächlich? Wieso?«

Spadoni lehnte sich selbstgefällig in seinem Sitz zurück.

»Das ist die Handschrift fanatischer Islamisten! Die haben ein Gebot, sie müssen den Ungläubigen ›ins Genick schlagen‹ – haben Sie sich noch nie gewundert, warum im Internet immer diese grauenvollen Kopfabhackvideos mit meist christlichen Opfern auftauchen? Göttliches Gebot.«

»Islamisten? In Manoppello?«, wunderte sich Lorenzo.

»Steile These!«, rief Krista.

»Eh, ist doch ganz einfach. Die wollten das Tuch. Das sind keine drogensüchtigen Rumänen oder Albaner, keine Kanaken und auch keine Zigeuner. Das Reliquiar besteht aus reinstem Silber mit Vergoldungen. Außerdem sind Amethyste und andere Halbedelsteine darin eingelassen. Sehen Sie?«

Der Capitano drückte wieder auf seinem Handy herum und reichte es weiter.

»Und ausgerechnet dieses wertvolle Behältnis haben sie liegen gelassen?« Krista fühlte sich an die Vorgehensweise der Einbrecher in Manfreds Wohnung erinnert.

»Sì!« Der Capitano nickte heftig. »Das ist doch merkwürdig.«

»Aber was wollten die Täter mit dem Schleier?«, grübelte Lorenzo. »Der ist doch unverkäuflich?«

»Bilderverbot!«, warf Spadoni mit wichtiger Miene ein. »Diese Extremisten lehnen Abbildungen ihrer Propheten ab. Nach deren Auffassung war Jesus nicht Christus, sondern einer der Sendboten Gottes, wie Mohammed zum Beispiel, nur unbedeutender.«

Krista, die eifrig mit einem Finger in den Fotos auf dem Handy des Capitano weitergeblättert hatte, war in einem privaten Ordner gelandet und wollte diskret wieder zu den Tatortfotos zurück. Doch dann hielt sie mitten in der Bewegung inne: Offenbar hatte Spadoni Schnappschüsse während einer Hochzeit gemacht. Die Braut mit blondierten, auftoupierten Haaren war reichlich geschminkt, ihr Bräutigam, etwa im gleichen Alter wie sie, trug eine Polizeiuniform. Deshalb hatte sie ihn auf dem Porträtfoto über dem Handschuhfach erst nicht erkannt. Der Mann war im Zusammenhang mit der Untersuchung des Einbruchs in Moorsteins Wohnung gewesen.

Es war Commissario Giovanni Pieroni.

»Scusi«, murmelte sie, Verlegenheit vortäuschend, »ich bin in ein privates Album geraten. Ein wunderschönes Paar übrigens. Ein Freund von Ihnen?«

Er fingerte nach einem Päckchen Zigaretten und bot reihum an, bevor er sich eine ansteckte.

»Mein Schwager. Er und meine Schwester haben vor einem Jahr geheiratet. Ein Kind ist schon unterwegs, die haben nichts anbrennen lassen. Ein guter Junge, in Rom stationiert – bisschen stressig, der Job, anders als hier ... Na ja, mit Ausnahme von heute, sollte ich wohl sagen.« Er inhalierte nachdenklich den Rauch seiner Pall Mall.

Krista versuchte, Lorenzos Blick zu erhaschen. Als es ihr endlich gelungen war, seine Aufmerksamkeit zu erregen, ohne dass Spadoni ihnen Beachtung schenkte, wies sie mit dem Kinn in Richtung des Fotos über dem Handschuhfach und legte den Finger an die Lippen.

Der Monsignore nickte unmerklich. Auch er hatte Pieroni auf dem Foto erkannt.

»Gibt es sonst noch etwas, was Ihnen und Ihrem Team aufgefallen ist?«, wollte er wissen.

»Wir haben einen Fußabdruck sichergestellt. Ganz in der Nähe der Leiche. Allerdings lässt sich noch nicht sagen, ob er aktuell und vom Täter ist oder schon ein paar Tage alt und von einem Unbeteiligten, einem Mönch oder Pilger. Wir arbeiten daran. Ich kann Sie anrufen, sobald sich etwas Neues ergibt.«

Nachdem sie ihre Visitenkarten ausgetauscht hatten, verabschiedeten sie sich voneinander. Der Monsignore hätte zu gern noch mit dem Guardian, dem Oberhaupt des Konvents, gesprochen, doch der befand sich in einem Krankenhaus in Pescara. Sein ohnehin schwaches Herz hatte die Vorkommnisse und den Mord an seinem Novizen nicht gut verkraftet.

Lorenzo entschied, mit ihm zu telefonieren, sobald er wieder ansprechbar sei, und teilte Krista mit, dass er auf dem Rückweg noch einen Abstecher zu Ginas Mutter, seiner Tante, machen wolle.

Sie nahmen dieselbe Route wie bei der Hinfahrt, doch kurz vor Rom verließen sie die Autobahn, fuhren einen Hügel hinauf und auf dessen Kamm weiter. Die Straße wurde immer schlechter. Lorenzo bog links ab, bog rechts ab, bog wieder links ab. Als er endlich vor einem Steineichenwäldchen anhielt, hatte Krista völlig die Orientierung verloren. Bianca Donatella Farnese lebte – oder vielmehr residierte – in einem alten Wehrturm in den Sabiner Bergen bei Rom.

»Den Rest nehmen wir zu Fuß. Biancas Zufahrt ist eine Katastrophe. Ich liege ihr seit zwei Jahren in den Ohren, sie solle neu schottern lassen. Wissen Sie, was meine Tante mir darauf antwortet? Wer zu ihr will, soll halt zu Fuß gehen.« Er zuckte resigniert mit den Achseln. »Und passen Sie auf, was Sie sagen, wenn Bianca Ihnen ihr neuestes Werk zeigen wird.«

Hinter zwei dichten Zypressenreihen öffnete sich eine Lichtung und gab den Blick frei auf einen gedrungenen Turm mit Fischschwanz-Zinnen, von dessen Fassade der ockerfarbene Putz in handtellergroßen Stücken abblätterte. Eine knochige Gestalt in blauen Arbeiterlatzhosen und mit Strohhut kam neugierig auf sie zu; hätte Lorenzo nicht die Arme ausgebreitet, Krista hätte sie für den Gärtner gehalten. Bianca Donatella Farnese umarmte ihren Neffen kraftvoll und schüttelte herzlich Kristas Rechte. Lange, von grauen Fäden durchzogene Locken quollen unter ihrem eingerissenen Strohhut hervor. Ihre Augen waren von dem gleichen irisierenden Grün wie die von Gina, um die Nase ähnelte sie Michele und ihrem Neffen. Während Lorenzos Teint fast durchscheinend war, besaß ihr Gesicht eine nussbraune Tönung.

»Das ist perfekt, dass ihr jetzt gerade vorbeikommt. Ich bin soeben fertig geworden und muss sofort eure Meinung hören. Kommt! Kommt!«

Lorenzo und Krista eilten hinter ihr her um den Turm herum, der Monsignore warf seiner Begleiterin beredte Blicke zu.

Schließlich kam das Trio vor einem drei Meter hohen Haufen Altmetall und einem Schweißgerät zum Stehen. Bianca lief, eine steile Falte über der Nase, zweimal um den Schrotthaufen herum und verkündete dann: »Es heißt ›concept one with oshi‹.«

Einen Moment lang herrschte Stille. Dann setzte wieder Amselgezwitscher ein.

»Ich könnte mir gar keinen besseren Titel vorstellen«, rief ihr Neffe eine Spur zu enthusiastisch aus, während Krista mit undurchdringlicher Miene den Haufen Altmetall umschritt.

»Erstaunlich! Woher nehmen Sie Ihre Ideen?« Krista wusste aus ihrer Wiesbadener Zeit, in der sie oft über die dortige Künstler- und Galeristenszene berichtet hatte, dass diese Frage immer passend war, insbesondere wenn das gezeigte Kunstwerk ratlos machte.

Bianca, hocherfreut über diese Frage, begann, wie ein Wasserfall zu plaudern, während sie die beiden zu sich ins Haus winkte.

Durch eine doppelflügelige Fenstertür betraten sie den ungewöhnlichsten Raum, den Krista je gesehen hatte. Er maß etwa zehn auf zehn Meter mit einem Boden aus buckligen Mattonesteinen, die Wände ochsenblutfarben, wie Krista sie sonst nur aus tibetischen Tempeln kannte. Überall hingen Bilder in vergoldeten Rahmen, vorwiegend Porträts von Vorfahren, aber auch alte Stiche und Ansichten des Turmes sowie ein Aquarell, das eine idyllische Strandszene mit Fischerboot und blühendem Ginster zeigte. Dazwischen versammelte sich ein kunterbuntes Sammelsurium von Mitbringseln aus aller Herren Länder: ein Ahnenpfahl der indonesischen Asmat, ein indischer bunt bemalter Holzelefant mit Reiterpüppchen und eine Sandsteinskulptur der indischen Göttin Durga, auf einem Löwen reitend. Krista konnte die meisten Gegenstände identifizieren; es war die typische Sammlung einer studierten Ethnologin und Kunsthistorikerin. Ihre Mitbewohnerin in der Studenten-WG in Heidelberg hatte eine ähnliche gehabt.

»Das ist eine Maske aus Gabun, nicht wahr?« Sie drehte sich zu Bianca um, die mit einem Tablett Eistee zurückgekehrt war.

»Sehr gut! Und zwar vom Stamme der Fang. Sie kennen sich aus?«

»Nicht wirklich. Aber ich habe mir eine Wohnung in Heidelberg mit einer Ethnologie-Studentin geteilt, die im Nebenfach Kunstgeschichte studierte. Da bekommt man viel mit ... Ich glaube, sie leitet jetzt ein Museum in Frankfurt.« Nachdenklich ging sie weiter und blieb vor einem alten Stich stehen, der den heiligen Erzengel Michael darstellte.

»Die Statue oben auf der Engelsburg!«, rief sie fasziniert aus.

»Noch ein Treffer! Wie haben Sie das erkannt?« Bianca reichte ihr ein Glas selbst gemachten Eistee mit frischer Minze und Limettenscheiben drin.

»Das sieht lecker aus, danke schön.« Der Monsignore war interessiert näher getreten und hatte sich ebenfalls ein Glas genommen. Erwartungsvoll schauten Tante und Neffe sie an.

»Ich habe vor Kurzem von ihm geträumt«, rutschte es Krista spontan heraus, während sie gleichzeitig die Unsinnigkeit dieser Äußerung erkannte. Doch Bianca wirkte nicht im Mindesten verwirrt oder befremdet.

»Interessant! Er ist eigentlich unverkennbar, weil er dabei ist, das Schwert wieder zurückzustecken. Sonst sieht man ihn immer mit gezücktem Schwert. Jedenfalls in der Ikonografie. Manchmal auch mit einer Waage, aber das ist hier nicht der Fall.«

Weil Krista weiter schwieg und den Stich anstarrte, hakte Bianca nach. »In Ihrem Traum haben Sie ihn auch so gesehen?«

Krista fuhr zusammen. »Nein, eben nicht. Es war ...« Sie rang mit den Worten. »Es war furchtbar. Das Ende der Welt.«

Lorenzo nahm sie mit besorgtem Gesichtsausdruck in den Blick. Bianca zuckte nicht einmal mit den Wimpern. »Ein Alptraum also?«

»Meine Tante ist eine leidenschaftliche Traumdeuterin. Sie können sich ihr ruhigen Gewissens anvertrauen. Das meiste, was sie bei mir schon herausgelesen hatte, ist glücklicherweise niemals eingetreten.«

Bianca lachte ein kehliges Lachen. »Eh, chi vivrà, vedrà! Was nicht ist, kann ja noch werden, Neffe. Machen Sie es sich bequem. Entspannen Sie sich und dann schießen Sie los«, ermunterte sie Krista, sich beiläufig eine schwarze Zigarette anzündend.

»Nun, der Traum hat keine Handlung. Ich stehe einfach da und schaue zu, wie ...« Sie fuhr sich seufzend mit der Hand über die Stirn und setzte neu an. »... auf dem Passetto. Die Atmosphäre ist bedrohlich. Dann Blitze, Donner, Krachen, Tosen, Heulen. Glockengeläut. Gerade als ich denke, dass der Orkan nicht mehr stärker werden könne, senkt sich eine gigantische Windhose herab. Zerstört die ganze Umgebung, setzt Häuser in Brand. Der Tiber fängt durch ausgetretenes Öl oder Benzin Feuer. Eine gigantische Lohe wälzt sich in seinem Bett. Ich will in den Vatikan fliehen, sehe, wie die Statue des heiligen Michael von Blitzen getroffen wird. Blau glühend erhebt er seine Schwerthand. Er beschreibt eine Abwehrbewegung, wie gegen ein unsichtbares Schwert. Ja, er macht Bewegungen wie ein Schwertkämpfer, der einen anderen abwehrt. Der Passetto bebt, bröckelt, ich falle und höre laut und deutlich die Worte ...« Sie versuchte, sich auf die korrekte Betonung zu konzentrieren: »›Non praevalebunt!‹«

In der fast vollkommenen Stille klirrten hell die zierlichen Windspiele, die auf Biancas Veranda hingen. In der Luft breitete sich Brandgeruch aus.

Bianca schrak auf. »Mein Kuchen!« Sie rannte in die Küche. Ihr Neffe starrte in sein Glas mit Eistee, als enthielte es eine fremdartige Substanz außerirdischer Herkunft. Mit einer langsamen Bewegung setzte er es auf das antike Tischchen neben seinem Sessel ab. Stand ebenso traumwandlerisch auf und ging auf die kleine Waffensammlung zu, die Biancas Wohnzimmerwand zierte. Sie enthielt ein Schwert, ein Blasrohr und einen Dolch. Er drehte sich zu Krista um.

»Ein Schwert, sagen Sie? Ein Schwertkampf? Er versucht, ein anderes Schwert abzuwehren?«

Sie nickte.

Behutsam, fast zärtlich, nahm der Monsignore die Waffe von der Wand. Hob sie im Halbkreis über seinen Kopf, machte dann einen Ausfallschritt und hielt es auf Stirnhöhe quer vor sich in die Luft.

»So etwa?«

Krista räusperte sich. »Genau so.«

Er ließ die Waffe wieder sinken.

»Gladio ...«

Bianca, offenbar solche Aktionen von ihrem Neffen gewohnt, betrat das Wohnzimmer, warf kopfschüttelnd einen Blick auf ihn und strebte zielsicher zu dem marokkanischen Beistelltisch aus Messing, um drei Grappa einzuschenken.

»Haben Sie öfter Träume solcher Art?« Sie fasste Krista scharf ins Auge, während sie ihr den Grappa in die Hand drückte.

»Im Gegenteil, ich träume so gut wie nie. Oder jedenfalls erinnere ich mich nicht daran.«

»Mamma mia!« Bianca hustete, bis ihr die Tränen kamen. Krista rätselte, ob sich der Ausruf auf ihre Geschichte oder den Alkoholgehalt des Grappas bezog, den die Tante auf einen Zug getrunken hatte.

»Können Sie mir sagen, was das bedeutet?«

»Oh, machen Sie sich keine Sorgen. Das war einfach nur ein Alptraum. Er besagt rein gar nichts, Liebes! Typisches Kennzeichen für einen solchen Alp ist das Fallen, bei dem man am Ende von einem Abgrund verschlungen wird. Sie haben ein bisschen zu viel mitgemacht in der letzten Zeit. Lorenzo hat mir vom Tode ihres Vorgängers erzählt. Sehr hässlich.«

Krista war klar, dass die Traumdeuterin nicht die Wahrheit sprach – dazu hätte es nicht des verständnislosen Blicks ihres Neffen bedurft.

17

Vatikanstadt, März 2007

Selbst das eng ummauerte Geviert des Campo Santo Teutonico bot keinen Schutz gegen die heftigen Böen, die immer wieder an den Regenschirmen, den Mänteln und den Frisuren der wenigen Trauergäste zerrten, die sich eingefunden hatten. Sie flüchteten sich in die Kirche, um von Manfred Moorstein Abschied zu nehmen. Schon zu Lebzeiten war er eine Legende in der kleinen Gemeinde von deutschen Expatriierten gewesen, die sich allesamt zu einem Leben in der Ewigen Stadt entschlossen hatten, sämtliche Unbill wie streikende Busfahrer, Müllmänner und den mörderisch heißen Sommer in dieser Stadt zu ertragen. Die dem Zauber dieser Metropole schlicht erlegen waren.

Krista betrat gemeinsam mit dem Monsignore die Kirche Santa Maria della Pietà. Lorenzo führte sie zunächst in die Kapelle der Schweizergarde mit ihren Fresken von Anfang des sechzehnten Jahrhunderts. Er lenkte ihr Augenmerk auf die Darstellung der Kreuzigung von da Caravaggio, die nur wenige Jahre vor dem Sacco di Roma 1527 entstanden war und den Hauptmann der Schweizergarde, Kaspar Röist, den vermutlichen Auftraggeber des Werkes, abbildete, der am 6. Mai 1527 für die Verteidigung des Papstes und des Vatikans zusammen mit einhundertsechsundvierzig weiteren Gardisten sein Leben gegeben hatte. Zusammen mit seiner Garde hatte er sich hier, auf dem deutschen Friedhof, gegen die Landsknechte Karls V. verschanzt und so die Flucht des Papstes, Clemens' VII., in die Engelsburg ermöglicht. Lorenzo vergaß nicht, ein kurzes Gebet für die gefallenen Gardisten zu sprechen – Krista war beeindruckt von der Verbundenheit, die er mit Menschen fühlte, die schon lange vor ihm gelebt hatten und deren Tod ihn gar nichts anzugehen brauchte. Danach hatten sie im mittleren Teil des Kirchenschiffs Platz genommen.

Sie war dankbar für den schwarzen Mantel, den Gina ihr gebracht hatte, so war sie zumindest angemessen gekleidet. Immerhin handelte es sich um ein besonderes Begräbnis – das Anrecht, hier beerdigt zu werden, hatten nur die Mitglieder einer besonderen

Bruderschaft. Manfred hatte es ihr einmal erläutert, aber es war ihr zu kompliziert gewesen, um es zu behalten. An einem dieser Abende in seiner kleinen Küche mit dem Frühstücksbalkon, auf dem er seine Lieblingskräuter zog: Rosmarin, Bergbohnenkraut, rotes Basilikum. Auf dem Tisch stand ein Kerzenleuchter aus Terrakotta, eine Karaffe mit Eiswasser und eine Flasche Vecchia Romagna. Der Abend war noch gar nicht lange her, und nun war alles anders. Dass sie so bald Bekanntschaft mit dem deutschen Friedhof machen würde, hätte sie damals nicht gedacht.

Und nun saß sie hier, in der Kirche Santa Maria della Pietà, zwischen Gina – die ihren Rosenkranz zwischen den Fingern hielt – und Lorenzo, der vornübergebeugt mit vor das Gesicht geschlagenen Händen in der Bank saß und entweder betete oder versuchte, seiner Trauer Herr zu werden. Krista schaute sich im Kirchenschiff um, damit ihre aufsteigenden Tränen nicht Oberhand gewinnen konnten.

Das erste bekannte Gesicht, das sie erspähte, war dasjenige von Schwester Raffaella in ihrem schwarz-weißen Habit. Die Dominikanerin fing ihren Blick auf und nickte ihr fast unmerklich zu. Krista hob fragend die Augenbrauen, Raffaella verstand sofort und schüttelte leicht den Kopf. Also hatte sie die Dateien noch nicht fertig.

Krista ließ den Blick weiterschweifen. Ein paar Kleriker saßen ebenfalls in den Bänken, ein bekannter deutscher Bildhauer, der schon seit Jahrzehnten in Rom wohnte. Ein paar ältliche Frauen, die den Rosenkranz für Manfred beteten. Außerdem eine Handvoll deutsche, englische und französische Journalistenkollegen; die meisten Rom-Korrespondenten für namhafte Blätter. Aus der Familie Farnese waren auch der Kardinal und Lorenzos Vater Michele zur Feier gekommen. Sie saßen einige Reihen vor Krista und schwiegen mit steinernen Mienen, jeweils in ihre eigenen Gedanken versunken.

Vor wenigen Tagen noch war ihr einziges, ihr sehnlichstes Ziel gewesen, endlich in die Fußstapfen Manfreds zu treten. Seinem überfälligen Auszug aus der Redaktionswohnung irgendwie nachzuhelfen, sei es durch tatkräftige Hilfe, sei es durch Insistieren. Sie hatte auf eine, wie sie meinte, glänzende Zukunft geblickt. Bisher war alles reibungslos verlaufen, was sie in ihrem Leben angepackt hatte. Schule, das Journalismusstudium in Mainz mit einem sehr guten Abschluss und eine erste Anstellung als Redakteurin beim »Wiesbadener Stadtblatt«. Sie hatte sich dort in den Redaktionsräumen, die in einer Gründerzeitvilla aus Sandstein mit einem parkähnlichen Garten untergebracht waren, wohlgefühlt. Es dauerte nicht lange, und man bot ihr eine Mitarbeit bei einer auflagenstarken Berliner Zeitung an. Doch Krista wollte nicht in einem Turm aus Glas und Stahl, in einem unüberschaubaren und unpersönlichen Großraumbüro sitzen, in dem es zuging wie an der New Yorker Börse. Zudem ließ ihr Chefredakteur ihr jede Freiheit. Doch als sich der renommierte »Frankfurter Allgemeine Anzeiger« bei ihr meldete, war die Verlockung einfach zu groß. Nach fast zehn Jahren im Bereich Kultur, Medien, später auch im Ressort Politik beim »Wiesbadener Stadtblatt« trauten ihr die Frankfurter zu, in die Fußstapfen des fast schon legendären Manfred Moorstein zu treten. Auch privat passte das Angebot perfekt: Ihre Beziehung zu einem Kollegen, einem Fotojournalisten, war gerade in die Brüche gegangen. Nichts Dramatisches. Sie hatten sich einfach nichts mehr zu sagen. Zum Glück war die Trennung sang- und klanglos erfolgt. Keine weiteren Komplikationen. Keine Schmerzen, kein Liebeskummer. Nur Befreiung. Und so hatte ihrem Umzug nach Rom nichts mehr im Wege gestanden. Der angenehme Eindruck, den Manfred bei ihren Vorab-Telefonaten gemacht hatte, bestätigte sich bei ihrem ersten Treffen in Rom an einem Wochenende im Februar. Sie vereinbarten die Übergabe der Wohnung zum Monatsersten. Doch die ersten Märztage verstrichen, ohne dass Moorstein Anstalten gemacht hatte, die Wohnung zu räumen.

Und nun saß sie in dieser Kirche, gegenüber der Audienzhalle des Papstes und hinter dem Palazzo der Glaubenskongregation, und war in eine wirre Geschichte mit mittlerweile zwei Morden und einem Anschlag auf ihr eigenes Leben verwickelt. Sie hatte keine Sekunde an Spadonis Islamistenthese geglaubt. Lorenzo auch nicht. Erstens hatte er es ihr auf der Rückfahrt nach dem Besuch bei seiner Tante Bianca selbst gesagt, zweitens kannte sie ihn mittlerweile so gut, dass sie es ihm von der Stirn hätte ablesen können.

Dafür hatte er sie in seine eigene Hypothese eingeweiht – die allerdings mindestens ebenso unglaublich klang wie Spadonis These von der Islamistenattacke auf ein abruzzesisches Kirchlein und dessen Reliquie.

Ihr Traum habe ihn darauf gebracht, behauptete er Krista gegenüber, was diese, im Bewusstsein seiner schillernden Vergangenheit als Elitesoldat, eher bezweifelte.

Das Schwert – »Gladio« auf Italienisch – sei der Name einer geheimen Armee, die in Italien vor allem während der Zeit des Kalten Krieges und noch bis in die neunziger Jahre hinein agiert habe. Sie sei unter der Führung von Geheimdiensten wie der US-amerikanischen CIA und tatkräftiger Hilfe des SISMI, des italienischen militärischen Geheimdienstes, gegründet und ausgebildet worden und sollte für den Fall einer sowjetischen Invasion – oder für den Fall einer Machtübernahme kommunistischer Parteien in Italien – aus dem Untergrund nach dem Prinzip von Guerillakämpfern zuschlagen und aktiv Widerstand leisten. Die Mitglieder dieses verdeckt agierenden Netzwerkes setzten sich aus Geheimdienstkreisen zusammen, ebenso aus Soldaten, Polizisten sowie aus den geborenen politischen Gegnern der Linken: aus Rechtsextremen.

Ob sie schon einmal vom Bombenanschlag auf den Hauptbahnhof von Bologna gehört habe? Natürlich, Krista hatte genickt. Das Attentat hatte sich im August 1980 ereignet; sie war noch nicht alt genug gewesen, um die Schlagzeilen damals zu verfolgen, doch sie hatte einige Jahre später darüber gelesen. Die Einzelheiten und Hintergründe, die Lorenzo ihr erklärte, waren ihr neu.

Bologna sei als vorläufiger Endpunkt einer Serie von rechtsterroristischen Anschlägen zu sehen, die 1969 mit dem Attentat auf der Piazza Fontana in Mailand und auf der Piazza Venezia in Rom begonnen hätten. Alle diese Terrorakte hätten nur ein einziges Ziel gehabt: durch das Vortäuschen eines linksextremen Hintergrundes die politischen Parteien dieser Richtung zu schwächen und mit dem Verweis auf die massiv gefährdete innere Sicherheit restriktivere Gesetze einführen zu können, die die Rechte und die Freiheit des einzelnen Staatsbürgers massiv zurechtstutzten. Im Rahmen der Untersuchungen sei dann zunächst 1990 die Existenz dieser Geheimarmee durch die Aussage des Ministerpräsidenten Giulio Andreotti vor dem Gericht für weitere europäische Länder bestätigt worden. Fünf Jahre später verurteilte man zwei Mitglieder einer neofaschistischen

Organisation, ebenso zwei Mitarbeiter des SISMI, des militärischen Geheimdienstes, sowie den Gründer der Geheimloge Propaganda Due, Licio Gelli, wegen Behinderungen der Ermittlungen. Man könne ebenso gut sagen, wegen des Versuchs der Verschleierung und Vertuschung der wahren Hintergründe dieser Terrorakte.

»Nehmen wir einmal an, Ihre Verschwörungstheorie, in die gleich ein Geheimdienst, eine Freimaurerloge und auch noch eine Geheimarmee verwickelt sind, träfe zu«, hatte Krista fasziniert erwidert, »was wollte dieser mächtige und supergeheime Apparat von Manfred? Welchen Machenschaften sollte er auf die Spur gekommen sein? Man hat doch praktisch seit den neunziger Jahren nichts mehr von irgendwelchen Aktivitäten gehört, die nach dem Mauerfall auf die Weiterexistenz von Gladio hindeuten könnten ... Oder?«

Sie biss nachdenklich in den Apfel, den sie sich als Reiseproviant mitgenommen hatte. Der Monsignore beendete ein gewagtes Überholmanöver und ließ sich eine Flasche Mineralwasser reichen.

»Natürlich existiert Gladio weiterhin. Wenn man ein solch gigantisches Netzwerk mit funktionierenden Strukturen effizient ausgebaut hat, löst man es nicht einfach wieder auf. Wie auch immer«, sagte er zwischen zwei Schlucken, »ich gehe davon aus, dass wir nach der Entschlüsselung der Dokumente auf Manfreds Speicherstick mehr wissen.«

»Was sagt eigentlich Ihr Freund von der vatikanischen Gendarmerie dazu? Haben Sie ihm Ihre Theorie schon vorgetragen?«

Lorenzo trat auf die Bremse und betätigte genervt zwei-, dreimal die Lichthupe.

»Sagen wir es so – er steht der Sache ziemlich skeptisch gegenüber.« Er überholte kopfschüttelnd einen Porsche Cayenne, nicht ohne dabei demonstrativ hinüber in dessen Fahrerfenster zu starren.

»Aber er hält mich ja auch für einen grottenschlechten Ermittler«, fügte er ironisch lächelnd hinzu.

Wenn die Vermutungen Lorenzos zuträfen, dachte Krista, dann wäre das die Story ihres Lebens: Mitglieder einer NATO-Geheimarmee töten einen Journalisten, der im Besitz brisanter Informationen ist, und schießen aus dem Hinterhalt auf seine Nachfolgerin beim »Frankfurter Allgemeinen Anzeiger«. Die Story war mega. Zu großkalibrig für den »FAA«. Genau das Richtige für den »Spiegel«, den »Guardian«, vielleicht sogar die »New York Times«! Sie biss noch einmal herzhaft in den Apfel und nickte zufrieden. Den Rest der Fahrt schlummerte sie wie ein Baby. Nicht einmal mehr die kapriziösen Fahrkünste des Monsignore hatten sie hochschrecken lassen, bis sie Rom wieder erreichten.

Als sich ihre Banknachbarn zum Abschluss der Zeremonie erhoben, schreckte Krista aus ihrem Gedankengang auf. Sie hatte kaum etwas mitbekommen und nahm sich deshalb vor, nachher eine Kerze für Manfred anzuzünden. Die eigentliche Beisetzung wollte sie sich ersparen. Während sie zusammen mit den anderen aufstand und Richtung Kirchenportal ging, wurde ihr flau im Magen. Das Frühstück im Mater Ecclesiae hatte nicht lange vorgehalten. Mit Handzeichen gab sie Lorenzo zu verstehen, dass sie sich zurückziehen werde, während er es sich, egal wie ihm zumute war, nicht nehmen lassen würde, seinen Freund auf dessen letztem Weg zu begleiten. Wieder eine Frage der Ehre.

Als sie an der Türschwelle stolperte und beinahe gestürzt wäre, hatte sie die kräftige Hand einer Nonne in grauem Habit gerade noch aufgefangen. Ihre babyblauen Augen hatten einen harten Glanz, als sie Krista begütigend zunickte und sie sich zum Weitergehen umwandte.

Raffaella schloss zu ihr auf. »Schwester Immacolata gehört zur päpstlichen Familie«, flüsterte sie.

»Wieso Familie?«, flüsterte Krista verblüfft zurück. »Hat er –?«

Raffaella verbiss sich ein Grinsen. »Wir sagen hier so zu denen, die mit Pius XIII. im dritten Stock wohnen und für ihn sorgen. Also seine Haushälterin, seine Köchin, die Schwestern, die sauber machen, sein Kammerdiener, sein Hausprediger. Solche Leute eben.«

Kristas Gesicht überzog eine leichte Röte. Natürlich war ihr der Begriff »päpstliche Familie« geläufig, zu der im weiteren Sinne auch die Kapläne Seiner Heiligkeit zählten; Personen, die auch nicht unbedingt im dritten Stock residieren mussten, um dazuzugehören. Schnell versuchte sie, vom Thema abzulenken.

»Und die Schwester, die mir gerade so nett geholfen hat? Welche Aufgabe hat sie?«

»Nun, Signorina, der Heilige Vater ist gebrechlich, wie Sie wissen. Er benötigt medizinische Betreuung. Zwar nicht rund um die Uhr, und er muss auch nicht gepflegt werden in dem Sinne, aber er braucht jemanden, der ihm regelmäßig den Blutdruck misst, mit ihm Krankengymnastik macht, seine Medikamente dosiert und sie ihm verabreicht. Schwester Immacolata gehört zu einem Team von Krankenschwestern, die diesen Liebesdienst an unserem Heiligen Vater – möge er noch lange leben! – übernommen haben.«

Sie waren nebeneinanderher gegangen und hatten das Terrain des deutschen Friedhofs über ein paar Stufen und durch den Portalbogen wieder verlassen. Raffaella plauderte gemütlich weiter, während sie über den Platz der römischen Protomärtyrer gingen, sich bei dem Wachhabenden dort nochmals auswiesen und sich dann auf dem Platz der heiligen Marta auf eine Bank an einem kleinen Teich setzten.

»Sie hat eine bewegte Vergangenheit«, sagte Raffaella über die Krankenschwester Pius' XIII., »anscheinend gab es da einmal Probleme mit dem Gehorsam in ihrem Orden. Aber Seine Heiligkeit scheint sie sehr zu schätzen, gerade wegen ihrer etwas unkonventionellen und zupackenden Art und Weise.«

»Sie wissen sehr gut Bescheid«, merkte Krista an, um die Dominikanerin zum Weiterreden zu motivieren.

»Oh, das bekommt man alles automatisch mit, wenn man nur einen Stock unterhalb der päpstlichen Wohnung arbeitet ...« Sie zwinkerte ihr zu. »Wollten Sie nicht mit zur Beisetzung gehen?«

Krista begann zu ahnen, warum Raffaella so gut Bescheid wusste über vieles, was um sie herum vor sich ging. »Ich verkrafte Beerdigungen nicht besonders gut«, hörte sie sich sagen. Sie erzählte die Geschichte des Unfalltodes ihres Bruders. Ein Auto hatte ihn erfasst, im Alter von nur zwölf Jahren. Krista war damals zwei Jahre jünger gewesen und hatte in das Loch in der Erde gestarrt, in das man seinen Kindersarg versenkte. Das Geräusch der Erdschollen auf dem Sargdeckel hatte sie nie vergessen. Noch Monate danach wachte sie manchmal weinend auf, weil sie davon geträumt hatte, sie liege neben ihrem Bruder und man werfe von oben mit Erdklumpen auf sie.

»Das mit ihrem Bruder tut mir sehr leid.« Raffaella bückte sich nach einem Steinchen und warf es ins Wasser. Für einen Moment hatte sie die Libellen dort aufgeschreckt, doch nach kurzer Zeit kamen sie zurück, um wieder Jagd auf kleinere Insekten über der Wasseroberfläche zu machen.

»Stand Ihnen Manfred Moorstein nahe?«, wollte Raffaella wissen und wandte sich ihr nun wieder aufmerksam zu.

»Ich habe ihn kaum gekannt«, antwortete Krista, »aber die wenigen Male, die ich ihn getroffen habe, hat er mich sehr beeindruckt. Man konnte sehr schnell Zugang zu ihm finden. Er war ein offener, ein liebenswürdiger Mensch.«

»Vor allem war er ein begabter Codierer«, entgegnete Raffaella nachdenklich. »Ich frage mich, wie er an das Material herangekommen ist. Ob die Informationen es wert waren, dass er dafür sterben musste.«

»Dank Ihrer Hilfe werden wir das hoffentlich bald herausfinden.« Krista winkte dem Monsignore zu, der nach dem Abschluss der Beisetzungsfeierlichkeiten im Begriff war, zusammen mit einem anderen Würdenträger das vatikanische Gästehaus Santa Marta zu betreten.

»Wie lange kennen Sie den Monsignore schon?«, fragte Krista. Raffaella rieb sich mit den Fingerspitzen die Stirn, wie um besser nachdenken zu können. »Ich kannte ihn schon, bevor er Priester wurde. Allerdings hatte ich damals wenig mit ihm zu tun. Er besuchte häufig seinen Onkel. Manchmal in Uniform. Ein außergewöhnlicher Anblick. Estefanio war damals noch nicht Kardinal. Er war sehr stolz auf seinen Neffen. Lorenzo hat ein paar Auszeichnungen bekommen, für Tapferkeit oder so etwas. Ich kenne mich nicht besonders gut damit aus. Noch glücklicher war er allerdings, als Lorenzo den Dienst quittierte, um Priester zu werden.«

»Aber was hat ihn dazu gebracht? Das ist schon eine radikale Umkehr, oder?«

»Das wissen Sie nicht? Ah, ich vergesse immer, dass Sie noch nicht lange in Rom sind. Es war damals ein offenes Geheimnis. Die ganze Stadt sprach darüber. Sehr romantisch. Und sehr tragisch.«

»Eine unglückliche Liebe?« Krista riet ins Blaue hinein, während sie sich fragte, wie man ausgerechnet wegen einer Frau den Entschluss fassen konnte, Priester zu werden und zölibatär zu leben.

Raffaella nickte. »Sehr unglücklich sogar.« Sie rückte vertraulich ein Stück näher und senkte die Stimme. »Lorenzo war mit einer Kameradin zusammen, einer Militärärztin. Eine sehr schöne, sehr tüchtige Frau, eine Römerin. Die beiden haben sich sehr geliebt, auch wenn sie sich nicht oft sehen konnten. Er war zu der Zeit in Ruanda, sie leistete humanitäre Hilfe in Albanien. Beides schreckliche Länder, furchtbare Zustände. Grauenvoll. Gloria, so hieß sie, hatte sich auf die Behandlung von Minenopfern, besonders Kindern, spezialisiert.«

Raffaella unterbrach sich und richtete ihren Blick in die Ferne.

»Und weiter?«

»Sie ist gefallen«, antwortete Raffaella tonlos. »So sagt man wohl. Es war ein furchtbares Unglück.« Sie fuhr sich mit der Hand über die Augen. »Ist umgekommen, als ihr Team eine Mine neben einem Kindergarten entschärfte.«

Krista schwieg erschüttert. Im Nachhinein verfluchte sie sich, dass sie überhaupt gefragt hatte. Diese Geschichte hätte sie lieber nicht gehört.

»Aber – wie kann man mit so etwas leben und an Gott glauben?«

Eine Möwe hatte sich am Rande des Wasserbeckens niedergelassen und beäugte die beiden Frauen mit stiller Neugier.

»Wenn so etwas geschieht«, setzte die Dominikanerin bedächtig an, »gibt es zwei Möglichkeiten für einen Menschen. Entweder er lernt, alles und jeden zu hassen – oder Gott zu lieben.«

»Wie denn, wenn er so etwas zulässt? All diese Gewalt, diese Morde! Wo ist denn da Ihr Gott?«

Raffaella legte den Kopf ein wenig zur Seite und imitierte damit unbewusst die Möwe, die sich wieder elegant in die Lüfte erhob.

»Diese Frage haben mir schon viele Menschen gestellt. Sie ist so alt wie die Menschheit. Die Antwort lautet: Er hängt am Kreuz.«

Die Dominikanerin erhob sich und strich ihren Habit glatt.

»Ich gehe wieder an die Arbeit. Kommen Sie morgen eine Stunde vor dem mittäglichen Angelus in den zweiten Stock, dann habe ich vermutlich ein Ergebnis für Sie.«

Sie machte ein paar Schritte und kehrte wieder um, um Krista die Hand auf die Schulter zu legen.

»Schauen Sie nicht so unglücklich, diese ganze Geschichte ist schon viele Jahre her. Aus Lorenzo ist ein guter Priester geworden – auch wenn ich mir manchmal nicht sicher bin, was unter der Fassade brodelt. Es geht mich auch nichts an.

Bis morgen!«

***

Sie hatten sich in der Kellerbar der Schweizergarde hinter dem Sant'Anna-Tor getroffen: Lorenzo, Cairo und Krista saßen in einer gemütlichen Nische. Der Monsignore und Krista hatten einen Sanbittèr und Cairo einen Crodino mit Eis und Orangenschale bestellt. Der Gendarm hatte gerade aus einem winzigen Notizzettelchen einen anmutigen Reiher in Origamitechnik gefaltet und ihn galant Krista überreicht, was der Monsignore mit einem irritierten Seitenblick quittierte.

»Das hat mir ein japanischer Kollege auf unserer letzten internationalen Sicherheitskonferenz gezeigt«, warf sich Cairo in die Brust und nippte beim Anblick von Kristas Strahlen über das zierliche Gebilde zufrieden an seinem Glas. Der Monsignore stützte das Kinn in die Hand.

»Allora«, begann Cairo, »wie war es in Manoppello?«

Krista berichtete von dem Treffen mit dem Capitano, seinen Aussagen und dem merkwürdigen Zufall, dass dieser mit dem Polizisten verschwägert sei, der den Einbruch in Manfreds Wohnung – ziemlich nachlässig – untersucht hatte.

»Vermutlich nur ein Zufall«, warf der Monsignore ein und nahm einen großen Schluck aus seinem Glas.

Cairo sah ihn von der Seite an. »Seit wann glaubst du an Zufälle?«

»Die Frage ist doch, warum stiehlt überhaupt jemand eine solche Reliquie?«, wunderte sich Krista.

»Richtig, Ragazzi, wer kann mit einem solchen Unikat etwas anfangen? Das ist unverkäuflich«, stimmte Cairo eifrig zu.

Eine Spur zu eifrig für den Geschmack von Lorenzo. Er beugte sich nach vorn. »Ich habe darüber nochmals mit meiner Tante gesprochen. Sie wissen, dass Bianca Kunstgeschichte studiert hat und ein kleines, aber exquisites Antiquariat in Rom betreibt?«

Er winkte dem Gardisten zu, der gerade Dienst hatte, und bestellte eine Schale Erdnüsse.

»Bene, also, sie meint auch, dass der Schleier auf dem freien Markt ebenso unverkäuflich wie unbezahlbar wäre …«

»Aber wozu dann der Raub, noch dazu mit dem Mord an einem Unschuldigen?« Cairo warf sich eine Handvoll Nüsse in den Mund und schaute gespannt auf seinen Freund.

»Vielleicht hat ja irgendein Superreicher, der das Tuch für sich besitzen möchte, den Auftrag dafür gegeben? Und der Mord war sozusagen ein Unfall?«, schaltete sich Krista ein.

Lorenzo nickte. »Das deckt sich mit der Meinung meiner Tante. Das Tuch wäre auf dem Schwarzmarkt unverkäuflich – also müsste es einen Liebhaber geben, der den Raub finanziert hätte. Der bereit war, eine immense Summe zu zahlen, um den Schleier in seiner Privatsammlung für alle Zeiten verschwinden zu lassen.«

»Aber wer könnte das sein?«

»Ein Russe!«

»Ein Saudi natürlich!«

Cairo und Lorenzo hatten gleichzeitig wie aus der Pistole geschossen geantwortet und grinsten sich jetzt an.

»Hat Bianca keine Möglichkeit, an Informationen zu so einem superreichen Sammler heranzukommen?«, fragte Krista.

»Sie hat mir gesagt, dass sie sich umhören wolle. Diese Liebhaberkreise sind eng gezirkelt. Wer schon so lange mit Antiquitäten handelt, kennt sich damit aus. Sie ist sich sicher, dass es sich um einen Kunstraub im Auftrag eines solchen Klienten handelt.«

»Was ist mit Ihrem Vater? Er ist Wirtschaftsprüfer bei der Vatikanbank und hat sicherlich hervorragende Kontakte sowohl ins italienische wie auch ins internationale Bankwesen und kann sich umhören, wenn eine solch exorbitante Summe auf ein Inlandkonto fließt.«

»Einen Versuch ist es wert«, grübelte Lorenzo. »Ich werde ihn deswegen ansprechen.«

»Ich sage, es ist interessanter, herauszufinden, wer das Ding gedreht hat. Es gibt doch einen Grund, warum so etwas gestohlen wird«, meldete sich Cairo wieder zu Wort.

»Es ging denen schlicht ums Geld. Die wollten sich eine Privatinsel in der Südsee kaufen oder so was«, sagte Krista und legte dabei Cairo kurz die Hand auf den Arm. Er stimmte ihr wort- und gestenreich zu, als habe sie ihm eine exquisite neue Wahrheit eröffnet. Lorenzo kniff die Augen zusammen und winkte dem Kellner, um sich mürrisch einen Whisky zu bestellen, der ihm prompt serviert wurde.

»Geld allein kann nicht der Grund sein. Und wenn das Geld für etwas eingesetzt werden sollte? Um ein Ziel zu erreichen?« Er meditierte über seinem neuen Glas, schnüffelte gedankenverloren hinein und vermeldete eine salzige, torfige Note sowie einen erfreulichen Unterton von Toffee.

»Dass du nicht *ein Mal* wie ein normaler Mann deinen Whisky trinken kannst«, stichelte Cairo.

»Allora, wir haben den als Unfall getarnten Mord an Manfred, die Schüsse auf Krista und jetzt diesen Raubmord in Manoppello«, fasste Lorenzo zusammen. »Irgendeine Verbindung muss es geben. Und wenn es die ist, die ich bis jetzt nur vermuten kann, dann steckt dahinter eine politische oder eine ideologische Geschichte.«

»Also doch Gladio und die Freimaurer. Ist doch alles ganz einfach«, warf Cairo sarkastisch ein.

»Wem schadet der Raub der Reliquie denn am meisten? Doch wohl der Kirche und der Christenheit?«, überlegte Krista laut. Sie schaute eindringlich die beiden Männer der Reihe nach an. »Wie steht es um die persönliche Sicherheit des Papstes?«

Lorenzo erteilte mit einer Geste Cairo das Wort. Cairo straffte sich und wandte sich Krista zu, die förmlich an seinen Lippen hing. »Die vatikanischen Sicherheitskräfte, verehrte Signorina, bestehen aus der Schweizergarde und der Gendarmerie. Die Garde ist bekannter, sie schützt zumeist die Grenzen der Vatikanstadt, aber nicht nur. Unsere Gardisten erledigen nicht nur den repräsentativen Wachdienst vor dem Apostolischen Palast und einigen Toren des Vatikans, sie sind auch für Auskünfte an Touristen und Pilger zuständig. Sie dienen sowohl dem Heiligen Vater als seine Leibwache wie auch der Kirche. Die Gendarmerie tut das ebenso, ist aber nicht ganz so präsent, denn wir sind insbesondere für Sicherheit und Ordnung im Inneren zuständig. Wir treten zwar auch in Erscheinung, aber weniger auffällig, was allein schon an den Uniformen liegt.

Denken Sie an den ungewöhnlichen Tod von Pius XI., der 1939 einem Herzinfarkt erlag. Es existiert allerdings das Memorandum eines Kardinals, wonach Pius XI. vielmehr eine Giftspritze von seinem Arzt, einem Anhänger Mussolinis, erhalten habe, um zu verhindern, dass er den Duce exkommuniziert. Das hätte Mussolini freilich den letzten Rückhalt im italienischen Volk gekostet. Hier würde sich als ermittelnde Behörde die Gendarmerie einschalten.«

Krista setzte ihr leeres Glas hart auf der Tischplatte ab. »Wieso ›würde‹? Hat sie etwa nicht?«

Cairo fuhr sich mit einem Finger seiner Hand unter den Uniformkragen. »Das ist alles schon sehr lange her, Sie verstehen? Das sind alles Abläufe, man geht da nicht wegen eines nachträglichen Memorandums eines Kardinals mal eben her und macht alle rebellisch. Alle Ärzte gingen von Herzinfarkt aus, diese dubiose Spritze hätte den gleichen Effekt haben können. Na und? Soll man auf ein Gerücht aus der Giftküche Jahre später exhumieren? Das sind alles sehr diffizile Vorgänge …« Cairo passte es nicht, dass Krista seine Tätigkeit in einem schiefen Licht sehen könnte, und verfluchte sich für diesen Ausflug in die jüngere Zeitgeschichte. Schnell fuhr er fort: »Sie sehen, Schutz nach innen ist weitaus schwieriger zu bewerkstelligen als Schutz nach außen, bei öffentlichen Auftritten etwa, bei liturgischen Feiern, bei der Generalaudienz. Die Schweizergarde ist keine harmlose Folkloretruppe, aber bevor ich das öffentlich zugeben würde, ließe ich mich eher auf dem Campo de' Fiori vierteilen und verbrennen. Die höheren Ränge sind speziell geschulte, hochprofessionelle Sicherheitskräfte. Und auf die Schlagkraft der vatikanischen Gendarmerie, ich sage das in aller Bescheidenheit, ist man sogar beim FBI neidisch. Pius XIII. absolviert kaum noch öffentliche Auftritte, verlässt den Apostolischen Palast so gut wie gar nicht mehr. Es ist kein Geheimnis, dass er zu schwach und zu krank ist. Wenn man ihn beseitigen wollte –«

»Wozu sollte man ihn umbringen, er hat doch so gut wie keinen Einfluss mehr?«, fragte Krista.

Der Monsignore schüttelte den Kopf. »Damit ein Konklave stattfinden kann, natürlich. Um endlich wieder Platz zu machen für einen neuen Papst.«

18

Vatikanstadt, März 2007

Am nächsten Morgen, nachdem er sein Brevier gebetet und konzentriert seine Tai-Chi-Übungen absolviert hatte, holte der Monsignore Krista aus Mater Ecclesiae ab, um Schwester Raffaella im zweiten Stock des Apostolischen Palastes aufzusuchen.

Sie gingen schweigend die Via dell'Aquilone entlang und am Sakramentenbrunnen vorbei, dann betraten sie durch eine unscheinbare kleine Pforte den Gebäudekomplex des Apostolischen Palastes, in dessen Gewirr von Gängen, Treppenfluchten, Nischen, Tapetentüren, Galerien und Stiegen sich Krista bald nicht mehr zurechtfand. Der Monsignore hingegen schien diesen Teil des Vatikans wie seine eigene Westentasche zu kennen.

Am Ende einer der zahllosen Korridore, deren Wandbespannungen, Fußbodenbeläge und Deckenbemalungen aus fast sämtlichen Kunstepochen Italiens stammten, fand sich eine moderne, nüchterne Tür, die den Eingang zu Raffaellas Arbeitsräumen markierte, die sich eine halbe Etage über dem Saal mit den Großrechnern des Vatikans befanden. Raffaella war allein in ihrem kleinen Reich, in dem das Surren und Rauschen der Gebläse jeden Abhörversuch zum Scheitern brachte. Raffaella führte sie zu einer mit Stellwänden abgetrennten persönlichen Arbeitsnische an einem der vielen hohen Fenster. Sie war mit einer Statue der Madonna von Fatima, vor der ein blühendes Rosenstöckchen einen zarten Duft verströmte, sowie einer brennenden Kerze geschmückt. Zahlreiche Darstellungen an den Wänden ihres Gelasses zeigten Reproduktionen mit dem Motiv des Erzengels Michael, allein oder mit seinen beiden Kollegen Raphael und Gabriel gemeinsam und aus allen Kunstepochen. Auf dem großen Fensterbrett standen eine kompakte Espressomaschine und eine Schale mit braunen Zuckerstückchen. Als Teetrinker hatte man im Vatikan anscheinend kein *Standing*, fuhr es Krista durch den Kopf, während die Schwester seelenruhig zunächst drei Tässchen Caffè braute, welche die Maschine auf je zwei Knopfdrücke hin produzierte. Der Monsignore tat vier Zuckerstücke in seinen

Caffè und plauderte mit behaglich übereinandergeschlagenen Beinen über den Gesundheitszustand des Heiligen Vaters. Ein beliebtes Small-Talk-Thema hinter den vatikanischen Mauern, wie Krista bereits festgestellt hatte. Auf Rang zwei vatikanischen Small Talks fand sich das aktuelle Angebot des päpstlichen »Annona«-Supermarktes, der, wie Lorenzo ihr glaubhaft versichert hatte, die besten Perlhühner Roms verkaufte.

Mit einem Schmunzeln registrierte Krista den Bildschirmschoner, den Raffaella an ihrem Vierundzwanzig-Zoll-Monitor laufen hatte. Es war das Thema aus »Matrix«: Ein flaschengrüner Hintergrund mit senkrecht durchlaufenden Buchstaben- und Zahlenreihen.

Das Schmunzeln steigerte sich zu einem breiten Grinsen, als sie die kleine CD-Sammlung der Dominikanerin entdeckte, die sich daneben befand und bezeugte, dass die Schwester nicht nur auf Gregorianik, sondern auch auf Madonna und Anastacia stand.

»Ich habe auf Manfreds Stick einen codierten Ordner gefunden«, begann Raffaella, indem sie auf ihrem Drehstuhl zum Monitor herumwirbelte und mit der Maus eine entsprechende Datei öffnete. »Die anderen Ordner enthielten allesamt normale, in Deutsch oder Italienisch verfasste Text-, Präsentations- und Programmdateien. Alle hatten Bezug auf seine Arbeit, auf Recherchen unabhängig vom Inhalt des codierten Ordners. Ich habe das mehrfach überprüft. Außerdem habe ich noch ein harmloses Computerspiel gefunden. Offenbar hatte er es ziemlich oft gespielt, weil er den Highscore unbedingt knacken wollte, wenn ich das Spieleprotokoll richtig deute.« Sie schwieg für einen Moment. Lorenzo senkte die Lider, Krista fuhr sich über die Augen.

»Allora, der Ordner mit den codierten Dateien trägt als Benennung den Titel ›MICAEL‹, vermutlich eine Anspielung auf den Erzengel.« Sie machte eine Handbewegung hin zu den Reproduktionen an ihrer Wand. »Auch bei uns ist Michael sehr beliebt, es ist der Name der vatikanischen Firewall. Im Ordner ›MICAEL‹ befinden sich insgesamt drei Textdateien. Sie wurden nicht mit dem lateinischen Alphabet, wie es im Deutschen und Italienischen benutzt wird, erstellt, sondern mit einem Font, einem Schrifttyp, für Ge'etz, den Schriftzeichen der alten äthiopischen Kirchensprache. Sie sehen sehr fremdartig aus und wirken auf den ersten Blick wie ein Zeichencode, ergeben aber sinnvolle Sätze.«

»So weit war ich auch schon«, warf der Monsignore selbstgefällig ein und betätigte erneut die kleine Espressomaschine.

»Pah!« Krista winkte ungeduldig ab. »Weiter!« Gespannt beugte sie sich auf ihrem Bürostuhl vor, als ob sie allein mit ihrem durchdringenden Blick das Zeichengewirr auflösen könnte.

»Ich habe versucht, eine logisch-mathematische Ordnung im Text zu finden. Es gibt tatsächlich eine. Gewisse Worte kommen häufiger vor als andere. Sie entsprachen zum Beispiel der Verteilung der Häufigkeit von Vokalen wie e oder a im Italienischen. Außerdem wusste ich aus seinen Artikeln, die ich immer sehr gern gelesen habe, dass Manfred ein historisch gebildeter Mann war. Und das Ave-Maria-Gebet stand direkt zu Beginn der Texte.«

»Er hat Maria sehr verehrt«, ergänzte Lorenzo, dessen Handy unvermittelt mit dem »Gloria« einsetzte. Nach einem kurzen Blick auf das Display drückte er das Gespräch weg.

»Wussten Sie, dass ein sogenannter *Ave-Maria-Code* existiert? Er stammt aus dem Ende des fünfzehnten Jahrhunderts«, sagte Raffaella und zog den Faksimile-Druck eines sehr alt wirkenden Bandes unter einem Stapel von Papieren hervor.

»Faszinierend!«, rief der Monsignore aus, nahm ihr den Band mit dem Titel »Polygraphiae« aus der Hand und begann interessiert darin zu blättern.

»Verfasst hat ihn ein Gelehrter namens Johannes Trithemius«, fuhr Raffaella fort, »und um es kurz zu machen: Dieser Code ersetzt ein ganzes fromm klingendes lateinischsprachiges Wort durch einen einzigen Buchstaben unseres Alphabetes. Man muss nur wissen, dass überhaupt der Ave-Maria-Code angewendet worden ist – danach braucht man das Buch von ihm, das nicht mehr leicht zu beschaffen ist.«

Krista fuhr sich mit beiden Händen über ihr Gesicht und massierte sich die Schläfen.

»Moment, habe ich das richtig verstanden? Wir haben fromme Sätze in der alten äthiopischen Kirchensprache da stehen, deren einzelne Worte jeweils einem Buchstaben unseres Alphabetes entsprechen, sobald man sie ins Lateinische übersetzt?«

»Esatto«, sagte Raffaella und nickte, »es funktionierte nicht eins zu eins, ich musste erst auf die Idee kommen, die äthiopischen Floskeln in die lateinische Sprache zu übertragen, und dann den Trithemius-Code benutzen. Sie wollen das Wort ›Bad‹ verschlüsseln? Sie suchen sich aus der Liste des Trithemius also drei lateinische Wörter raus, die die Buchstaben B, A und D darstellen sollen. Das wären: ›Creator Deus piissimus‹. Die oberflächliche Bedeutung für den Lateinkenner lautet: ›Der allerfrömmste Schöpfer Gott‹. Doch der wahre Sinn hinter diesen wie Gebetsformeln klingenden Worten ist ›Bad‹: ›Creator‹ steht für B, ›Deus‹ für A und ›piissimus‹ für D. Jetzt noch das Ganze in Ge'etz übersetzen – fertig ist die Geheimschrift. Es klafften freilich Lücken, weil das nicht immer sauber gelingen kann, aber so stellt sich das Prinzip dar. Was die Lücken betrifft, habe ich sie sinngemäß leicht füllen können.«

»Wer denkt sich denn so was aus?«, rief Krista und warf die Arme in die Luft.

»Johannes Trithemius und Manfred Moorstein«, beschied der Monsignore trocken. »Ich bin beeindruckt – von deiner Leistung, ehrwürdige Schwester, natürlich insbesondere.«

Ein rosiger Hauch überzog das fein geschnittene Gesicht der Dominikanerin. Verlegen wandte sie sich wieder ihrem Monitor zu, klickte dreimal mit der Maus und ließ den Klartext der drei dechiffrierten Dateien ausdrucken. Dann stand sie auf, ging zum Drucker, holte die Seiten und drückte sie Krista mit einem aufmunternden Nicken in die Hand. »Lesen Sie vor! Der Raum ist abhörsicher, lesen Sie ruhig, Frau Winther.«

Krista straffte und räusperte sich.

»Aktionsplan
Ziele: Die endgültige Eliminierung kommunistischer Einflussnahme in Italien. Die Eindämmung der Emigrantenflut aus Afrika und dem Balkan sowie sämtlicher invasiver Spezies. Die Ausschaltung der katholischen Kirche.
Strategie: Re-Aktivierung des Gladio-Netzwerkes mit seinen organisatorischen, materiellen und personalen Strukturen. Anwerbung geeigneter Personen aus den entsprechenden Kreisen,

die sich mit unseren Zielen vollständig identifizieren können. Unterminierung der bestehenden Parteienlandschaft durch unsere Aktionsfront. Diskreditierung der katholischen Kirche bis hin zur ›Enthauptung‹ – der Einsetzung eines Papstes, der eine Affinität zu unseren Zielen zeigt. Beschaffung von finanziellen Mitteln zur Durchführung der gesetzten Aufgaben.

Manifest
Italiener und Italienerinnen, Brüder und Schwestern!
Unser Land erstickt in einer Flut von Wirtschaftsflüchtlingen aus Afrika und Osteuropa. Kriminalität, Drogenhandel und Prostitution greifen um sich! Sie belästigen unsere Frauen, infiltrieren unsere Jugend mit ihrer sogenannten Religion! Sie zwingen die italienische Kultur, den italienischen Handel und Wandel in die Knie, und sie verpesten unsere Straßen und Strände, auf denen sich kein italienischer Bürger mehr bewegen kann, ohne angesprochen und angebettelt, belästigt, ja beleidigt zu werden. Gegen diese Zersetzung unseres Volkes, die Übervölkerung unseres wunderschönen Landes, diese Überfremdung mit Kriminellen, Scheinasylanten und Schiebern müssen wir uns endlich zur Wehr setzen. Das antike Rom war einst eine blühende Hochkultur – bis es an seiner eigenen Dekadenz und mit Hilfe von Fluten ungewaschener und ekelhafter Barbaren zugunde ging. Im Würgegriff der Kirche erholte sich das Land nur langsam, bis es endlich wieder, nach über eintausend Jahren, in der Zeit der Renaissance zu einer wunderbaren neuen Entfaltung kam. Die ganze Fülle dessen, was italienische Kultur und italienischer Geist zu schaffen vermögen, wurde zu einem internationalen Begriff. Denn hier in diesem Land ging der entscheidende Impuls für ganz Europa zu neuem geistigen Aufschwung aus, der die lähmenden Fesseln kirchlicher Ethik und kirchlicher Moral, kirchlicher Denkverbote und kirchlicher Rückwärtsgewandtheit von sich warf.

Eine solche Renaissance brauchen wir auch heute wieder, wenn wir alles, was wir an unserem Land lieben, retten wollen! Damit wir nicht wie einst, vor über eintausendfünfhundert Jahren, auf die Trümmer und den Staub starren müssen, den Horden von Invasoren mitsamt ihrer widersinnigen Invasion und ihren Gräueltaten

verursacht haben. Brüder und Schwestern, es braucht einen neuen Kreuzzug! Zu nichts Geringerem rufen wir auf. Einen Kreuzzug, der Italiens heilige Stätten von diesem parasitären Geschwür befreien wird, damit wir endlich wieder atmen können in unserem eigenen Land! Einst war die christliche Kultur stark genug, den Muselmanen und ihrer Unkultur standzuhalten, ja sogar sie vernichtend zu schlagen, wenn sie in ihrer Dreistigkeit so weit gingen, uns anzugreifen. Heute könnte das wieder geschehen, wenn wir uns von der Kirche nicht mehr einreden lassen, wir müssten Barmherzigkeit haben und leiden, leiden, denn es sei Gottes Wille, dass wir Mitmenschlichkeit zeigen und mehr, immer mehr von diesen Überflüssigen aufnehmen, die nicht einmal in ihren Herkunftsländern gebraucht werden. Wir brauchen sie AUCH nicht!
Wir sind für ein starkes Christentum und einen neuen Kreuzzug! Und dieser muss mit allen Mitteln gelingen! Denn wenn wir nicht endlich mit allen notwendigen Maßnahmen, durch Gesetzgebung, Politik und selbstverständlich auch durch die Organe der Polizei und unserer Armee, den Verheerungen ein Ende setzen, wird es keinen Vulkanausbruch, keine Erdbeben mehr brauchen, um unser Land und unser Volk endgültig zu vernichten.

Liste sensibler Personen
- Antonio Antonucci, Chef der kommunistischen Partei ›I Credibili‹
- Borromeo Cantatutte, Chef der linkskommunistischen Zeitung ›La Resa dei Conti‹
- Piero Grilli, Kabarettist, politischer Aktivist, Bürgerrechtler
- Rita Omero, Innenministerin
- Estefanio Kardinal Farnese, Papabile
- Papst Pius XIII.«

An dieser Stelle hörte Krista auf zu lesen und ließ das Blatt sinken, auf dem noch einige weitere Namen politischer Gegner gelistet waren.

Nur die Lüfter der Großrechner durchbrachen die Stille des erschütterten Schweigens, das sich im Serverraum des Vatikans ausgebreitet hatte.

Raffaella holte die Blätter mit dem Text der dritten Datei aus ihrem Drucker. Sie hatte sie doppelt ausfertigen lassen und gab Lorenzo und Krista je ein Exemplar in die Hand. Die beiden begannen, jeder für sich, zu lesen.

***

15. Januar 2007
Manoppello: Hatte intensive Gespräche mit Padre Giuseppe. Wenn nur alle Kapuziner so wären. Immerhin hat der Konvent jetzt nach vielen Jahren wieder einen Novizen. Habe ein paar schöne und ungewöhnliche Aufnahmen vom Tuch machen können. Außerhalb der Vitrine. Wenn es wie in einem Lufthauch zittert, dann wirkt es wie eine Traumszene, eine im Glast der Welt lohende Fata Morgana. Es ist nicht von dieser Welt, so viel steht für mich fest. Und doch in dieser Welt.

In der Caffèbar häufig den Carabiniere getroffen. Er ist ein frommer, der Kirche treu ergebener Mann. Von klein auf besucht er das Heiligtum mit dem Schleier, zusammen mit seiner Schwester, die jetzt in Rom lebt. Wie ich es in der Stadt aushalte, will er wissen. Zu viel Kriminalität, zu viele Menschen auf einem Raum. Sie wissen ja, wenn man zu viele Ratten auf zu wenig Raum sperrt, fressen sie sich gegenseitig auf, sagt er. Und: Das ist ein guter Platz, Dottore. Man kann hier leben. Ich nicke, weil ich ihn verstehe. Ja, man kann hier gut leben. Dennoch fehlt mir nach einiger Zeit der Puls der Urbs. Und ein bisschen mehr geistige Herausforderung. Der Carabiniere S. ist einer der wenigen, mit denen ich ein anregendes Gespräch führen kann. Er hält große Stücke auf meine Arbeit, und seit er mitbekommen hat, dass ich mit L. befreundet bin, hat er mir noch mehr Vertrauen geschenkt. Ihn bewundere er, ein erstklassiger Soldat sei er gewesen. Die Familie kirchentreu bis zum Anschlag, unverrückbar. Eine der besten Familien Italiens. L. sei jetzt ein vorbildlicher Priester, die Soldaten im Ausland brauchten diese Betreuung dringend. Ich erzählte dem Carabiniere von Michele bei der Vatikanbank und dem Kardinal, weil ihn das Thema interessiert. Er freut sich über jede Einzelheit und ist beeindruckt von meinen Kontakten am Heiligen Stuhl. Ich merke, dass ihm die Abwechslung guttut. Und mir auch.

21. Januar 2007
Manoppello: Der Carabiniere hat mir gestern eine Crostata, einen Mürbeteigkuchen mit Aprikosenmarmelade, gebracht. Seine Mutter habe ihn für mich gebacken und schicke ihn mit herzlichen Grüßen. So etwas Gutes bekäme ich in Rom bestimmt nicht, lässt sie mir ausrichten. Natürlich nicht, die Crostata ist überwältigend. Eben hausgemacht. Der Carabiniere ist ein bisschen zerstreut. Seine Miene ist ernst, hellt sich aber auf, als ich ihm den Rosenkranz für la Mamma in die Hand drücke. Er sei vom Heiligen Vater geweiht worden, erkläre ich ihm. Und dass ich hoffe, seine Mamma bete auch hin und wieder für mich. Er verabschiedet sich schneller als sonst. Draußen vor der Bar raucht er noch eine Zigarette, geht aber nicht auf die Scherzworte der Dorfjugend ein wie sonst. Heute sehe ich ihn im Santuario bei der Heiligen Messe. Ernst und blass sieht er aus. Danach passt er mich vor der Kirche ab. Er müsse mit mir etwas sehr Wichtiges besprechen. Wir verabreden uns für Samstag.

27. Januar 2007
Manoppello: Es ist immer etwas anderes, wenn man Dinge für wahrscheinlich oder möglich hält, als Gedankenspiel etwa. Wenn man über Verschwörungstheoretiker lächeln kann. Und wenn man dann plötzlich selbst mit Informationen konfrontiert wird, die so schockierend wie handfest sind. Der Carabiniere hat mir bei unserem Gespräch oder vielmehr unserem konspirativen Treffen im Bergwäldchen über dem Santuario eine CD übergeben. Er dürfe nicht sagen, von wem die darauf befindlichen Daten stammten, er habe sie ohne dessen Wissen kopiert. Ich habe ihn deswegen auch nicht weiter bedrängt. Ich wusste in dem Moment auch noch nicht, was darauf zu finden sein würde. Es könne sich außerdem lohnen, merkte er an, sich einmal im Club Associazione Spartaco auf dem Monte Mario in Rom umzuhören, wenn ich wieder dort sei. Aber ich solle vorsichtig sein …

Wenn das stimmt, was hier aufgeschrieben worden ist, dann gibt es ein Netzwerk von bewaffneten Verrückten, die nach der bewährten Masche von Gladio Terror von links vortäuschen wollen. Beachtlich auch die verniedlicht benannte »Liste sensibler Personen«. Immerhin findet sich, natürlich, Pius XIII. darauf. »Enthauptung der Kirche«, das bedeutet die Eliminierung des amtierenden Papstes. Das bedeutet aber auch, dass dieser Krake seine Fangarme bis in die Kurie und nach ganz oben gestreckt hat. Der Carabiniere hat mir freigestellt, wie ich weiter vorgehe. Er hofft, dass ich über ebenso tief gehende wie vertrauliche Kontakte in den höchsten Kreisen der Kurie und ihrer Sicherheitsbehörden verfüge, damit diese effektive Maßnahmen ergreifen können. Das stimmt zwar, aber genau genommen vertraue ich keinem dort wirklich vollständig. Bis auf einen einzigen.

1. Februar 2007
Rom: Ich werde aus Gründen höchster Vorsicht die mir überlassenen Dateien und meine Notizen verschlüsseln. Wenn ich dazu L. ins Bild gesetzt habe – er wird wissen, welchen Sicherheitskreisen man noch vertrauen kann und welchen nicht –, übergebe ich ihm den Schlüssel für die Informationen. In der Zwischenzeit kann ich nur hoffen, dass derjenige, von dem der Carabiniere die Dateien gezogen hat, noch nicht dahintergekommen ist, dass sie kopiert worden sind. Die meisten CD-Brennprogramme hinterlassen Spuren, ist mir siedend heiß eingefallen. Daran hat der brave Mann wohl nicht gedacht.

… Beim Club Spartaco handelt es sich um einen ziemlich versteckt gelegenen Fitnessclub mit Kampfsportstudio. Ohne Außenwerbung. Ich bin gestern dort vorbeigelaufen. Hinschicken muss ich jemand anders. Wenn dort diese gewissen Leute sind, kennen sie auch mich und mein Buch über den Anschlag von Bologna …

Cairo pfiff leise durch die Zähne. »Das nenne ich mal eine verdammte Sauerei – scusi!«

Krista, Lorenzo und Gabriele saßen in der Küche des Monsignore vor den Resten eines Abendessens, bestehend aus geschmortem Perlhuhn, Brot und Salat.

»Gut, dass du mir das erst nach dem Essen gezeigt hast, mir wäre sonst glatt der Appetit vergangen …«

»He! Ich bin dein Freund – da verderbe ich dir die besten Perlhühner der ganzen Stadt doch nicht mit so einem unappetitlichen Thema.«

Cairo schob aufgebracht den Teller von sich, sprang auf und lief mit geballten Fäusten zum Fenster und wieder zurück.

»Hast du von dem Carabiniere, der den Raubmord in Manoppello untersuchte, noch mal was gehört?«

»Ich habe ihn ein paarmal zu erreichen versucht, aber es war immer nur die Mailbox dran«, antwortete Lorenzo.

»Um den muss es sich handeln, er hat Moorstein die Dateien zugespielt! Wie hieß der noch mal?«

»Spadoni. S. wie Spadoni. Manfred muss ihn gemeint haben«, sagte Lorenzo.

»Ich rufe meinen Kumpel bei den Carabinieri in Pescara an und erkundige mich nach ihm.« Cairo nahm sein Handy und ging in Lorenzos Arbeitszimmer, um in Ruhe telefonieren zu können, während Krista und Lorenzo einträchtig das Geschirr in die Spülmaschine sortierten. Nach kurzer Zeit kehrte Cairo aufgeregt in die Küche zurück.

»Schnallt euch an, Freunde! Mein Kumpel in Pescara hat mir grad erzählt, dass Spadoni vor Kurzem einen schweren Autounfall hatte. Der Unfallverursacher ist auf der Flucht, und Spadoni liegt seither auf der Intensiv! Zufall?«

Krista schaute von einem zu anderen. »Wir müssen etwas unternehmen!«

Ein dunkles und ein hellgraues Augenpaar fixierten sie. Cairo nahm wieder Platz. »Wir sind hier nicht die Kavallerie, Signorina! Die Carabinieri in Pescara sind an der Sache mit der Fahrerflucht dran. Der Sportclub Spartaco befindet sich auf italienischem Territorium, da kann die vatikanische Gendarmerie gar nichts machen, ohne dass es gleich diplomatische Verwicklungen gibt.«

»Aber …«

»Nichts ›aber‹! Meine Aufgabe ist es, Leib und Leben des Heiligen Vaters zu schützen. Außerdem braucht die Schwester, die das decodiert hat, besonderes Augenmerk, wegen des hohen Grades der Gefährdung. Spadonis Unfall war ein Mordanschlag, ich verwette jeden Cent meines Monatsgehaltes drauf! Ich stelle jemanden für Raffaella ab. Ohne das an die große Glocke zu hängen.«

Lorenzo nickte Cairo zu.

»Es kann doch nicht sein, dass man dieses Schlangennest nicht ausräuchern kann!« Krista dachte nicht daran, sich mit den Antworten Cairos zufriedenzugeben.

Lorenzo räusperte sich. »Dieses Schlangennest, wie Sie es nennen, ist leider ein beliebtes Trainingsstudio für viele italienische Polizisten, Soldaten, Veteranen und private Sicherheitskräfte. Aus seinem Stall stammt der Trainer der italienischen Judo-Olympiamannschaft. Dass sich da ein paar Verwirrte konspirativ treffen, ist noch kein Grund für eine spektakuläre Aktion, die mehr Geschirr zerschlagen würde, als uns lieb wäre.«

Krista hielt nichts mehr auf ihrem Stuhl. »Dort ist mit ziemlicher Sicherheit auch Manfreds Mörder eingeschrieben. Und wenn die Zelle dieser Durchgeknallten noch so klein ist – dort ist ihr Schlupfloch, und dort können wir sie zu fassen kriegen.« Sie verschränkte die Arme. Männer konnten solche Idioten sein! Ein Gendarm und ein Ex-Elitesoldat stellten sich an wie … wie … wie *Mädchen*!

»Nun seien Sie doch nicht so stur, cara Krista«, lenkte Cairo mit Honig in der Stimme ein. »Sie müssen die Beurteilung der Lage schon uns überlassen.« Lorenzo atmete geräuschvoll aus. Gabriele war überraschend schnell vom respektvollen »Signorina« zur freundschaftlichen Anrede »liebe Krista« gewechselt. Etwas zu schnell für seinen Geschmack. Außerdem ging er nicht davon aus, dass Krista damit zur Räson zu bringen war.

»Bitte beruhigen Sie sich doch. Es ist nichts gewonnen, wenn wir in dieser Clubsache überstürzt handeln.« Der Monsignore stand seufzend auf und holte die Grappaflasche nebst Gläsern vom Regal. Cairos müde Augen leuchteten bei diesem Anblick wieder auf.

»Verstehen Sie«, fuhr er in besänftigendem Tonfall fort, »wir müssen das Terrain erst sondieren. Ich brauche ein Mitgliederverzeichnis des Clubs. Angesichts der Sachlage kommt dafür als Zulieferer nur eine Vertrauensperson bei den italienischen Polizisten oder den Carabinieri in Frage. Wir haben hier eine heikle Situation.«

Krista gab ein undamenhaftes Schnauben von sich und kippte

den Grappa, den Lorenzo ihr eingeschenkt hatte, auf einen Zug hinunter. Natürlich war das eine heikle Situation für die beiden Herren, immerhin gehörten sie ja selbst den Kreisen an, in denen sie jetzt weiterermitteln mussten. Ob ihr die Wut oder der Alkohol die Tränen in die Augen trieben, hätte sie nicht zu sagen gewusst. Doch in diesem Moment nahm in ihr ein Plan Gestalt an, den sie um jeden Preis verwirklichen würde. Manfred war tot, auf sie hatte man geschossen. Und deshalb würde sie diesen Fall aufklären. Ob mit oder ohne die Hilfe der beiden Herrschaften, die sie, ohne Erfolg, zu beruhigen suchten.

19

Rom, März 2007

Am nächsten Morgen verließ Krista noch vor dem Frühstück das Kloster, auf dem Kopf eine Strickmütze, unter der sie ihre Haare verbarg, auf der Nase eine Sonnenbrille, die fast das gesamte obere Drittel ihres Gesichts bedeckte – und ständig nach unten zu rutschen drohte. Sie grüßte in frischem Ton die wachhabenden Schweizer am Eingang zum Vatikan, dem Cancello Petriano neben den Mauern des Palazzo Sant'Ufficio, überquerte den Petersplatz, ging Richtung Piazza del Risorgimento und machte sich auf den Weg zum Aufstieg des Monte Mario. Einen Weg, den sie kannte, denn Manfred war ihn einmal mit ihr gegangen, um ihr seine Lieblings-Marienikone zu zeigen, die von Dominikanerinnen im Kloster Santa Maria del Rosario oben aufbewahrt wurde. Ganz in der Nähe des Hotels Hilton, das sich wiederum in direkter Nachbarschaft zum Club Spartaco befand, wie sie am Abend zuvor noch erfahren hatte. Einem fliegenden Händler kaufte sie eine Flasche Mineralwasser ab, dann wurde der Weg immer steiler, und der Trubel um die vatikanischen Mauern, der Verkehr und der Lärm nahmen mit jedem Meter, den sie aufstieg, immer mehr ab. Oben, auf der Via Cadlolo herrschte fast ländliche Stille. Obwohl hier ein frischer Wind wehte, schwitzte Krista unter ihrer Wollmütze und dem grauen Trench. Neben dem Kloster, das sie damals besucht hatten, befand sich eine Grünanlage mit ein paar Bänken, die um diese Stunde noch menschenleer war. Dort setzte sie sich einige Minuten nieder und trank durstig aus der Wasserflasche.

Dann ging sie weiter, am versteckt liegenden Eingang des Klosters vorbei Richtung Hilton. Der Club Spartaco musste sich in der Nähe des Luxushotels, auf der gegenüberliegenden Straßenseite, befinden. Unauffällig versuchte sie in die Hinterhöfe der Fünfziger- und Sechziger-Jahre-Bauten zu spähen, die die Via Cadlolo säumten. Fast alle lagen wie ausgestorben da, fast alle mit heruntergelassenen Rollläden. Schließlich wurde sie fündig, nur etwa fünfzig Meter vom Hilton entfernt wies lediglich ein Aufkleber am Briefkasten des Vorderhauses auf das »Spartaco« hin.

Vorsichtig schob sie sich durch das unverschlossene Gittertor und ging über einen großzügigen, um diese Tageszeit noch fast leeren Parkplatz zu einem Flachdachbau durch, in dem der Sportclub untergebracht war.

Krista hatte keinen Plan, wie sie weiter vorgehen sollte, und entschied sich deshalb für das Naheliegendste: Sie wollte ihr Interesse an einer Mitgliedschaft bekunden, wobei es ihr am glaubwürdigsten erschien, wenn sie insbesondere nach den Judokursen fragte. Sie holte tief Luft und stieß die Eingangstür zum Club auf. Im schick gestalteten Empfangsbereich saß hinter einer blitzenden Edelstahltheke ein freundlicher Riese in dunkelblauer Trainingshose und Muscle-Shirt, der sie mit einem lässigen »Salve!« begrüßte.

Natürlich könne sie die Räumlichkeiten besichtigen, sie solle ihn doch bitte einfach Salvatore nennen, aber wie sie denn auf das »Spartaco« überhaupt gekommen sei, fragte er, während er sich eine Trainingsjacke überzog und hinter dem Empfang hervorkam. Ein Freund aus Sicherheitskreisen habe ihr den Club und ein Selbstverteidigungstraining empfohlen, ihre neue Wohnung liege in einem, wie solle sie es ausdrücken, sozusagen in einem sozialen Brennpunkt Roms. Der Riese nickte ihr mit wissendem Gesichtsausdruck zu, stieg aber nicht auf ihre Vorlage ein, sondern bat stattdessen an einer Tür um die Erlaubnis, ihr vorausgehen zu dürfen.

Sie folgte Salvatore durch den ersten Trainingsraum mit verschiedenen Maschinen zum Aufwärmen und zum Muskelaufbau in den zweiten, in dem sich hauptsächlich Hanteln, Gewichte und Hebestangen befanden. Krista lobte die gute Luft, und Salvatore verwies stolz auf das moderne Be- und Entlüftungssystem des Gebäudes. Im ersten Stock befand sich der »Dojo« genannte Judo- und Karateraum, wo Salvatore ein paar Flyer mit Kurszeiten aus dem Ständer nahm und ihr in die Hand drückte. Als sie weiter zu den Umkleiden gingen, tauchte am Ende des Ganges ein Mann in rotem Jogginganzug mit einer Sporttasche über der Schulter auf. Offenbar hatte er seine Trainingsstunden beendet, er roch frisch, die Haare waren feucht und seine Haut rosig von der heißen Dusche, die er gerade genommen hatte.

»Eh, Giovanni, und jetzt noch eine Runde in den Schießstand? Oder heim zu Frauchen?«, neckte ihn Salvatore gutmütig.

Als der Mann zurückscherzte, erkannte ihn Krista. Es war Commissario Giovanni Pieroni, der mit seinem Assistenten den Einbruch in Manfreds Wohnung untersucht – oder vielmehr ignoriert hatte. Schnell streckte Krista die Hand zur Begrüßung aus. »Commissario, was für ein Zufall! So trifft man sich wieder. Sie trainieren auch hier?«

Pieronis Gesichtsausdruck wechselte von Überraschung zu Wiedererkennen. Und von Wiedererkennen zu Verschlagenheit.

»Signorina Winther! Haben Sie sich gut eingelebt in Rom? Ich hoffe, Sie haben sich die Freude an unserer wunderbaren Stadt wegen dieses unangenehmen Vorfalls nicht verderben lassen.« Mit einem frettchenhaften Grinsen schüttelte er ihr die ausgestreckte Rechte. »Sie wollen hier trainieren? Das ist schön, der beste Club der Stadt mit exzellenten Leuten!«

Pieroni heftete sich plaudernd an ihre Fersen. Salvatore zeigte ihr die Umkleiden und die Gesellschaftsräume, die zum zurückgezogenen Karten- oder Schachspielen gedacht waren. Krista lobte alles mit dem gebotenen Enthusiasmus, doch stets spürte sie den Atem von Pieroni im Nacken.

»Ich habe noch etwas für Sie im Auto. Leider habe ich Sie nicht mehr angetroffen, Sie müssten nochmals eine Zweitschrift der Anzeige unterschreiben.«

»Gab's ein Problem, Giovanni?«, schaltete sich Salvatore ein.

»Ma no! Die Signorina berichtet aus Rom für eine große deutsche Zeitung – vielleicht sogar über euren Club! Sie wird nur den allerbesten Eindruck von uns haben, oder?«

Krista beeilte sich, zuzustimmen. Sie war neugierig, was Pieroni noch in der Hinterhand haben mochte.

»Dann haben Sie ja schon einen Bekannten hier, wenn Sie sich entschließen, bei uns zu trainieren«, freute sich Salvatore. »Willst du ihr noch unseren Wellness- und Entspannungsbereich mit der Bar zeigen?« Pieroni nickte eifrig, und Salvatore schlenderte, die beiden zurücklassend, Richtung Empfang davon.

Pieroni führte sie in das Spa des Clubs mit Jacuzzi, Dampfbad sowie finnischer Sauna und pries die edle Ausstattung aus Naturstein sowie die vielfältigen Möglichkeiten, sich mit kalten Wassergüssen zu erfrischen, an.

»Mittwochs ist hier Lady's Day, da können Sie gemeinsam mit anderen Damen ungestört entspannen«, merkte Pieroni an.

»Das wird nach den Erlebnissen der letzten Tage auch nötig sein«, gab Krista prompt zurück.

Pieroni, der gerade die Holztür der Sauna öffnen wollte, um sie hineinblicken zu lassen, hielt inne und drehte sich mit fragendem Ausdruck zu ihr um.

»Was würden Sie sagen, wenn ich Ihnen erzähle, dass kurz nach Ihrem und Ihres Kollegen Weggang durch das Fenster der Wohnung auf mich geschossen wurde? Würden Sie mir das glauben?«

»Ma certamente, aber sicher, verehrte Signorina Winther«, rief er mit treuherzig ausgebreiteten Armen aus.

»Tatsächlich?« Krista konnte sich ein spöttisches Grinsen nicht verkneifen. Sie unterdrückte den heftigen Impuls, ihn in die Sauna hineinzuschubsen und die Tür zu verriegeln.

»Was denken Sie, wie oft in dieser Stadt herumgeballert wird? Der Wilde Westen ist nichts dagegen, kein Vergleich! Achten Sie doch auf die Verkehrsschilder! Jedes dritte ist durchlöchert, weil irgendwelche Idioten meinen, sie könnten damit Zielübungen machen. Wir hatten sogar schon einmal zerballerte Hinterreifen an einem Auto der vatikanischen Gendarmerie, das vor einem Restaurant abgestellt war. Ist Ihnen was passiert?«

»Nur ein Kratzer an der Stirn. Aber die Fensterscheibe der Redaktionswohnung ging zu Bruch.«

»Ah, deshalb habe ich Sie nicht mehr dort angetroffen. Das kann dauern, bis die Handwerker kommen und es ersetzen«, gab sich Pieroni verständnisvoll. »Und wo wohnen Sie im Moment?« Seine Frage hatte einen lauernden Unterton.

»Ich bin bei guten Freundinnen in einer Wohngemeinschaft untergekommen«, gab Krista geschmeidig zur Antwort, während sie Pieroni in den Entspannungsbereich mit der Bar folgte, die wegen der frühen Stunde noch geschlossen war.

»Abends ist hier mehr los. Ein beliebter Treffpunkt insbesondere für Leute, die in Sicherheitskreisen arbeiten. Gerade für Sie als Journalistin hochinteressant! Vielleicht ergeben sich ein paar gute Kontakte für Ihre Arbeit.« Er zwinkerte ihr verschwörerisch zu.

»Davon bin ich überzeugt«, erwiderte Krista mit zweideutigem

Unterton. »Diese Leute könnten mir bestimmt auch behilflich sein, die Fakten miteinander in Verbindung zu bringen, die sich bislang ergeben haben, aber von Ihnen stets kleingeredet werden: Mein Kollege Moorstein ist verschwunden und wird später tot aufgefunden. Opfer eines Unfalls. Seine Wohnung wird aufgebrochen und seine Festplatte gestohlen. Zufall. Danach wird auf mich geschossen. Da machte sich jemand lediglich einen Jux? Schießübungen aufs Geratewohl, praktisch das Lieblingshobby der Römer, pardon, der kriminellen und invasiven Spezies in Rom?«

Sie gingen an Salvatore vorbei, von dem sich Krista mit dem Flyer wedelnd und mit einem lässigen »Ci vediamo! Wir sehen uns« verabschiedete. Sie bemerkte aus den Augenwinkeln, wie sich Pieroni verkrampfte. Gleichzeitig verwünschte sie sich dafür, dass ihr ausgerechnet die entlarvende Formulierung aus dem geheimen Manifest entschlüpft war. Höflich hielt Pieroni einem jungen Paar, das gerade eintreten wollte, die Tür auf und verlagerte seine Sporttasche von der einen auf die andere Schulter. Der Moment genügte, um sich wieder gefasst an Krista wenden zu können.

»Ich bin zutiefst betrübt, liebe Signorina, dass Sie ausgerechnet in Ihren ersten Tagen bei uns solche Erfahrungen machen mussten. Ich kann Ihre Beunruhigung verstehen. Alles wird sich aufklären …«

Krista schnaubte verächtlich, aber Pieroni ließ sich bei seiner Salbaderei nicht stören. »… und Sie werden bald sehen, dass Ihr Vertrauen, das Sie in die zuständigen Behörden setzen, nicht enttäuscht wird. Wir müssen nur noch diese eine Zweitschrift von Ihnen unterschrieben haben. Dazu brauche ich Ihre aktuelle Adresse.«

Nachdem er ihr galant die Tür aufgehalten hatte, packte er sie unterm Ellenbogen, führte sie freundlich, aber bestimmt zu seinem Auto und öffnete die Beifahrertür. Mit einer eher gebieterischen als einladenden Geste hieß er sie Platz nehmen und trat dabei so dicht an sie heran, dass sie in den Sitz fiel. Pieroni gab vor, nach ein paar Schriftstücken im Handschuhfach zu kramen, was es Krista unmöglich machte, sich aus ihrer Lage zu befreien.

Noch während sie über ihre Chancen nachsann, dem zwielichtigen Polizisten zu entkommen, spürte sie eine eiskalte Berührung in ihrem Nacken, die zu einem gleißenden, sich durch den ganzen Körper ausbreitenden Glutzentrum wurde. Danach spürte sie nichts mehr.

***

Pieroni steckte kalt lächelnd den Elektroschocker, den er aus dem Handschuhfach gezogen hatte, wieder ein. Sein Triumph währte nur wenige Sekunden. Als er aufblickte, sah er einen schwarzen Audi A8 mit vatikanischem Kennzeichen auf den Parkplatz rollen. Darin saßen der Monsignore und ein ihm unbekannter Mann. Pieroni zögerte keine Sekunde, wieselte um seinen 156er Alfa Romeo, ließ sich in den Sitz fallen, schnallte sich selbst und Krista an und drehte hektisch den Zündschlüssel. Er brauste an der vatikanischen Karosse vorbei, hinaus auf die Via Cadlolo, die bewusstlose Krista neben sich.

»Was hat diese miese Ratte mit ihr angestellt?«, rief Cairo und machte Anstalten, die Beifahrertür aufzureißen, um die Verfolgung zu Fuß aufzunehmen, besann sich jedoch. »Dem reiße ich jedes Sackhaar einzeln aus! Worauf wartest du, hinterher!« Noch bevor Cairo ausgeredet hatte, riss sein Freund das Lenkrad herum.

»Jetzt fahr halt schneller!«, flippte Cairo neben Lorenzo aus, der sich mühte, die in ihrem Wendeverhalten eher schwerfällige Limousine über den Parkplatz zu scherbeln. Lorenzo gab mit quietschenden Reifen Gas und stach dem Alfa Romeo hinterher, die Via Cadlolo entlang und hinab in Richtung Via Fedro. Dauernd verlor er den Wagen aus den Augen. Die Strecke war gesäumt von Reihen geparkter Autos der Anwohner, und so mancher, der geglaubt hatte, die Limousine mit dem SCV-Kennzeichen werde Nachsicht gegenüber ihren Ausparkversuchen üben, musste entsetzt feststellen, dass dies nicht der Fall war. Lorenzo scherte mehrmals auf die Gegenspur aus, um eine Kollision mit treuherzigen Anwohnern zu vermeiden. Derweil beschleunigte Pieroni in der Via Fedro, schleuderte im Kreisel und fing sich ganz knapp wieder.

»Raus! Raus! Doch nicht *hier*!« Cairo hielt sich für einen Moment die Augen zu. Lorenzo reagierte in letzter Sekunde, riss das Steuer herum und nahm die Verfolgung in die richtige Richtung auf. Die Via Platone wurde schmaler, und der Monsignore hatte seine liebe Mühe, das Gefährt auf Kurs zu halten. Eine ältere Dame mit Dackel sprang mit lauten Flüchen auf seine Mutter zur Seite. Mit einem schnellen Blick in den Rückspiegel vergewisserte er sich, dass Dame und Hündchen unverletzt geblieben waren.

»Hör auf, dich zu bekreuzigen! Fahr lieber!« Cairo rutschte vor Aufregung ganz nach vorn und lief Gefahr, mit der Stirn beim nächsten Bremsmanöver die Windschutzscheibe zu durchbrechen.

»E basta!«, schrie Lorenzo zurück, drückte seine Wirbelsäule durch und umklammerte das Lenkrad noch fester. Allmählich holten sie auf. Lorenzo konnte erkennen, wie die ohnmächtige Krista in Pieronis Wagen hin- und hergeworfen wurde. Als zwei vor ihnen fahrende Autos dem Monsignore, der unablässig auf die Hupe drosch, auswichen und am Straßenrand anhielten, waren Lorenzo und Cairo an Pieroni dran. Der hatte sich vermutlich nur halb so oft bekreuzigt wie der Monsignore und war der skrupulösere Fahrer. Lorenzo dagegen war klar, dass ihnen im A8 nichts weiter passieren konnte, als in einem Vorgarten zu landen. Oder Krista auf immer zu verlieren.

Sie preschten fast Stoßstange an Stoßstange die Via Plotino entlang. Pieroni vergeigte die letzte Möglichkeit, hinunter ins Stadtzentrum abzubiegen. Hinauf zum Monte Mario ging es wieder in rasendem Tempo, durch baumbestandene Serpentinen. In der langen Geraden der Via Trionfale setzte Lorenzo zum Überholen an. Gerade hatte er das Gaspedal durchdrücken wollen, da trat er instinktiv auf die Bremse, denn ein Pronto-Soccorso-Wagen kam ihnen mit heulenden Sirenen entgegen. Alle weiteren Überholversuche vereitelte sein Kontrahent durch wiederholtes Ausscheren auf die linke Spur.

Die nächste Chance bot sich bei einer scharfen Rechtskurve. Pieroni vertraute auf sein Glück und ging kaum vom Gas herunter. Lorenzo zog mitten in der Kurve auf die Gegenspur und trat das Gaspedal zum Kick-down durch. Nun war es an Cairo, ein Kreuz zu schlagen und die Barmherzigkeit des Himmels anzurufen. Das Heulen des Achtzylinders übertönte sein Stöhnen. Pieroni schrammte die Seite des A8 beim Versuch, Lorenzos Überholmanöver zu sabotieren, und bekam sein Auto nicht mehr unter Kontrolle. Sein Wagen geriet ins Schleudern. Bevor sich die schwere Limousine quer vor ihn stellen und seine Amokfahrt beenden konnte, raste er, von der Fahrbahn abgekommen, in ein Gartentor hinein, wo er in Massen aufgerissener Erde zum Stehen kam. Lorenzos Vollbremsung riss Cairo fast den Magen heraus, und nur der sehr eng eingestellte Sicherheitsgurt bewahrte ihn davor, durch die Scheibe zu fliegen. Dafür kämpfte er mit einem Brechreiz. Der Monsignore hingegen war aus dem Wagen gestürmt wie ein Achill, riss den Fahrerschlag des Alfas auf und zerrte den benommenen Pieroni am Kragen heraus. Der versuchte sich halbherzig zu wehren, doch Lorenzo drehte ihm mit einer einzigen Bewegung den Arm auf den Rücken und nahm ihn in den Schwitzkasten. Der Polizist zappelte hilflos in der eisernen Umklammerung des Ex-Elitekämpfers, der mit der rechten Hand eine Klaue formte und hart gegen Pieronis Kehle – unterhalb der Kiefermuskeln – zustieß. Der gezielte Spezialgriff schickte ihn direkt ins Reich der Träume.

»Ich hätte dem Kerl liebend gern noch eine auf die Zwölf gegeben!« Ispettore Cairo stand die Enttäuschung ins Gesicht geschrieben. Lorenzo schnallte die noch immer bewusstlose Krista los und trug sie vorsichtig hinüber in den A8.

»Und was jetzt? Wo sollen wir den Kerl hinschaffen, hm?«

»Rein in den Wagen und wieder rauf zu den Schwestern der Maria Advocata«, beschied Lorenzo knapp. Sie bugsierten den bewusstlosen Polizisten auf den Rücksitz des A8. Den Alfa des Polizisten schoben sie kurzerhand eine bewaldete Böschung hinab.

Wenige Sekunden später lag die Via Trionfale wieder friedlich und verlassen da.

***

Die Dominikanerinnen des Klosters Santa Maria del Rosario öffneten ihre schwere Pforte erst, als Cairo seinen Ausweis der vatikanischen Gendarmerie in die Überwachungskamera hielt. Nach anfänglicher Verwirrung übernahm die Mutter Oberin das

Kommando und gab Anweisung, Krista im Krankentrakt unterzubringen. Für den immer noch benommenen Pieroni erbat sich Cairo ein abschließbares Gelass, um ihn festsetzen zu können. Sie brachten ihn in einen Kellerraum. Lorenzo wollte folgen, doch Cairo schob ihn hinaus.

»Ich komme hier allein klar. Ich weiß, was zu tun ist«, knurrte er kurz angebunden. »Kümmere dich lieber um deine Journalistin, während ich hier ein paar kreative Verhörmethoden anwende, von denen du besser nichts mitbekommst.«

Dem Monsignore leuchtete das ein. Er eilte zurück ins Krankenzimmer, wo sich der von den Schwestern herbeigerufene Arzt gerade die Hände wusch.

»Keine Sorge«, begrüßte ihn der Mediziner, »das sieht dramatischer aus, als es ist. Ihr Herzschlag ist stark und regelmäßig, die Atmung zu flach, das kommt vom Schock. Wir haben die Beine hoch gelagert, sie sollte erst mal so liegen bleiben und viel trinken. Die Stelle im Nacken, wo der Elektroschocker angesetzt wurde, ist gerötet und gereizt. Die Schwestern machen eine sehr gute Salbe gegen leichte Verbrennungen. Sie soll sich damit einreiben. Dieses Nitrospray lasse ich Ihnen hier, sie kann es auf die Zunge sprühen, wenn das Herz Probleme macht. Sobald sie wieder aufstehen kann, soll sie sich in einer Klinik noch mal gründlich untersuchen lassen. Ich brauche nicht zu erwähnen, dass eine so zarte Frau derartigen Belastungen nicht ausgesetzt werden sollte? Eine Verwandte von Ihnen, Monsignore?«

»Nein, eh, keine Verwandte … Und Sie haben natürlich recht.«

Lorenzo spähte über die Schulter des Arztes zu Krista hinüber, die matt die Hand hob und mit den Fingern das V-Zeichen bildete.

»Ah, ehm, keine Verwandte also, verstehe«, räusperte sich der Arzt und verabschiedete sich diskret.

Lorenzo schob sich einen Stuhl neben das Bett und nahm darauf Platz.

»Schon wieder im Kloster – andere Leute machen dort Urlaub und nennen es Erholung«, versuchte Krista einen Scherz.

»Seien Sie froh, dass Sie diese Verfolgungsjagd im Auto verschlafen haben. Cairo ist fast schlecht geworden. Es fehlte nur noch ein kreisender Helikopter …«

»Wer ist gefahren?« Sie griff gierig nach dem Glas mit Wasser, das er ihr reichte.

»Ich«, sagte Lorenzo und grinste breit. »Ihr Glück, Cairo ist ein lausiger Fahrer. Sie sollten in Zukunft aber nicht mehr in die Autos fremder Männer einsteigen, wissen Sie?«

Krista seufzte. Sie hatte keine Kraft für eine Erklärung und lenkte stattdessen ab.

»Wo ist Pieroni?«

»Im Keller. Mit dem Ispettore eingesperrt.«

»Was tun die da?« Sie trank noch einen Schluck und gab das Glas mit zittriger Hand zurück.

»Sie spielen Schach ... Madre Santissima! Cairo versucht herauszukriegen, wer hinter dieser ganzen Sache steckt. Wir haben das Gewehr in Pieronis Kofferraum gefunden, mit dem vermutlich auf Sie geschossen wurde.«

»Oh!«

»Ja, ›oh‹! Man sollte Sie übers Knie legen. Ihr Alleingang hätte böse enden können. Außerdem hat der Wagen meines Onkels jetzt eine Schramme.«

»Wenn es nach Ihnen und Ihrem Freund gegangen wäre, dann wären wir immer noch keinen Schritt weiter, und Pieroni könnte fröhlich weiter sein Unwesen treiben«, merkte Krista selbstbewusst an.

»Na prima! Jetzt haben wir Pieroni und eine Situation, die zu einer Staatskrise führen wird, wenn herauskommt, dass ein vatikanischer Gendarm einen italienischen Kommissar auf italienischem Territorium festgesetzt und in die Mangel gen... hm, verhört hat. Ich darf nicht daran denken, was Cairo riskiert.« Er war immer lauter geworden und lief im Zimmer auf und ab, bis eine der Schwestern die Tür öffnete und nach dem Rechten sah. Ihr missbilligender Blick fiel auf den Monsignore, der sich daraufhin brav wie ein Lämmchen wieder auf seinen Stuhl setzte.

»Wir wollen die Kranke doch nicht unnötig aufregen«, mahnte die Schwester mit strengem Blick.

»Natürlich nicht. Entschuldigung.«

Die Tür schloss sich wieder.

Krista lehnte sich in ihr Kissen zurück und schloss für einen

Moment die Augen. »Sie haben mir schon zum zweiten Mal das Leben gerettet …«

Lorenzo nickte. »Das ist wohl so.«

Krista nahm seine Hand. Es war die verstümmelte. Er ließ es geschehen. Sie fuhr sachte über die Narben.

»Bitte entschuldigen Sie. Ich habe mich sehr dumm verhalten.«

»Ich bin fast verrückt geworden, als Sie da so leblos im Sitz hingen …«, sagte er leise.

»Ich …«

Er legte ihr sanft einen Finger auf die Lippen. »Schon gut. Es wird alles gut.« Lorenzo erhob sich und atmete tief durch.

»Wohin gehen Sie?«

»Eine rauchen. Und danach horche ich an der Kellertür, was Cairo da drin veranstaltet.«

»Ich möchte auch eine rauchen …«

»In Ihren Träumen!« Lorenzo lachte leise. »Wenn Sie sonst etwas benötigen, rufen Sie nach der Schwester.« Er schaute auf seine Uhr. »Cairo wird noch ein Weilchen brauchen, aber sicher mit einem Ergebnis kommen. Dann sprechen wir weiter. Ruhen Sie sich aus.«

»Kann ich auch eine haben?« Cairo, dessen Uniformhemd unter den Achseln von großen Schweißflecken geziert wurde, war unbemerkt hinter ihn getreten. Lorenzo lehnte an der Balustrade vor dem Hauptportal der Klosterkirche und genoss den Ausblick. Einen Aschenbecher gab es hier nicht, aber er würde die Kippen der fünf Zigaretten, die er Kette geraucht hatte, sorgfältig einsammeln. Dies war ein heiliger Ort. Er wandte sich um und maß seinen Freund von oben bis unten.

»Hier … Wie ist es gelaufen? Musstest du … sehr kreativ sein?«

Cairo fischte sich eine Zigarette aus der halb leeren Packung, nahm mit einem dankbaren Blick Feuer entgegen und inhalierte tief.

»Auf einer Kreativitätsskala von eins bis zehn bin ich bis ungefähr drei gekommen, fast ohne manuelle Hilfsmittel. Die Information, dass er eine schwangere, bildhübsche junge Frau zu Hause hat, war Gold wert.«

»Wie meinst du das?«

»Na, wenn man ein Riesenarschloch ist und einen Staatsstreich plant, sollte man lieber auf Schergen setzen, die gesellschaftlich isoliert sind und keine Familie, also nichts zu verlieren haben, du weißt …«

»Pieroni plante einen Staatsstreich?« Der Monsignore angelte sich auch noch eine Zigarette aus der Packung.

»Nö. Der nicht.«

Obwohl der Monsignore seinen Kameraden am liebsten durchgeschüttelt hätte, bemühte er sich, ruhig zu bleiben. Er verstand, dass Gabriele ganze Arbeit geleistet hatte und sich nach diesem Bravourstück, das vielfältige Komplikationen für ihn persönlich nach sich ziehen konnte, zunächst beruhigen musste. Cairo drückte nachlässig die Zigarette aus, die er nur bis zur Hälfte geraucht hatte. Dann schickte er einen rechten Schwinger in den Himmel über Rom und trat lustvoll gegen die Balustrade.

»Ich könnte ein Bierchen vertragen.«

»Später. Was ist Sache?«

Cairo legte beide Hände auf die Balustrade, stemmte sich schwungvoll empor und wuchtete sein Hinterteil hinauf. Wie ein fröhliches Kind schlenkerte er mit seinen langen Beinen.

»Es wird dir nicht gefallen.«

»Mir gefällt schon seit ein paar Tagen so einiges nicht.«

»Wie geht's der Journalistin?«

»Sie wird es überstehen.«

»Gut. Versprich mir, dass du dich nicht aufregst. Nimm nicht persönlich, was ich dir jetzt sage, okay?«

»Was soll das Gerede! Natürlich nicht! Pieroni ist ein durchgeknallter Vollidiot! Warum sollte ich etwas persönlich nehmen?«

»Du kapierst es noch nicht, oder? Pieroni ist nur ein Handlanger. Ich hab alles aus ihm rausgekriegt. Erst habe ich ihm erklärt, dass wir genügend gegen ihn in der Hand haben. Die Entführung von Krista, schwere Körperverletzung mittels Elektroschockgerät, und last but not least – der Mordversuch, dem wir ihm anhängen würden. Weil wir sein Gewehr im Kofferraum gefunden und ein Projektil aus der Wohnung hätten. Es ein Kinderspiel sei, nachzuweisen, dass es mit seiner Waffe abgefeuert worden sei.

Erst hat er nichts gesagt. Aber die Sache mit dem Projektil hat ihn mürbegemacht, das konnte ich sehen. Ich sagte, ich würde mein Jahresgehalt darauf verwetten, dass Zeno Aurel mit ihm unter einer Decke stecke. Und dass sie beide doch nur kleine Handlanger in einem großen bösen Spiel seien. Als er mich frech anlachte, hab ich einen Stuhl durch die Zelle geworfen. Ich habe ihn angebrüllt, wie er diese ganze große Scheiße einmal seinem Sohn erklären will, wenn der erwachsen ist und nach seinem Vater fragt … Da ist er winselnd zusammengebrochen und hat gesungen wie ein Vögelchen.«

»Großartig! Aber was hat das mit *mir* zu tun?«

Cairo sprang behände von der Brüstung herunter. Er legte seinem Freund die Hände auf die Schultern und zwang ihn, ihm in die Augen zu schauen.

»Ercole Manetti.«

Lorenzos Augen wurden schmal. Er schüttelte die Hände des Freundes von seinen Schultern. Cairo hatte damit gerechnet.

»Es ist der verdammte Taufpate deiner Cousine. Dieses Dreckschwein hat Pieroni angestiftet. Manetti hat diesen kranken Scheiß verfasst. Manetti wollte deine süße Journalistin umbringen lassen, und Manetti steckt garantiert hinter dem Mord an Moorstein. Genauso wahrscheinlich wie hinter dem Raubmord von Manoppello!«

Der Monsignore schaute ihn mit leerem Blick an.

»Du bist der beste Polizist, den ich kenne, und ein verdammt guter Kamerad.«

»Was machst du?«

»Ich muss gehen. Mein Vater hat angerufen, er hat Informationen über ungewöhnliche Geldbewegungen erhalten. Kümmere dich um Krista. Lass sie nicht aus den Augen, Gabriele.«

»Aber … Was ist mit Pieroni?«

»Die Schwestern sollen ihm Essen durch die Klappe schieben. Und bei meiner Ehre und allem, was mir heilig ist, ich schwöre, dass du aus dieser Sache heil herauskommst. Und wenn ich bis hinauf ins Staatssekretariat gehe. Wir sehen uns. Ich habe etwas zu erledigen …«

20

Vatikanstadt, März 2007

Micheles Büro in den oberen Etagen der Vatikanbank, die in dem finster wirkenden Turm Nikolaus' V. hinter der Sant'Anna-Pforte ihren Sitz hatte, zeugte von Nüchternheit. Hier arbeitete ein Wirtschaftsprüfer mit Zahlen und Bilanzen. Er begrüßte seinen Sohn mit einem legeren Händedruck der manikürten Rechten und goss ihm ein Glas Wasser ein.

»Du siehst zerfleddert aus, Junge«, stellte er fest. »Kommst du vom Joggen?«

Lorenzo winkte ab. »Diese Geschichte erzähle ich dir in einer ruhigen Minute. Was hast du herausgefunden? Und bitte erkläre es mir auch so, dass ich es verstehen kann«, ermunterte er seinen Vater.

Michele lächelte – er war in seinem Element und kannte die Schwächen seines Sohnes, der von Bankwirtschaft so viel verstand wie vom Kühemelken.

»Mein alter Studienfreund Elvino, ich habe dir von ihm erzählt, arbeitet schon seit Längerem für die ›Intesa Sanpaolo‹, eine Mailänder Großbank. Er hat sich auf meine Anfrage einmal umgehört – und ich glaube, dass er einen Treffer gelandet hat. Es existiert ein Konto dort, eingetragen auf Gianluigi Piersanti ...«

Lorenzo winkte ab. »Es existieren wahrscheinlich Hunderte Konten von Gianluigi Piersantis, Vater! Der Name ist so häufig wie Sand am Meer.«

»Aber auf diesem gab es jahrelang kaum Geldbewegungen. Bis vor Kurzem. Das heißt exakt bis wenige Tage vor dem Raubmord in Manoppello. Lass mich erst ausreden.«

Lorenzo nickte ihm grinsend zu. »Einverstanden. Also weiter!«

»Dort sind im fraglichen Zeitraum Dutzende von ungewöhnlich hohen Geldbeträgen eingegangen, alle per Blitzüberweisung. Danach war es einige Tage ruhig. In diese Zeitspanne fällt der Raubmord. Hinterher gingen wiederum rund ein Dutzend Mal Geldtranchen ein, ähnlich hohe Beträge. Auf allen Überweisungen, ich wiederhole, auf allen, lautete der Verwendungszweck ›Materiallieferung‹.«

»Was weiß man noch von diesem Konto? Woher kommen die Überweisungen?«

»Immer mit der Ruhe, Junge. Ich habe noch ein bisschen mehr vorzuweisen. Elvino hat sich das daraufhin genauer angesehen und berichtete mir, dass diese Überweisungen allesamt in Marokko getätigt wurden. Von Banken in Casablanca, Rabat, Marrakesch und Essaouira. Bei allen Banken hat Elvino nachgehakt, aber nur von zweien eine Antwort bekommen.«

»Das klingt dünn, oder nicht?«

Michele hob die Hand. »Moment! Es handelte sich um Konten, die nur zu diesem Zweck eröffnet und am nächsten Tag wieder gekündigt wurden.«

Lorenzo hob die Augenbraue. »Das ist allerdings interessant! Und von wem?«

»Von einem konnten wir in Erfahrung bringen, dass er Schuhmacher in Essaouira ist. Ein Mann namens Mustafa Ali …«

Lorenzo rollte mit den Augen. »Es gibt wahrscheinlich zehntausend Mustafa Alis in ganz Marokko!«

»Das ist richtig«, schmunzelte Michele, »doch dieser existiert im Gegensatz zu unserem Gianluigi Piersanti zumindest real und arbeitet als Schuhmacher in der Kasbah von Essaouira. Kein Beruf, von dem man leben kann, nehme ich an. Wir mutmaßen, dass er angeheuert wurde gegen ein gutes Bakschisch –«

»Also ein Strohmann!«

»Esatto! Wie sollte ein armes Schuhmacherlein aus einem marokkanischen Soukh Materiallieferungen in exorbitantem Wert benötigen und vor allem wovon bezahlen können? Noch dazu ohne Vermerk auf eine Rechnungsnummer oder einen Beleg?«

»Und zu diesem ominösen Piersanti habt ihr gar nichts herausgefunden?«

»Nein, der ist, wie gesagt, gar nicht – oder nicht mehr – existent. Dennoch wurde in der letzten Zeit Geld von diesem Konto bar abgehoben.«

Lorenzo riss die Augen auf. »Wie funktioniert das denn?«

Michele zauberte eine Flasche Vecchia Romagna nebst zwei Gläsern aus seiner Schreibtischschublade.

»Mit einer Kontovollmacht, ganz einfach.«

»Ich verstehe nicht …«

»Du musst nicht der Inhaber eines Kontos sein, um Geld einzuzahlen oder ausgezahlt zu bekommen. Es genügt, dass eine schriftliche Bevollmächtigung auf dich bei der Bank hinterlegt ist. Sehr bequem, wenn man eine hochstehende Persönlichkeit ist und nicht direkt mit verdächtigen Geldbewegungen in Zusammenhang gebracht werden will.« Michele goss beide Gläser mit einem Ausdruck von Vorfreude halb voll. »Man muss halt nur draufkommen und einen Blick auf die hinterlegte Vollmacht werfen, wenn man nach etwas oder vielmehr nach jemandem sucht. Ich hatte diese Idee noch vor Elvino. Er wollte das gleich überprüfen. Ich sollte ihn um diese Zeit noch mal anrufen.«

Michele griff zum Hörer und betätigte die Kurzwahl.

»Sì, ich bin es noch mal. Benissimo! Dann bist du also fündig geworden? Und? Ja, ich höre? Kannst du den Namen noch mal wiederholen? Dann habe ich richtig verstanden. Tausend Dank, du hast uns sehr geholfen. Erstklassige Arbeit! Küss deine Kleine von mir, Grüße an die Frau. Ihr kommt bald mal wieder nach Rom, dann seid ihr herzlich eingeladen, ich kenne ein erstklassiges Lokal, in dem man die besten Austern der Stadt bekommt. Ja, ich freue mich. Bis bald!«

Michele warf den Hörer auf die Gabel. Sein freundliches Lächeln war verschwunden. Gedankenverloren griff er zu seinem Cognacglas und nahm einen großen Schluck, ohne vorher mit seinem Sohn anzustoßen, den es kaum noch auf dem Sitz hielt.

»Porca miseria!«, sagte Michele schlicht. Lorenzo konnte sich nicht erinnern, dass sein Vater jemals einen solchen Ausdruck benutzt hatte.

»Was ich dir jetzt sage, wird dir nicht gefallen. Mir gefällt es auch nicht. Ganz und gar nicht.«

»So etwas Ähnliches habe ich heute schon einmal gehört. Also, wer hat die Vollmacht für das verdächtige Konto?«

Michele stand auf, wanderte zum Fenster und drehte sich wieder um.

»Ercole Manetti. Er hat die Vollmacht – und er hat bereits eine schöne Summe abgehoben.«

***

Der Monsignore hatte minutenlang den heißen Wasserstrahl zwischen seine Schulterblätter prasseln lassen und dann auf kalt gestellt. Mit ausgestreckten Armen, die Handflächen auf die gegenüberliegenden Wände der Duschkabine gelegt, zwang er sich, den Temperaturschock auszuhalten, bis sich sein ganzer Körper eiskalt anfühlte. Er stieg tropfnass aus der Kabine und wanderte in sein Schlafzimmer, ohne sich um die kleinen Wasserlachen zu kümmern, die er hinterließ. Triefend blieb er vor dem Kruzifix an der Wand stehen, legte die Linke auf die Herzgegend und hielt die Rechte schützend davor. Mit gesenktem Haupt hielt er stumme Zwiesprache. Nach einer Weile hob er den Kopf. Er ging mit entschlossener Miene zu dem Stuhl, über den er seine Soutane ausgebreitet hatte. Er nahm sie, öffnete den Kleiderschrank und hängte sie auf einen Bügel. Dann suchte er sich ein frisches Handtuch, mit dem er sich abtrocknete, eine schwarze Cargohose sowie ein schwarzes Rollkragenshirt und streifte beides über. Im selben Fach lag noch seine Beretta. Er wog sie nachdenklich in der Hand, legte sie wieder zurück, in dem Wissen, sie nicht wirklich nötig zu haben. Auch als Geistlicher hatte er versucht, seinen Körper in Form zu halten. Der Anschlag in Bagdad und die folgende Genesungszeit hatten ihn in seinem Sportprogramm, das aus Ausdauertraining und Tai-Chi-Übungen bestand, zurückgeworfen. Doch er fühlte sich noch immer imstande, einen Angreifer abzuwehren und auszuschalten, ohne dafür eine Waffe zu benutzen. Nie mehr würde er auf jemanden eine Pistole oder ein Maschinengewehr richten. Das hatte er sich selbst bei seiner Weihe versprochen. Es gab eine Familienangelegenheit zu klären.

Was Lorenzo jetzt brauchte, war ein scharfer Verstand, nicht eine geladene Waffe. Aber er würde die Situation aus der Welt schaffen. Auf welche Weise, kam ganz auf seinen Gegner an.

21

Bracciano bei Rom, März 2007

Ercole Manetti saß auf der Veranda seines Ferienhauses und starrte auf den still daliegenden See. Fast immer beruhigte ihn dieser Anblick. Vom Wasser stieg leichter Dunst auf, den er gegen den hellen Vollmondhimmel schimmern sah. Hin und wieder rief ein einsames Käuzchen. Ein Glucksen, wenn ein Fisch an die Oberfläche sprang. Manetti liebte solche Abende am See, und er fuhr in jeder freien Minute hier hinaus, um dem Lärm und dem Gestank Roms zu entkommen. Bald würde dies nicht mehr so oft möglich sein, wenn er sein erstes Ziel erreichte: den Posten des römischen Polizeipräsidenten. Es konnte nicht mehr lange dauern, denn der amtierende Questore hatte sein Ruhestandsalter fast erreicht. Dann würde er zum Zuge kommen.

Als Pieroni ihm gestanden hatte, dass jemand an seinem privaten Rechner gewesen sein müsse und die geheimen Dateien kopiert worden seien, war klar, es konnte sich nur um jemanden aus dessen näherer Umgebung handeln. Seine Frau war ein oberflächliches blondes Huhn, der Manetti so etwas nicht zutraute. Deren Bruder, Pieronis Schwager und einziger Verwandter, zu dem er noch Kontakt hatte, wäre am ehesten zu so einem Coup imstande. Der war bei den Carabinieri in Manoppello und fromm wie ein Lämmchen.

Manetti hatte einen seiner Helfershelfer im Ort aktiviert, um Spadoni zu beobachten. Sein Gewährsmann hatte interessante Dinge zu berichten: dass er sich auffällig oft mit dem kirchentreuen deutschen Journalisten traf, dass sie Geschenke austauschten. Rosenkränze, Kuchen und einmal sogar eine CD-ROM in einer neutralen Hülle. Den Rest erledigte Schwester Immacolata.

Schritt für Schritt wollte er weiter seine Macht ausbauen. Vor allem, wenn die Anschläge begonnen hätten. Dann würde man sehr schnell nach ihm und seiner Kompetenz rufen. Schade um das Haus.

Ercole stand auf und ging zum Humidor im Wohnzimmer, um sich eine Zigarre auszuwählen und ein Glas Cognac mitzunehmen.

Behaglich richtete er seine Cohiba her und zündete sie an. Wenn er schon selbst nicht mehr so oft hier sein konnte, dann würde er das Haus einfach verdienten Mitarbeitern und ihren Familien für ein Wochenende zur Verfügung stellen. Ja, das war ein guter Gedanke.

Er stieß eine Rauchwolke aus und überlegte weiter. Andererseits, vielleicht doch lieber Männern, die sich zum Jagen und Fischen treffen wollten. Keine Familien. Die Blagen verschmierten bloß die Wände und bekleckerten die Polstermöbel.

Gina, sein Patenkind, könnte es nutzen, wenn sie sich mit ihrem Freund ein paar nette Tage am See machen wollte. Er hatte es ihr ja schon angeboten, aber die dumme Kuh hatte sich nicht mehr gemeldet.

Ercole zuckte mit den Schultern. Er hatte schon bemerkt, dass der römische Zweig der Farnese-Familie nicht viel mit ihm zu tun haben wollte. Arrogante Idioten alle miteinander. Der größte Idiot von allen war sein eigener Vater gewesen. Es war jetzt fast vierzig Jahre her; Ercole wurde immer noch schlecht vor Wut, wenn er daran dachte. Tiziano Manetti hatte seine Mutter geschwängert, eine gebürtige Farnese aus einer unbedeutenden Seitenlinie der Familie, die in der Nähe von Neapel wohnte. Danach hatte Tiziano sich aus dem Staub gemacht und wäre am besten geblieben, wo der Pfeffer wächst. Er, Ercole, war zwar ein Kind der Schande gewesen, aber er durfte den glanzvollen Namen Farnese tragen. Jedenfalls bis zu dem Zeitpunkt, an dem diese Lusche Manetti sich die Hörner abgestoßen und Sehnsucht nach einer eigenen Familie und einer Frau am Herd bekommen hatte. Und weil sein leiblicher Sohn mittlerweile fast zehn war und er endlich etwas mit ihm anfangen konnte, wollte Tiziano Manetti diesmal alles richtig machen. Der Bub sollte seinen Krämernamen tragen, weshalb er ihn im Nachhinein adoptierte. Nach Ercoles Meinung hatte sein Vater erst gar nicht gefragt.

Er erinnerte sich noch genau an den Tag, an dem die Lehrerin seinen Klassenkameraden erklärt hatte, dass aus Ercole Farnese Ercole Manetti geworden sei. Es war wie der Abstieg vom Prinzen zum Schweinehirten. Die anderen Kinder ließen ihn das spüren. Sie hänselten ihn, pöbelten ihn an, begannen

Streit mit ihm. In jeder Pause, jeden Tag. Eine Narbe unterm Kinn erinnerte ihn für den Rest seines Lebens an die wüsten Schlägereien, die seine Schulkameraden provoziert hatten. Dafür hasste er seinen Vater zeit seines Lebens. Er hasste ihn immer noch. Ercole spuckte in hohem Bogen aus und fuhr sich mit der Hand über den Mund.

Die Einzige, die ihn wirklich verstand, war sein Kindermädchen. Sie hatte nie aufgehört, ihn bei seinem richtigen Namen zu nennen, aus Respekt und Liebe, und sie war es auch, die ihm die Tricks und Kniffe der Gassenjungen beibrachte, die sie von ihrem älteren Bruder gelernt hatte.

Sie besaß schon immer eine robuste Natur, das änderte sich auch nicht, als sie, aus Gründen, die er nie richtig verstanden hatte, plötzlich die fixe Idee mit dem Eintritt ins Kloster bekam. Er hätte ihr gleich sagen können, dass sie sich dort nur langweilen würde.

Ercole hatte ihren Ordensnamen – Schwester Immacolata, die Unbefleckte – immer ausgesprochen lustig gefunden. Denn sie war es gewesen, die den knapp Sechzehnjährigen verführt und in die Geheimnisse der körperlichen Liebe eingeweiht hatte, bevor sie wenige Jahre später den Schleier nahm. Ihr Kontakt war dennoch nie abgerissen. Aus dem Kindermädchen war eine Komplizin geworden, die notfalls über Leichen ging, um ihrem ehemaligen Schützling den Weg zur Macht zu bahnen.

Heute war sie seine Gewährsfrau im Vatikan, denn sie versorgte in der Terza Loggia des Apostolischen Palastes den greisen Pius XIII. Kam ihm so nahe wie wenige andere. Kannte Mittel und Wege, um den Tod eines alten Mannes ganz natürlich erscheinen zu lassen. Das bedeutete, dass es nur eines Fingerschnippens von ihm, Ercole, bedurfte, um zu bestimmen, wann das nächste Konklave einberufen würde.

Zufrieden lehnte sich Ercole in seinem Gartensessel zurück. Commissario Pieroni hatte ihm vorhin eine codierte SMS geschickt, der er entnehmen konnte, dass endlich das Problem mit der deutschen Journalistin nachhaltig gelöst sei. Er wusste nicht, wie sein Scherge an diese Frau herangekommen war, aber es war ihm wichtig, dass Schwester Immacolata in dieser Sache nichts unternehmen musste. Eine Enttarnung von Immacolata konnte er sich wegen ihres direkten Zugangs zum Papst auf keinen Fall leisten. Dafür war die Journalistin nicht wichtig genug.

Zufrieden stieß er einen Rauchkringel aus, den eine aufkommende Brise innerhalb von Sekunden zerwehte. Auf dem See fuhren Fischerboote mit Laternen. Das Käuzchen hatte aufgehört mit seinem sehnsüchtigen Geschrei. Über ihm rauschten, von der kurzen, aber heftigen Brise aufgewühlt, die Blätter der Bäume.

Er war aufgestanden, um die Boote besser beobachten zu können. Als er sich wieder umwandte, stand eine hochgewachsene schwarze Gestalt auf der Terrasse und blickte reglos in seine Richtung. Ercole fuhr zusammen. Angespannt machte er ein paar Schritte auf seinen unheimlichen Besucher zu. Endlich erkannte er im Gegenlicht der Terrassenbeleuchtung dessen Gesichtszüge.

»Lorenzo Emilio Farnese! Heute einmal ohne priesterliches Röckchen unterwegs? Wie bist du hereingekommen?«

»Wie du weißt, war es jahrelang mein Job, in gesicherte Gebäude reinzukommen …«

»Bis du zum Waschlappen geworden bist, der jetzt in Weiberklamotten herumrennt. Mit dem Brevier statt der Beretta in der Hand. Was hättest du alles noch zuwege bringen können, ein Elitesoldat wie du! Für die Ehre des Vaterlandes! Für unser Volk! Und nun? Verweichlichst du in der Kurie. Und das alles nur wegen dieser Ärztin, weil du nicht Manns genug warst, dir eine andere zu suchen und –«

Lorenzo trat so dicht an sein Gegenüber heran, dass dieser taumelte und rückwärts in den Gartensessel fiel.

»Ich bin heute nicht das Thema, Ercole«, zischte er ihm ins Ohr, während er sich weiter zu ihm hinunterbeugte und beide Hände auf die Sessellehnen stützte. Dann ließ er unvermittelt von ihm ab. Manetti atmete auf.

Lorenzo zog sich einen Stuhl heran und nahm rittlings darauf Platz. Dann stützte er die Ellbogen auf die Lehne und legte die Fingerspitzen seiner Hände aneinander. Er ließ Ercole keine Sekunde aus den Augen.

»Wir hatten kürzlich ein kleines Geplauder mit deinem Handlanger Pieroni …«

»Wer ist ›wir‹?«

»Abgesehen davon, dass das keine Rolle spielt, caro Ercole, kannst du davon ausgehen, dass es sich um einen Profi handelte, der sich der Sache annahm. Mehr brauchst du nicht zu wissen.«

»Ein Profi«, mokierte sich Manetti mit näselnder Stimme. »Also irgendein Warmduscher von der vatikanischen Polizei, stimmt's?«

Lorenzo ignorierte das Gestichel. Er hatte den Mann noch nie ausstehen können und fragte sich, wieso Bianca ihn als Patenonkel für ihre Tochter Gina gewählt hatte.

»Pieroni ist nicht mein Handlanger. Er ist ein guter Polizist mit dem Herz auf dem rechten Fleck. Wenn es nach mir geht, dann darf er auf eine baldige Beförderung hoffen.«

»Beförderung wofür? Dass er in Manfreds Wohnung eingebrochen ist und dessen Computer mit wertvollem Material hat verschwinden lassen?«

»Moorstein war eine Person von öffentlichem Interesse, wie du weißt. Er verfügte über Beziehungen tief in die Kurie hinein bis hinauf zum Apostolischen Palast, und das als Ausländer. Sein Unfalltod ist bedauerlich, aber wir mussten anderen Interessierten mit der Sicherung eventuell brisanten Materials zuvorkommen.«

»Und um dieses eventuell brisante Material vor anderen Interessierten zu schützen, wie du es so schön nennst, musste Pieroni dann noch mit einer Barrett M82 vom gegenüberliegenden Dach aus auf Krista Winther schießen?«

»Warum sollte er so etwas Entsetzliches tun?« Ercole breitete mit Unschuldsmiene die Hände aus.

»Erklär du's mir! Wir haben die Barrett in seinem Kofferraum gefunden und das Projektil, das dabei benutzt wurde.«

»Was hat das mit mir zu tun? Pieroni hat klare Anweisungen zur Sicherung des Materials bekommen. Dass er dabei auf jemanden Unbeteiligten schießen solle, gehörte nicht dazu.«

Manetti griff nach der Obstschale im marokkanischen Stil und wählte sich sorgfältig einen Apfel aus, den er mit Hilfe eines edel geschwungenen Designermessers zu schälen begann.

»Deine Aktion zur Materialsicherung, wie du es so schön nennst, fand einen halben Tag nach dem Unfall von Manfred statt. Ich habe seine Leiche am Abend desselben Tages identifiziert, bis dahin war der Stadtpolizei der Verbleib von Manfred angeblich unbekannt.«

Ercole hielt beim Schälen inne und zuckte mit den Schultern. »Ich hatte schon seit einiger Zeit Informationen, dass Moorstein eventuell im Besitz hochgefährlicher Dokumente sei. Dass er kurz vor der Sicherung des Materials einen Unfall hatte, ist ein bedauerlicher Zufall.« Er bot Lorenzo einen Apfelschnitz auf der Klinge des Messers an, doch der hob ablehnend die Hand.

»Ich verstehe nicht, wieso ihr diese Informationen als so brandgefährlich eingestuft habt. Dieses Manifest klingt wie von einem dieser Irren, die sich zu Tausenden in irgendwelchen Internetportalen und Foren tummeln.« Lorenzos Stimmlage hob sich mokant. »›Brüder und Schwestern, es braucht einen neuen Kreuzzug! Zu nichts Geringerem rufen wir auf. Einen Kreuzzug, der Italiens heilige Stätten von diesem parasitären Geschwür befreien wird, damit wir endlich wieder atmen können in unserem eigenen Land!‹ Per carità! Und die Liste sensibler Personen ist ein Witz! Der Grilli! Dieser Krawallkasper. Die Innenministerin! Der Papst! Warum nicht gleich noch den Präsidenten der Vereinigten Staaten von Amerika?«

Ercole, der in das Apfelstück beißen wollte, hielt in der Bewegung inne. »Bist du hierhergekommen, um mir zu erklären, wie ich meinen Job zu machen habe?«

»Der Heilige Vater steht auf der Todesliste jedes Geistesgestörten der ganzen Welt. Was soll daran brisant sein? Wenn Manfred diesen Kram an die Sicherheitsleute des Vatikans weitergegeben hat, dann haben die müde abgewinkt. Dieser Aktionsplan – Kinderkram, wenn du mich fragst. Und dieses völlig wirre Manifest toppt alles. Wegen so was soll Pieroni ausgerastet sein und auf die Journalistin geschossen haben? Madre Santissima!«

»Dir macht der gegenwärtige Zustand Italiens nicht zu schaffen? Du findest es normal, dass wir von einer politischen und wirtschaftlichen Krise in die andere taumeln? Dass von unserer einstigen Größe und Brillanz nichts mehr übrig ist? Dass irgendwelche Kanaken unsere Frauen schwängern? Uns ausrauben? Unsere Straßen unsicher machen, unsere Teenager zur Prostitution verführen und unseren Kindern Crack verkaufen?«

»Normal ist die Lage nicht. Aber die einzige zuverlässige Konstante ist die Kirche. Ohne ihre Caritas, ohne Solidarität, Mitmenschlichkeit, Barmherzigkeit und Güte sähe alles noch viel schlimmer aus.«

»›Mitmenschlichkeit, Barmherzigkeit und Güte‹!« Wieder äffte Ercole ihn mit verstellter Stimme nach. »Ich werde dir mal sagen, wie gütig und barmherzig euer Schöpfer ist! Du brauchst dich nur umzuschauen. Wenn sie dich nicht seelisch kastriert und in dieses lächerliche Weiberröckchen gesteckt hätten, würdest du wieder klar sehen, wie ein *Mann*, und mir nicht mit diesem weibischen Getue kommen!«

»Das sagt mir ausgerechnet ein römischer Sesselfurzer, der jeden Tag damit beschäftigt ist, einen Aktenberg von links nach rechts zu verschieben?« Lorenzo hieb mit der Faust auf den Tisch, dass es nur so krachte. »Geh doch stattdessen mal in den Irak, geh in den Libanon, geh in den Sudan und versuche dort, deine Kameraden zu verteidigen und die Unschuldigen zu beschützen! Typen wie du kriegen schon kalten Schweiß auf die Stirn, wenn die römische Müllabfuhr streikt!«

Es war ihm klar, dass er einen Fehler gemacht hatte, noch bevor sich Ercole zurück in seinen Sessel warf und schallend zu lachen begann. Sein Lachen ging in einen Hustenanfall über. »Charles Darwin, einer der intelligentesten von eurer Pfaffensorte, kannte sich mit der sogenannten guten Schöpfung bestens aus, mein Junge. Sogar der zweifelte an einem wohlwollenden und barmherzigen Gott, der zulasse, dass Katzen grausam mit Mäusen spielen, bevor sie sie töten. Der so etwas Scheußliches wie die Schlupfwespen und ihre Art der Fortpflanzung erschaffen hat. Sie bohren mit ihrem Legestachel eine Kakerlake an, um ihr hernach die Hinterbeine und die Fühler abzuschneiden. Diese Wespen graben das bedauernswerte Geschöpf bei lebendigem Leibe ein! Zum Schluss legte sie ihre Eier in ihr ab, damit die jungen Maden sich vom lebenden Fleisch der Kakerlake ernähren können. So was soll ein guter Gott erschaffen haben? Niemals! Schau dich in der Natur um. So dämlich wie der Mensch ist keine Tierart! Die Alten und Defekten werden beseitigt, sie verhindern das Überleben der Art, verstehst du? Denkst du, in der Natur hätte eine solche Abscheulichkeit wie ein mongoloides Kind überhaupt eine Chance? Und das Schlimme an eurer erbärmlichen Kirche ist noch dazu, ihr wollt solche Widerwärtigkeiten am Leben lassen!« Ercole hatte sich so in Rage geredet, dass ihm ein kleines Rinnsal Speichel am Mundwinkel entlangfloss.

»Du bist ja verrückt«, merkte Lorenzo tonlos an. »Weißt du überhaupt noch, was du sagst?«

»Ich war noch nie in meinem Leben so klar. Ich weiß, was dieses Land braucht, damit es endlich all seine Probleme lösen kann! Eine neue Bewegung, eine neue Revolution, eine neue politische Aktion! Und *ich* bin derjenige, der sie gegründet hat!«

»Eine politische Aktion, die auf dem vergossenen Blut von Journalisten wie Moorstein oder dem des Heiligen Vaters fußt?«

»Du willst einfach nicht verstehen. Es gibt Sachzwänge, wenn man etwas im großen Stil aufziehen will.«

»Sachzwänge? Du redest von Menschenleben, Ercole. Du klingst wie ein Faschist, du klingst genauso wie dieses krude Manifest und dieser durchgeknallte Aktionsplan!«

»Ach was, Faschist. Mussolini war ein kompletter Idiot, der sich mit unfähigen Arschkriechern umgeben hat. Er ist auf die Kirche reingefallen, das war sein Fehler – und diesmal wird dieser Fehler nicht passieren, das garantiere ich dir!«

»Hör doch auf mit diesen irren Propagandaparolen! Dir geht es nur um Geld! Macht und Geld! Und nicht um das Land oder die Menschen darin!«

»Oho! Ich wusste gar nicht, dass ich etwas mit der katholischen Kirche gemeinsam habe«, spottete Manetti und hieb das Schälmesser mit der Spitze voran in die Tischplatte.

»Dein Spott hilft dir nicht mehr. Wir wissen von dem Konto bei der Mailänder Großbank. Den Geldeingängen aus Nordafrika. Vor und nach dem Raubmord in Manoppello. Wir wissen auch, dass du kürzlich dort eine schöne Summe in bar abgehoben hast. Wenn du in den Raub des Schleiertuches verwickelt sein solltest, mein Lieber, dann kannst du deine gottlosen und erbärmlichen Pläne zur Weltrettung vergessen, chiaro?«

Zu seinem eigenen Erstaunen empfand Lorenzo weniger Abscheu und Ekel als Mitleid mit seinem offenbar geistesgestörten entfernten Verwandten. Dessen Elan erlahmte sichtlich. Sein Gesicht, das eben noch geglüht hatte vor Begeisterung, wurde mit einem Mal aschgrau. Lorenzo beobachtete mit geschärften Sinnen alle Anzeichen von Ernüchterung, die sich in Ercoles Miene breitmachten. Sah in dessen harten Augen den Ausdruck, den er so oft bei Männern gesehen hatte, die erkannten, dass sie einen anderen töten mussten, um selbst zu überleben. Sein Instinkt täuschte ihn nicht. Schon griff Ercole mit einer schlangenhaften Bewegung zu dem scharfen Obstmesser, fasste es blitzschnell am Griff und schleuderte es in Richtung seines Gegenübers. In ein und derselben Sekunde sprang Lorenzo halb auf, packte dabei den schweren Holztisch und schleuderte ihn gegen den Polizeivize. Der Flug des Messers wurde abgelenkt, Manetti mitsamt seinem Sessel hinterrücks umgeworfen.

Ein schläfriges Wildtaubenpaar flatterte aus einer nahen Baumkrone auf. Ercole rappelte sich wieder auf und rannte in gebückter Haltung hinüber zu den Terrassentüren.

Lorenzo, der ihm nachsetzen wollte, musste erneut hinter dem umgekippten Tisch Deckung suchen, als das Feuer vom Haus aus auf ihn eröffnet wurde. Lorenzo hatte mitgezählt. Nach acht Schuss müsste das Magazin leer sein, und Ercole würde nachladen.

In diesem Moment packte er den Mahagonitisch und stürmte mit ihm als Deckung gegen die Terrassentür. Mit letzter Anstrengung warf er den Tisch gegen die Glasscheiben und hechtete durch die von gezackten Glasresten gefährlich umsäumte Öffnung hinterher.

Noch bevor Ercole das neue Magazin nachschieben konnte, gelang es Lorenzo, der sofort wieder auf den Füßen war, ihn mit einem neuerlichen Wirbler der Tischplatte von den Beinen zu kegeln. Ein Sprung, und er stand neben dem am Boden liegenden Ercole, den er mit einer Hand am Kragen packte und halb in die Höhe riss. »Du hast den Coup mit dem Tuch inszeniert! Du und deine Handlanger! An wen habt ihr es verschachert? Einen Saudi? Einen Russen?«

»Das wirst du und deine verlogene Klerikerbrut niemals rauskriegen!« Ercole spuckte ihm ins Gesicht. Lorenzo schüttelte ihn, dass ihm die Zähne klapperten. Doch Manetti war nicht einzuschüchtern.

»Du bist auch nur so ein scheinheiliger Bastard! Ich kenne euch Farnese lange genug. Allesamt geile Böcke, ob in Hosen oder Soutane!« Er lachte dreckig. Lorenzo holte mit der Rechten aus und versetzte ihm eine Ohrfeige, dass Manetti die Augen im Schädel rollten.

»Du hast sie gevögelt! Du scheinheiliger Bastard hast die Deutsche gefickt, stimmt's?« Manetti stieß mehrmals schnell seine Zungenspitze aus dem Mund. Diese Obszönität, zusammen mit dem Versuch, ihm das Knie in den Unterleib zu rammen, brachten Lorenzos Blut zum Überkochen. Er holte aus, um ihm mit seiner geballten Faust einen gewaltigen Schlag an die Schläfe zu versetzen.

Es waren Automatismen, die seinen Körper, der in ungezählten Kampfsituationen geschult worden war, agieren ließen. Doch bevor er den womöglich tödlichen Schlag ausführte, hielt er inne. Es war nicht Ercoles angsterfülltes Winseln, das ihn aus der Kampfroutine riss. Es war das Wissen darum, kein Kämpfer mehr zu sein, sondern ein Priester.

Lorenzo hätte niemals gedacht, dass er je wieder in eine Situation kommen könnte, in der er einen Gegner eliminieren wollte. Er war hier nicht auf dem Schlachtfeld, verwickelt in einen Kampf auf Leben und Tod. Es reichte völlig aus, Ercole zu entwaffnen und den Behörden zu übergeben. Sollten die entscheiden, ob er ein Fall für den Staatsanwalt oder die Psychiatrie war. Manfred wurde nicht wieder lebendig, wenn er sich an Ercole schuldig machte.

Er bekreuzigte sich, hob Ercoles Beretta M1934 vom Boden auf und betrachtete einen Moment nachdenklich das ihm vertraute Waffenmodell. In derselben Sekunde spürte er, dass er einen Fehler gemacht hatte. Ein verzeihlicher Fehler für einen Priester, aber nicht für einen Soldaten. Man wandte sich niemals vom Gegner ab, auch nicht in der Sekunde höchsten Skrupels. Auch nicht dann, wenn man ihn gerade entwaffnet hatte und er am Boden lag.

Ercole war mit unheimlicher Behändigkeit aufgesprungen, hatte nach einer Bronzeskulptur auf dem Beistelltisch gegriffen und drang hinterrücks auf Lorenzo ein. Ohne seine Position zu verändern, beide Beine fest auf dem Boden verwurzelt, drehte Lorenzo seinen Oberkörper ausweichend zur Seite und fuhr gleichzeitig mit der geöffneten rechten Hand, die Wucht der Schlagbewegung auf seinen Handballen übertragend, gegen Ercoles Arm. Dem entglitt die Statue, er stolperte und fiel über den unnachgiebigen Oberschenkel des Priesters. Der Sturz war verheerend. Ercole landete mit Hals und Kehle im unteren Teil der von ragenden Glassplittern gespickten Terrassentür. Sofort trat Blut aus. Eine gigantische Menge von Blut.

Lorenzo kniete neben seinem Widersacher auf der Erde und drehte ihn vorsichtig um. Er konnte nichts mehr tun. Es brauchte nur noch ein paar Pulsschläge, und Ercole Manetti war unrettbar verloren.

»Das Tuch, Ercole! Wer hat das Tuch?«

Ein hässliches Gurgeln war die Antwort.

»Ich vergebe dir. Möge der gute Gott dir barmherzig sein!« Er zeichnete ein Kreuz auf seine Stirn. Manettis Lider flatterten. Dann wurden seine Augen groß und brachen im selben Moment.

Lorenzo konnte nur noch den Tod feststellen. Er drückte ihm die Augen zu, sprach ein kurzes Gebet, klappte sein Handy auf und informierte die Carabinieri.

22

Manoppello, Abruzzen, April 2007

Padre Giuseppe lebte nun schon seit über sechzig Jahren im Kapuzinerkonvent hoch über der Adria. Nach den Schrecken des Zweiten Weltkrieges, der auch nicht vor dem Gebirgsnest in den Abruzzen haltgemacht hatte, in dem er aufgewachsen war, fiel ihm die Entscheidung, sein Leben Gott zu weihen, leicht. Es war ein Glücksfall, dass der Dorfpriester ihn vor den marodierenden deutschen Soldaten verstecken konnte. Seine Familie und seine Jugendliebe überlebten die Invasion nicht. Der mutige Dorfpriester war sein väterlicher Freund und geistliches Vorbild geblieben.

Er war für jeden Tag seines Lebens dankbar, den er ausgerechnet in diesem Konvent verbringen durfte, der seit über vierhundert Jahren das unersetzlich kostbare Muschelseidentuch mit dem »Wahren Antlitz Christi« hütete und zur Verehrung ausstellte. Er hatte Fürsten und Bauern, Mafiabosse und Polizisten, arme Witwen ebenso wie hochwürdigste Herren Prälaten vor dem Schleier in die Knie fallen sehen. Unfruchtbare Frauen kamen, um sich vor ihm ein Kind zu erflehen, gingen und kehrten wieder – mit ihren Töchterchen oder Söhnchen, die sich die kleinen Nasen an der Vitrine platt drückten und ihre ersten Gebete hier in dieser Kirche sprechen lernten. Am schönsten aber waren die Prozessionen gewesen, wenn sie das Antlitz Christi in einer Monstranz durch die Straßen von Manoppello trugen. Die einfachen Menschen, die hier wohnten und sonst nicht viel hatten, ließen mit hellem Gesang einen wahren Rosenblütenregen über das Bildnis, ihn und seine Brüder niedergehen.

Das alles war nun vorbei.

Vor wenigen Monaten war Padre Giuseppe mit der Krankenkommunion zum abgelegenen Natursteinhäuschen von Rosalia und Paolo unterwegs gewesen. Er war ein rüstiger Mann und gut zu Fuß, also machte ihm der strapaziöse Weg nichts aus. Wie es ihm bisher nie etwas ausgemacht hatte, einem Kranken oder Sterbenden die Kommunion zu bringen, Beichte zu hören, die Angehörigen zu trösten, so gut er konnte. Mit langen Schritten und der Unterstützung eines Stockes, den er am Wegesrand gefunden hatte, begann er mit dem Aufstieg. Kurz vor dem Einsetzen eines kühlen Regenschauers erreichte er den Schutz der Behausung.

Rosalia de Santis erinnerte ihn an eine Renaissancefürstin, so aufrecht hielt sie sich. Ihre Augen leuchteten immer noch so blau, als fülle die Adria ihre Seele aus.

An jenem Tag hatte er ihrem bettlägerigen Mann Paolo, den sie schon seit zwei Jahren pflegte, die Beichte abgenommen, ihm die Krankensalbung gespendet und die Kommunion gegeben. Es würde nicht mehr lange mit ihm gehen, hatte Padre Giuseppe betrübt gedacht. Paolo war ein einfacher, rechtschaffener Mann gewesen, von dem er niemals ein böses Wort gehört hatte. Voller Mitgefühl hatte er Rosalia beim Abschied noch die Hand auf die Schulter gelegt.

Als er in den Konvent zurückkehrte, war das Unfassliche eingetreten: das kostbare Schleiertuch geraubt, das Heiligtum entweiht worden, ein grauenvoller Mord geschehen.

Seither war der Strom der Pilger versiegt. Obwohl die Kirche neu geweiht worden war, wieder Gottesdienst gefeiert wurde, war es nicht mehr wie vorher – der Volto Santo hatte eine einmalige Anziehungskraft besessen. Die Fotografie, die sich nun im Glasschrein hinter dem Altar befand, konnte den Zauber des Tuches nicht ersetzen, das je nach Lichteinfall entweder völlig weiß erschienen war oder, schimmernd wie ein Schmetterlingsflügel, das Antlitz eines gefolterten Mannes zeigte, bei dem es sich eindeutig um den Heiland handeln musste.

Außer einer Handvoll Bauern, die auf dem Hügel lebten, kam niemand mehr zur heiligen Messe. Schon gar keine Fremden mehr.

Deshalb war ihm die Frau, die schon seit einigen Tagen, vormittags wie nachmittags, im Kirchenschiff saß, aufgefallen. Den Padre erinnerte sie an eine melancholische Dame aus einem dieser Jugendstilgemälde, auf denen die Frauen goldene Kleider trugen. Nur dass die Frau eine weiße Bluse, Jeans sowie Wildlederstiefeletten trug und nicht einmal einen goldenen Ring oder ein Kettchen.

Die Fremde kam gegen acht Uhr in der Frühe, blieb fast bis zum Mittag, nahm dann einen Imbiss in der nun verwaisten Pilgerherberge nebenan und kehrte gegen drei Uhr nachmittags wieder auf ihren Platz in der Bank neben einer Säule im Hauptschiff zurück.

Eines Tages, sie waren beide die einzigen Anwesenden, setzte er sich zu ihr in die Bank. Eine Weile fixierte er das Tabernakel. Dann spürte er ihren Seitenblick, den er sogleich auffing.

»Ich wollte Ihr Gebet nicht stören«, entschuldigte er sich mit einer Handbewegung.

»Ich habe vergessen, wie man betet«, entgegnete Krista in einem Tonfall, den der Padre nicht einordnen konnte. Es klang gleichgültig, aber es lag auch Bitterkeit in ihrer Stimme.

Er langte in einen Ärmel seines braunen Habits und zog ein zierliches, opal schimmerndes Kettchen mit einem Kreuz daraus hervor, außerdem eines der bunten Faltblättchen, die er früher an die Kinder der Pilger ausgeteilt hatte und die das Rosenkranzgebet erklären sollten. Beides legte er sorgsam neben sie hin, stand auf und ging hinaus.

Wenige Tage später führte der Padre Krista durch die hauseigene Ausstellung über den heiligen Schleier. Sie war mit bescheidenen Mitteln auf die Beine gestellt worden, doch ebenso informativ wie inspirierend. Krista machte sich begeistert Notizen und beschloss, Manfreds Arbeiten über das Tuch nochmals gründlich zu studieren. Sie hatte alle Zeit der Welt. Den Job beim »Frankfurter Allgemeinen Anzeiger« war sie los, seit man dort einen sensationsheischenden Artikel über die Farnese-Familie von ihr angefordert und sie das abgelehnt hatte. Was Lorenzo betraf, so hatte er sich in einem Verfahren, das gegen Cairo angestrengt wurde, persönlich für ihn eingesetzt. Das Verfahren wurde niedergeschlagen. Danach kehrte er unverzüglich in den Einsatz zurück. Er sprach nicht mehr über seine Gefühle und umarmte und küsste sie freundschaftlich zum Abschied. Sie machte sich Sorgen um ihn und schickte ihm ab und zu aufmunternde – wie sie hoffte – Briefe und kleine Päckchen mit Süßigkeiten nach Afghanistan. Die asymmetrische Kriegsführung, das Fehlen eines klaren Feindbildes setzten den Soldaten bis an die Grenze des Erträglichen zu. Er habe dort einen wichtigen Auftrag zu erfüllen, schrieb er ihr zurück. Tief in ihrem Inneren wusste Krista, dass er der richtige Mann am richtigen Platz war. Eine Beziehung zu ihm wäre so oder so aussichtslos gewesen. Beruflich wie privat stand sie vor dem Nullpunkt. In dieser

Situation hatte es sie, für sie selbst unerklärlich, wie magnetisch in die Abruzzen gezogen, wo sie in einem preiswerten Bed and Breakfast untergekommen war.

Der Padre freute sich über ihr Interesse. Es war, als habe die kleine Materialsammlung zum Schleiertuch neuen Lebensmut in der Frau geweckt. Sie stellte Fragen, hörte zu und schrieb viel mit. Der Kapuziner zeigte ihr den alten Eintrag von Manfred Moorstein im Gästebuch des Konvents. Er hatte im Gegensatz zu ihr das Mysterium noch mit eigenen Augen gesehen. Wie ein Gruß aus dem Jenseits an sie wirkten die Worte, die Manfred an dieser Stelle notiert hatte.

»Ein ganzes Menschenleben könnte nicht das Geheimnis umgreifen, das um diesen Schleier liegt, der mit hoher Wahrscheinlichkeit eine Liebesgabe Maria Magdalenas an den Sohn Gottes war, und das mit ebenso großer Wahrscheinlichkeit in enger Verbindung mit dem weitaus berühmteren – und umstrittenen – Grabtuch von Turin steht. Wie ist er auf uns gekommen? Wie viele Menschenschicksale aus über zweitausend Jahren hat diese bräutliche Gabe an einen Toten durchkreuzt? Werden wir dies – und andere – Rätsel je enthüllen?«

Krista schluckte trocken. Noch während sie stumm über diese Zeilen nachdachte, fingen Gottes Mühlen an zu mahlen.

Ein Mitbruder betrat voller Eile den Raum, in Händen die Pyxis des Konvents, das Behältnis, in dem die Padres die geweihte Hostie aufbewahrten und zu den Kranken und Sterbenden brachten.

»Schnell, Padre Giuseppe. Ihr sollt für die Letzte Ölung von Rosalia de Santis kommen.«

Der Angesprochene nahm die Pyxis entgegen.

»Paolo, ihr Mann, ist schwer krank. Nicht Rosalia.«

Der andere steckte die Hände in seine Habitsärmel und neigte demütig den Kopf. »Verzeiht, Padre. Es ist Rosalia. Sie hatte eine schwere Herzattacke, und der Arzt sagte, dass es keine große Hoffnung mehr für sie gibt.«

Padre Giuseppe liefen die Tränen aus den Augen, doch er packte die Pyxis, griff Krista am Ärmel und bedeutete ihr, ihm zu folgen.

Rosalia war dem Padre in all den Jahren lieb geworden. Sie hergeben zu müssen fiel ihm schwer. Doch er ermahnte sich.

Wie musste es erst Paolo, ihrem Mann, gehen, der noch dazu krank und bettlägerig, einer ungewissen Zukunft entgegensehend, zurückbleiben musste, wenn seine Frau vor ihm heimging?

Krista stolperte keuchend neben ihm her.

Sie hatten Rosalia neben Paolo gebettet, der in stummer Verzweiflung ihre Hand hielt. Fromme Nachbarn hatten sich versammelt und geweihte Kerzen entzündet sowie ein paar Büschel Bergkräuter verbrannt, um die Luft im Krankenzimmer, das zum Sterbezimmer geworden war, zu reinigen. Padre Giuseppe segnete bei seinem Eintritt zunächst alle Anwesenden. Diese bekreuzigten sich mit betrübtem Gesicht. Einzig Rosalia verströmte eine heitere Zuversicht, die sich zu wahrem Strahlen steigerte, als Krista an ihr Bett trat und Padre Giuseppe sie mit den Worten »Krista war eine Journalistin und ist die, auf die du gewartet hast« vorstellte.

Krista blickte in bemerkenswert klare Augen. Rosalia drückte sanft ihre Hand und schaute ihr forschend ins Gesicht. Sie nickte Padre Giuseppe zu.

»Du hast sie gefunden. Und ich bin mir sicher, sie wird diese Aufgabe hervorragend meistern. Nun kann ich ruhig schlafen.«

Sie schloss erschöpft die Augen und öffnete sie auch nicht, während der Padre die Sterberiten vollzog und ihr die Wegzehrung spendete.

Bevor sie sich voneinander verabschiedeten, flüsterten Rosalia und Padre Giuseppe noch miteinander. Er ging zu einer billigen Reproduktion eines Mädchenporträts, hängte sie ab und nahm ein rechteckiges Päckchen aus der gemauerten Nische, das mehr als abenteuerlich aussah: der Umschlag bestand aus zerfetztem Leinenstoff und abgewetztem Leder. Rosalia bat ihn damit wieder zu sich, er hielt es ihr vor Augen und sie küsste es. Danach hob sie die Hand zum Abschied, streckte sie mit einer segnenden Geste in Kristas Richtung und sagte leise, aber mit einem Lächeln, zu Padre Giuseppe: »Ci vediamo! – Wir sehen uns.«

Als sich die Tür hinter dem Padre und Krista schloss, sank Rosalia mit einem zufriedenen Seufzer in die Kissen und schloss die Augen. Sie sollte sie nie mehr öffnen.

Rosalias Vermächtnis war ein unbezahlbares Geschenk. Krista würde Jahre brauchen, um die Aufzeichnungen zu entziffern, zu ordnen und in eine chronologische Reihenfolge zu bringen. Sie bedauerte nur, dass Manfred diese Niederschriften nicht mehr sehen konnte. Sie reichten zurück bis in die Anfänge des Christentums. Viele waren in griechischer Sprache verfasst, auf einem Dokument hatte Krista den Namen Maria Magdalena entziffern können. Soweit sie es überblickte, waren es bis vor fast vierhundert Jahren immer Frauen gewesen, die das Schleiertuch behütet hatten. Rosalia war die Nachfahrin einer dieser Frauen, die im sechzehnten Jahrhundert nach Manoppello gekommen waren – mit dem Schleiertuch und den dazugehörigen Aufzeichnungen, die lange verschollen gewesen waren. Rosalia hatte beschlossen, ihr diesen Schatz anzuvertrauen. Warum, war Krista immer noch nicht klar.

Ihre Überlegungen gingen dahin, für die Zeit der Arbeit an den Handschriften in Manoppello wohnen zu bleiben; oberhalb des Konventes war ein winziges Natursteinhäuschen frei, mit wenig Platz, aber wunderschönen Deckenbalken und einem sehr alten Steinfußboden. Sie würde in ihrem Arbeitszimmer schlafen müssen. Am Vormittag lernte sie Griechisch an ihrem Notebook, nachmittags versuchte sie, die Schriften zu entziffern, wobei ihr der Padre eine große Hilfe war. Er war es auch, der ihr versichert hatte, dass eine Veröffentlichung der Sammlung in Rosalias Sinne sei. Sie telefonierte mit einem renommierten deutschen Verlag, der sich interessiert zeigte.

Mit jedem Tag wuchs ihre innere Gewissheit, dass dies der Platz war, den das Schicksal ihr bestimmt hatte. Wenn nur der Schleier wieder auftauchen würde, zurückkäme nach Manoppello, hätte die Geschichte ein gutes Ende genommen.

Der rätselhafte Schleier, das spürte sie, gehörte an diesen Ort. Nicht nach Rom, schon gar nicht in den Tresor eines fanatischen Kunst- oder Reliquiensammlers, sondern hierher, in die Kirche der Kapuziner, auf den Tarigni-Hügel vor dem prachtvoll verschneiten Majella-Massiv, hoch über dem Meer.

23

Vatikanstadt, April 2007

Schwester Immacolata wetzte das geschwungene Rasiermesser an einem Lederriemen und prüfte dessen Schärfe mit dem Daumen. Ein winziger Blutstropfen quoll aus einem haarfeinen, fast unsichtbaren Schnitt. Sie nickte zufrieden und nahm ihren Schleier ab. Der Anblick des mit alten Narben überzogenen Schädels erfüllte sie mit Genugtuung. Die Zeit nach den Vorbereitungen für das Frühstück nutzte sie gern, um sich zurückzuziehen. Ihr Bett glich mehr einer Pritsche, an der Wand hing das Bildnis des Gekreuzigten, ansonsten war das Zimmer völlig kahl. Für die regelmäßige Rasur benutzte sie einen Taschenspiegel, mehr aus dem Zwang der Notwendigkeit heraus.

Ihr Privatzimmer im dritten Stock im Apostolischen Palast war an sich ein freundlicher und heller Raum, dessen Fenster einen wundervollen Ausblick auf die Vatikanischen Gärten boten, aber Schwester Immacolata hatte sie mit schweren Portieren verhängen lassen. Der Anblick von Bäumen, üppigen Hecken und blühenden Blumen bereitete ihr Trost, doch Trost war eine der Empfindungen, die sie in sich abzutöten gedachte.

Das Rasiermesser schabte mit einem widerwärtigen Geräusch über ihren Schädel, riss hier eitrige Krusten auf und fügte dort frische Schnitte hinzu. Das Blut lief ihr über die Stirn, und sie gab dem Verlangen nach, sich in dem Handspiegel zu mustern. Als hätte man ihr eine Dornenkrone aufgesetzt, befand sie zufrieden. Sie presste frische Tücher auf die Wunden, um die Blutung zu stoppen, wusch das Messer sorgfältig ab und verstaute den Spiegel in der Schublade ihres altersschwachen Nachttischs. Mit einer gewissen Ungeduld zog sie sich die Haube wieder über, befestigte hastig den Schleier, immer mit einem Auge auf die Leuchtkonsole über der Tür. Es war die Zeit, in der *er* nach ihr zu klingeln pflegte, um sich ein Glas Sherry und seine Schmerztropfen reichen zu lassen. Er würde nicht einmal mit einem Blick ihre Anwesenheit registrieren, das graue Haupt über irgendwelche Schriftstücke gebeugt. Schwester Immacolata, in strenger Ordenstracht, mit fahlem Teint und wässrig gewordenen Augen existierte kaum für ihn.

Es war genau drei Wochen, fünf Tage und achtzehn Stunden her, dass sie den Menschen, den sie auf dieser Welt am meisten geliebt hatte, zu Grabe getragen hatte. Ein stilles, armseliges Begräbnis. Sie hatte Ercole am offenen Grab geschworen, seinen Tod zu rächen und sein Werk fortzuführen. Er war der Sohn gewesen, den sie nie haben würde. Ercole war selbst als Knabe immer ihr Herr gewesen, dem sie loyal gedient hatte. Für sie war er der Signore; selbst als sie ihn zu sich ins Bett nahm und danach hatte sie ihn niemals geduzt. Und auf immer Ercole Farnese, aus edlem Geblüt, auch wenn sie ihm erst seinen guten Namen und am Ende sogar sein Leben genommen hatten. Diese widerwärtige Brut. Manetti war irgendwann dahintergekommen, dass sein Sohn nachts zu ihr ins Bett kroch, und natürlich hatte er sie als Hure beschimpft und davongejagt. Wenn nicht der Standesunterschied und Ercole mutiger gewesen wäre, dann hätten sie vielleicht heiraten können. Heute wäre das möglich, damals war es undenkbar. Also tat sie, auch um es ihrem Schützling leichter zu machen, das einzig Vernünftige. Sie nahm den Schleier und verstellte sich so gut, dass sie es bis in die Herzkammer der Macht brachte – in die Terza Loggia des Apostolischen Palastes. Als eine der Frauen, die sich tagein, tagaus um das Wohlergehen des Heiligen Vaters mühten.

Dazu aber warteten jetzt vielfältige Aufgaben und Herausforderungen auf sie. Die Abrechnung mit dem Rest der verfluchten Familie Farnese stand als letzter Punkt auf ihrer Liste. Sie würde diese vermaledeite Brut ein für alle Mal ausrotten.

Ein Lämpchen über der Tür begann zu blinken. Sie straffte sich, um dem Heiligen Vater zu Diensten zu sein. Im Bewusstsein ihrer Mission, ihrer geheiligten Aufgabe.

Die darin bestand, seine weichen grauen Augen im Todeskampf brechen zu sehen.

Epilog

Krista kurvte mit ihrem geliehenen Opel Corsa die – glücklicherweise – endlich frisch geschotterte Zufahrt zu Biancas Wehrturm hinauf. Schon von Weitem hatte sie den Glanz der Festbeleuchtung gesehen. Bianca hatte zu einer Feier geladen, und alle waren gekommen: Estefanio mit einem halben Dutzend Kurienkardinälen und Bischöfen, ein paar Senatoren, ein römischer Fußballstar, Michele, Ispettore Cairo als Freund der Familie sowie eine Auswahl der renommiertesten Kunsthistoriker Italiens.

»Eine solche Einladung schlägt man nicht aus«, hatte Gina gesagt, als sie Kristas Zögern am Telefon bemerkte. »Die halbe Kunstwelt und die Spitze der Kurie kommt. Das wird sensationell. Und vor allem wird es leger. Bianca hasst pompöse Zeremonien, es wird alles sehr casual zugehen, versprochen. Schließlich kannst du dich nicht wie eine trauernde Witwe in diesem Bauernest in den Bergen verkriechen. Du kommst, es wird sehr lustig werden!«

Also fuhr sie an diesem trüben Tag los, doch kaum hatte sie die Abruzzen hinter sich gelassen, klarte sich der Himmel auf. Es wurde mild und warm, das perfekte Wetter für eine Party auf dem Ausblick von Biancas Wehrturm. Die Zufahrt war nicht nur frisch ausgebessert worden, sondern wurde auch rechts und links von lodernden Fackeln gesäumt. Vor dem Eingangsportal hatten zwei Ritter in voller Rüstung und mit Hellebarden dekorativ Stellung bezogen – vermutlich Studenten, die man mitsamt historischer Kostümierung zu solchen Anlässen stundenweise mieten konnte. Auch die Treppenstufen, die zum Ausguck hinaufführten, waren stimmungsvoll mit Altarkerzen in großen Glaszylindern beleuchtet. Um Biancas Bar und das kalte Buffet drängten sich Männer in vollem Ornat, im Smoking, im legeren Anzug wie auch in Uniform. Die Frauen trugen alle Kombinationen, vom kleinen Schwarzen bis zum Sommerkleid mit Strohhut. An den Zinnen rankten sich rosa, orangefarbene und blutrot erglühende Rosen empor, überall standen riesige Terrakottatöpfe, die mit Oleanderbüschen, Olivenbäumchen und Zitronen bepflanzt waren. Gina und Bianca stürzten auf Krista zu und begrüßten sie mit herzlichen Umarmungen und Wangenküsschen. »Wundervoll, dich wiederzusehen, Krista. Du wirst in diesem Bergdorf noch zur Eremitin! Schön, dass du gekommen bist«, sagte Bianca.

»Oh, und schau mal, wer noch da ist«, warf Gina ein. »Ispettore Cairo in Galauniform! Was für ein schneidiger Mann!« Sie stieß Krista mit dem Ellbogen in die Seite.

Gabriele Cairo glitt mit einem strahlenden Lächeln auf die Gruppe zu, um Krista kräftig zu umarmen. Er hielt sie ein Stück von sich. »Sie haben abgenommen«, sagte er in leicht vorwurfsvollem Ton. »Gibt es in Manoppello nichts zu essen? Ich hole Ihnen ein paar Häppchen, und oh, ganz wichtig! Was trinken Sie? Der Aperol Spritz, den Biancas Barkeeper zaubert, ist einfach köstlich.«

Der Kardinal trat hinzu und küsste ihr galant die Hand. »Schön, Sie zu sehen, liebe Krista. Ich höre, Sie arbeiten an einem Buch über das Schleiertuch? Eine interessante Sache, darüber müssen wir uns einmal eingehend unterhalten. Aber Sie haben ja noch gar nichts zu trinken bekommen … Ah, der tapfere Ispettore ist bereits unterwegs, ein guter Mann, solche brauchen wir in unserer Gendarmerie.«

»Pass auf«, stieß Gina sie in die Seite, »dass du die Geschichte mit der Veronika, die bis heute noch im Vatikan gezeigt wird, nicht so breittrittst.«

»Nach allem, was ich bisher herausgefunden habe, ist das der langweiligste Teil der Geschichte des Schleiertuches, das kannst du mir glauben«, gab Krista mit einem Zwinkern zurück.

»Manoppello ist ja immerhin eine päpstliche Basilika, und der Heilige Vater –«

»Gott schenke ihm ein langes Leben!«, warf Krista wie aufs Stichwort ein.

Gina stimmte in den Segen ein und fuhr dann fort: »Der Heilige Vater ist sehr beeindruckt und möchte dich gern während einer Privataudienz empfangen.«

»Gina, warum lässt du mich nicht die guten Neuigkeiten überbringen? Dein alter Onkel möchte bei der deutschen Journalistin auch ein bisschen bella figura machen, eh?«

Cairo kehrte mit einem Aperol Spritz für Krista und einem

Tablett mit Häppchen zurück, die er artig zuerst den Damen, dann dem Kardinal anbot.

»Ich soll Ihnen, wie auch den Farnese-Damen, die besten Grüße und Segenswünsche des Heiligen Vaters bestellen«, fuhr der Kardinal gut gelaunt fort, nachdem er sich mit spitzen Fingern ein Brötchen mit Krabben ausgewählt hatte. »Er würde sich freuen, bald mehr über den Fortgang der Arbeiten zur Geschichte des Schleiertuches zu erfahren. Salute!«

»Eine große Ehre für mich, Eminenz, danke für diese höchst erfreuliche Nachricht! Salute!« Krista wählte für sich ein Spießchen mit einer Kirschtomate, einem winzigen Mozzarellabällchen und einem Basilikumblatt.

»Ist das nicht aufregend«, flüsterte ihr Gina zu. »Du wirst eine Mantilla tragen für die Audienz. Du brauchst unbedingt eine schicke Mantilla zu diesem Anlass.«

»Seht doch«, rief Bianca plötzlich aus, »der Mond steigt über die Berge. Was für ein Schauspiel!«

Es war eine wunderschöne Nacht unter einem Himmel, der vom Vollmond wie schwarzer, silberdurchwirkter Brokat leuchtete. Aus dem CD-Player säuselte das Saxofon-Solo von Hazel O'Connors »Will You«. Krista schaute nachdenklich auf das Glas in ihrer Hand. Das Getränk leuchtete in sämtlichen Orangetönen und war ihr schon ein wenig zu Kopf gestiegen. Alle waren da, dachte sie, fast die ganze Familie – und in diesem Moment fehlte ihr Lorenzo plötzlich sehr. Lorenzo, der irgendwo in Afghanistan auf denselben Vollmond blickte, vielleicht sogar zur selben Sekunde wie sie. Sie hob den Kopf, weil sie den langen Blick von Bianca gespürt hatte, mit dem diese sie fixierte.

»Nicht traurig sein, Liebes. Nie traurig sein wegen eines tiefen Gefühls, das einem keine Macht der Welt wegnehmen kann. Panta rhei – alles fließt!«

Bianca wandte sich wieder zum Kardinal. »Bruderherz! Mach ein Foto von uns und schicke es deinem Brudersohn aufs Handy! Er hat ein bisschen Glanz und Schönheit verdient in seinem scheußlichen Afghanistan! Alle noch mal anstoßen und in die Kamera lächeln!« Gabriele legte mit einem breiten Grinsen seine Arme um Ginas und Kristas Schultern, Bianca hielt ihm mit schelmischem

Grinsen zwei Finger einer Hand über den Hinterkopf, die wie Hasenohren wirken sollten. Der Kardinal klemmte konzentriert seine Zungenspitze zwischen die Zähne. Er wollte es gut machen. Wenn er sich anstrengte, bekam er vielleicht noch den prächtigen Vollmond mit auf das Bild. Beim zweiten Versuch, die einander zuprostenden und mit glänzenden Augen in die Kamera lächelnden Frauen zu fotografieren, gelang es ihm zu seiner Zufriedenheit. Mit ein paar Klicks bereitete er das Foto zum Versenden vor. Kristas Ähnlichkeit mit der tragisch ums Leben gekommenen Verlobten seines Neffen verblüffte ihn erneut. Er drückte nachdenklich auf »Senden«. Dann steckte er sein Handy mit einem Schulterzucken wieder ein.

Nachwort und Danksagung

Bei dieser Geschichte handelt es sich um Fiktion. Sie ist kein wissenschaftlicher Beitrag zur Erforschung des Tuches, seiner Entstehung und seines Schicksals durch die Zeitläufte. Das Schleiertuch mit dem Antlitz Christi, genannt Volto Santo, befindet sich auch immer noch in der Obhut der Kapuziner in dem Städtchen Manoppello. Wer sich in der Nähe aufhält, sollte einen Besuch dort einplanen. Es ist und bleibt ein faszinierendes Mysterium, über das sich Historiker und Kunsthistoriker gleichermaßen uneins sind. Nur wenige Fakten gelten als gesichert. Ich habe mich nicht an alle gehalten, da ich kein Sachbuch schreiben wollte. Mittlerweile gibt es ausreichend weiterführende Literatur dazu, die ich im Verzeichnis angegeben habe.

Bei dem Brief des Benvenuto Leonelli auf den Seiten 130 fortfolgende in Kapitel 14 handelt es sich um ein Dokument der Zeit.

Ich bedanke mich ganz herzlich bei allen, die mich bei der Abfassung des »Farnese-Komplotts« ermutigt und unterstützt haben – vor allem bei meiner Familie, aber auch bei meinen Freunden, Kollegen und Bekannten.

Weiterführende Literatur zum Schleiertuch von Manoppello

Paul Badde: Das Grabtuch von Turin oder das Geheimnis der heiligen Bilder. Pattloch, München 2010 (darin auch Passagen zum Schleiertuch)

Paul Badde: Das Muschelseidentuch. Auf der Suche nach dem wahren Antlitz Jesu. Ullstein, Berlin 2005
(Erweiterte Neuauflage: Das Göttliche Gesicht im Muschelseidentuch von Manoppello. Christiana, Kißlegg 2011)

Paul Badde: Raphael. Die Wiederkehr eines Erzengels. Herbig, München 2013

Werner Bulst/Heinrich Pfeiffer: Das Turiner Grabtuch und das Christusbild. Band 2: Das echte Christusbild. Das Grabtuch, der Schleier von Manoppello und ihre Wirkungsgeschichte in der Kunst. Knecht, Frankfurt am Main 1991

Saverio Gaeta: L'altra sindone. La vera storia del volto di Gesù. Mondadori, Mailand 2005

Blandina Paschalis Schlömer: Der Schleier von Manoppello und das Grabtuch von Turin. Resch, Innsbruck 1999